피그말리온의 풍경

강외석

새미

책머리에

1.

이시영의 시 「노변정담」에 나오는 황석영의 '쎈 구라'가 생각난다. 신혼 시절 우이동 계곡에 살면서 집필을 하다가 한 밤중에 나와 보면 흰 눈이 몇 자나 내려 쌓이고 그 눈 위를 성큼성큼 걸어간 발자국을 보았다는데, 그 발자국은 틀림없이 호랑이의 발자국이었다고 우겨대는 믿기지 않는 이야기. 그러나 나는 황석영의 그 '쎈 구라'를 믿고 싶었다. 남쪽 지역에서는 이미 멸종된 맹수로 알려진 호랑이의 존재야말로 문학이 아니었을까, 그 결과 황석영의 우람한 문학이 이룩된 게 아니었을까. 언제부턴가 그 호랑이 같은 문학이 이빨 빠지고 발톱 뭉그러진 늙은 호랑이가 되면서 산중의 토끼들이 잰걸음으로 우르르 몰려나와 득세하고 있다. 한때 호랑이로 군림했던 문학의 슬픈 초상이다.

2.

집에서 새는 바가지가 한둘이 아니다. 그 새는 바가지 중의 하나가 평론글이다.

3.

　평론글이 문제적 텍스트가 되고 있다. 언어에 대한 언어, 문학에 대한
문학, 이른바 메타언어, 메타문학적 글쓰기가 평론이다. 대체로 우리 평
단계는 영미, 유럽문학의 이론으로 무장한 문학평론가들이 평정, 장악하
고 있는 실정이다. 예리하고 풍부한 이론으로 문학의 은밀한 국면을 훑
어 해석학적 지평을 넓혔으며, 비평적 언어의 무한대의 가능성을 열어
보여주었다는 점에서 우리 평단계는 그들에게 진 빚이 많다. 반면, 난삽
하고 현학적인 외국이론과 번역 냄새가 풍기는 낯선 언어들, 그리고 무
의식의 저층을 흐르는 듯한 몽롱한 문체 등은 오히려 독자들의 작품 소
통과 의미 해독에 큰 혼란을 불러 왔다. 암호나 수수께끼 같은 글을 가
지고 그들끼리 대화 소통을 하고, 이에 소원해진 독자들은 점차 발길을
돌리고 있는 추세이다. "니들끼리 잘 해보라"는 무언의 전언이다. 평론의
위기적 실상이다. 가뜩이나 "평론가는 개"라는 괴테의 극언이 먹혀들어가
는 판국인데, 검은 안개가 자욱하다.

　오밀조밀하게 문학의 쏠쏠한 재미를 느끼게 해서 독자들을 다시 문학
의 마당으로 불러 모을 수는 없을까. 유종호의 『시를 읽는 방법』은 여러
모로 반성의 계기를 던진다. 평론가의 성실한 자세와 역할이 행간을 차
지하고 있는 이 글에서 우리는 평론가의 몸에 배인 친절을 새삼 확인해
볼 수 있다. 길을 묻는 독자에게 불친절한 평론글은 문학의 무덤을 스스
로 파는 자살 행위이다. 작품을 꼼꼼하게 읽고 감식하여 의미를 정확하

게 포착, 순한국어로 그것을 표창하는 데에서 한 걸음 올라가 평론가의
사유 지층을 더함으로써 새로운 태깔의 문학이 이룩되고 있다. 낯모르는
외국어를 남발하여 설익은 비평적 사유를 은폐하려는 일군의 평론글에
대한 반성을 촉구하는 메시지가 담겨 있다.

　필자의 외국문학이론에 대한 깊이는 소략하고 천박한 편이다. 그래서
이론으로 무장한 글쓰기는 필자의 능력 밖에 있다. 다만, 문학을 가까이
하고 삶의 기쁨과 슬픔을 양식으로 삼으려는 사람들에게 문학의 길로
들어서는 통로를 미력하나마 알려주고자 하는 마음을 밑천으로 한다.

　4.

　"우리에게 가장 중요한 사물들의 면모는 그 단순성과 친숙성으로 인하
여 숨겨져 있다."고 비트겐슈타인은 말한 바 있다. 따라서 문학이 취급하
는 것은 본래 가까운 데에서 '단순하고 친숙한 일상'의 모습을 한 채 아
무것도 아닌 것처럼 숨어있거나 굳어있는 형상들이다. 문학의 임무는 이
숨어있는 것들에 손을 내밀어 존재의 자리로 이끄는 일이거나, 굳어있는
것들에 숨결을, 혹은 훈기를 불어넣어 피가 돌고 따뜻한 살이 느껴지게
만드는 일이다. 이른바 피그말리온의 풍경을 조성하는 것인데, 슬픔으로,
기쁨으로, 노여움으로 하여 사물(死物)을 사물(事物)이 되게 하고, 죽어가
는 세계를 살아있는 세계가 되게 하는 것이다. 이러한 힘은 문학예술만

이 가진 천부의 비상한 능력이다. 우주 창조에 참여하고 그 창조의 비밀을 들여다본 이가 신이라면, 문학가는 그 신의 현현이다. 오묘하고 신비한 눈을 가진 존재, 따라서 시인은 우주가 보내는 신호를 읽어내는 이라는 성스러운 명명도 가능하다. 우둔한 필자를 이런 성사(聖事)에 참여할 수 있게 해 준 모든 문학적 원인들에 감사할 따름이다.

5.

이 졸저는 각종 문예지에 발표했던 글을 모아 편찬한 것이다. I부에서는 작고(作故) 시인들에 대한 글을 수록했고, Ⅱ부에서는 현역으로 활동하고 있는 시인들의 시세계를 담은 글들이다. Ⅲ부에는 중·고교 교과서에 수록되어 있는, 거의 서정시에 가까운 소설 작품에 대한 새로운 읽기를 시도해 본 글을 담았다.

필자에게 문학은 갈수록 만만치 않은 무게로 다가온다. 독서 과정은 버거울 정도의 압력으로 압박해 온다. 그러나 문학이 존재했기에 나의 삶 또한 존재하는 것이며, 삶의 모든 굴곡을 버텨나갈 수 있는 힘이 되었음을 자인한다. 삶은 억압과 욕망의 진창이었다. 살아있는 존재이기에 그 진창에 한 발은 빠트려 놓았지만 나머지 발은 빠트리지 않았다. 이 삶의 균형의 원천은 곧 문학에 있었음을 인정하고 감사한다. 읽고 쓰는 행위의 고통스러움과 공포는 읽고 써 본 자만이 알 수 있다. 더욱이 필자 같이 문학적 감수성이 현저히 떨어지는 문학 하수는 말할 필요조차 없다. 게다가 과학적 글쓰기를 겸해야 하는 평론글은 분에 넘치는 일이 아닐 수 없다. 따라서 필자는 이 졸저가 한국문학의 발전적 초석 운운하는 그런 오만은 부려서는 안 된다는 점을 잘 알고 있다. 말할 나위 없이 문학적 중량은 현저히 떨어질 것이고, 서점가의 천덕꾸러기가 되고 말 공산이 크기 때문이다.

도서 판매량에 있어서 별 뾰족한 답이 없을 졸저의 출간을 허락해 주신 새미출판사 정찬용 사장님과 거칠고 엉성한 원고를 꼼꼼히 얽어주신 편집부 직원 여러분께 심심한 사의를 표하며, 손을 내밀 때마다 음으로, 양으로 도움을 주신 선후배 제현께 감사의 말씀을 올린다. 그리고 평생 비벼댈 언덕인 慈苑과, 성성한 나무가 되고 있는 유나, 무진에게 이 모든 결실의 공을 넘긴다.

丙戌年 仲秋

尋愚菲舍에서   著者 識

목차

1부

이상의 「烏瞰圖」 <詩第1號>를 읽는 방법

1. 들머리

신비평가들은 작품 해석에 있어 배척해야 할 '오류fallacies'로서 발생의 오류와 의도의 오류를 들고 있다. 작품을 그 작품이 생성된 사회적 컨텍스트와 동일시해서도 안 되고, 또 그것을 쓴 작가의 의도로 환원시켜서도 안 된다는 것이다. 그들은 칸트와 크로체의 자율성 미학을 기반으로 하는 작품 내재적 문학 연구를 주장한다. 이상의 <오감도>는 형식주의적 요소인 '혁신'과 '낯설게하기'와 같은 핵심적 요소가 기반을 이루고 있음을 볼 때 우선 작품 내적인 요소의 분석이 앞서야 하겠지만, 그러나 그것만으로는 미궁에 빠질 수 있는 여지가 도사리고 있다. 왜냐 하면, 난해시 특히 이상의 작품 같은 경우는 텍스트에 대한 논리적 접근이 어려운 만큼 자의적인 해석이 난무할 수 있기 때문이다. 시는 시인의 약호 체계이다. 그것은 해독할 것을 전제로 한다. 해석이 차단되어 해독이 불가능한 작품은 존재 이유가 없는 것이다. 따라서 약호의 해독을 위해서라면 신비평가의 경고에도 불구하고 부득이 텍스트 외적인 요소, 가령 시인의 원체험과 같은 (-) 요소의 도움을 필요로 하지 않을 수 없다.

　‘지각의 탈자동화’라는 형식주의의 핵심 개념인 ‘낯설게하기’는 이상시의 전반에 걸친 기법으로 기능한다. 비시적인 요소인 숫자와 도형의 산입, 띄어쓰기의 일체 무시, 의학용어의 도입, 생경한 한자어와 조어의 구사 등은 대표적이다. 현대시의 한 기류인 포스트모더니즘 시학의 측면에서 보면 그다지 생소하거나 낯선 것은 아니지만, 상당히 전위적이고 실험적인 성격이 강한 이러한 시도가 30년대 이상의 시에서 출발된 것은 무슨 까닭이 있는 것일까. 전통적인 시문법과는 상당한 차이가 있고 낯설음이 동반되어 당대의 독자들로부터 격렬한 항의를 받았던 일대의 사건이 아니었던가. 이상은 전혀 독자들의 그러한 반응을 고려하지 않았던 것일까. 이러한 일련의 시를 발표하면서 당대의 전통적인 시문법에서 한참 일탈한 자신의 시에 대해 독자들의 반감과 항의를 예상하지 않았다는 것은 납득할 수 없는 일이다. 충분히 계산된 의도 아래 창작된 것으로 판단되는 데, 도대체 그 이면에는 무엇이 도사리고 있을까.

　이상의 시 「烏瞰圖」는 제목부터 독해의 혼선을 초래하여 시제1호부터 15호에 이르기까지, 이른바 난해시의 전형으로 독자의 뇌리 속에 똬리를 틀고 있다. 우선 <시제1호>를 분석 텍스트로 삼아 이상시의 난해성에 대한 재고를 시작해 본다.

2. ‘김해경’과 ‘이상’의 거리

　전대미문의 시문학적 사건인 「烏瞰圖」는 강릉 김씨의 후예인 ‘김해경’이 아니라 ‘이상’에 의해 창작된 작품이다. 말하자면 김해경과의 유전성을 전적으로 부정하고 죽음 직전까지 자신의 이름으로 삼았던 ‘이상’이라는 존재의 산물인 것이다. 따라서 이 작품의 독법은 ‘김해경’적 삶과 ‘이상'적 삶의 관계를 파악하는 데에 있다. 결국 이상의 내면에 도사리고 있는 '김해경'적 삶에 드리운 그늘진 음영을 이해할 때 비로소 이상문학은 그 해독의 열쇠를 건네주지 않을까 생각되는 것이다. 이상에 대해 우리가 익히 알고 있는 정보는 이른바 분리 체험이다. 김해경은 자신을 낳아 준 실부모 슬하에서 성장한 것이 아니라 어머니의 젖을 뗄 무렵 그의 나이 3살 때, 아들이 없는 백부 김연필의 양자로 가서 성장했다. 김해경의 분리 체험은 이상 문학을 이해할 수 있는 중요한 자료이다. 전통적 -'전근대적'과 동의어가 되기도 함- 가부장제와 같은 비인간적 제도와, 이로 인한 한 개인의 불균형적인 인격 형성을 유추할 수 있기 때문이다.

분명 이상의 가족사는 전근대적, 봉건적 잔재를 안고 있다. 종손의 가문 계승은 조선조 유교적 이념의 표상으로, 종가에 자식이 없을 경우 양자 입양을 통해 가문을 이어왔다. 손아래 동생의 자식이 우선적이었고, 그것도 여의치 않을 경우 먼 집안의 아이를 들여서까지 해서 가문을 잇는데 심혈을 기울였다. 가문의 대를 끊지 않고 잇는 데에는 성공적이나, 이 분리로 인해 파생되는 개개인의 인격 형성의 문제는 심각해진다. 부모의 슬하에서 재롱을 떨고 사랑을 받으며 성장해야 할 어린이가 어머니의 젖을 떼기가 무섭게 분리될 경우 그 아이는 심각한 불안을 겪게 된다. 에릭 프롬도 분리야말로 모든 불안의 원천이라는 분석을 한 바 있지만, 유아기의 분리 체험은 세계와의 심각한 불화를 조장한다. 왜냐 하면, 어린이에게 있어 모체는 어린이의 세계 바로 그 자체이기 때문이다. 강제적인 분리는 어린이의 정신에 외상을 입힌다. 물론 김해경이 못내 어머니를 그리워했다거나 극단적 분리로 인해 괴로워했다거나 하는 전기적 입증 자료는 없다. 그러나 정신분석적 측면에서 접근하자면 그럴 개연성이 농후하다. 친구와 제대로 사귀지 못했던 학창 시절의 면면은 그의 비사교성을 밝혀주는데, 물론 김해경의 천성이 그러했기 때문으로 볼 수도 있겠으나, 분리 체험의 외상으로도 유추해 볼 수 있을 것이다. 또한 백모 김영숙의 웃음을 그렇게도 무서워했다는 누이의 진술도 분리 체험의 외상을 뒷받침하는 증빙 자료가 된다. 결국 분리 체험으로 인해 김해경은 세계와 타자와의 만남을 두려워하고 극도의 불안을 느끼는 것이다. '김해경'은 이것의 복합적 상징 기호이다. 그가 '김해경'에서 '이상'으로 둔갑하는 사건의 연유는 바로 여기에서 찾아야 하고, '김해경'과 '이상'의 거리 또한 여기서 찾지 않을 수 없다.

문화적 존재인 인간에게 있어서 자기 이름이란 무엇인가. 그것은 가문, 혈통의 유전적 표지이며, 세계에 대한 존재 표명의 문화적 규약이 아니던가. 이 문화적 규약은 위반의 여지가 있을 수 없는 암묵적 동의 하의 완강한 규약이다. 예로부터 정치적 쿠데타를 일으켜 역성을 꾀할 시 예외 없이 하늘의 뜻(天命)이라 합리화시킨 것도 엄밀하게 보면 그 규약의 위반에 대한 두려움 때문이 아니었던가. 하물며 한 개인이 가문의 유전적 표지인 성명을 다른 성명으로 대체하여 살아간다는 일은 실로 엄청난 파륜적(破倫的) 사건이며, 그런 까닭에 그 사건의 감행은 그에 응당한 충분한 원인이 제공되어야 한다. 역성명(易姓名)의 동인은 자신과 자신의 유전적 환경에 대한 전적인 부정에서 출발한다. 자신의 몸 안에 퇴적된 불순한, 혹은 불쾌하고 퀘퀘묵은 유습의 고리를 잘라버리려는 욕망에 다름 아니다. 마치 망각과 절연의 '레테의 강'을 건너면서 지금까지의 자신 곧 제1의 '나'를 완전히 버림과 동시에 새로이 탄생되는 제2의 '나'를 꿈꾸는 욕망의 드러냄에 다름 아니다. 구질서의 절연과 신질서의 꿈꿈, 이 변증법이 김해경과 이상의 사이에 놓인 가교이다. 이상이 끊어 버리고자 한 '김해경'적 구질서는 무엇이겠는가. 조선의 질서로 상징되는 과거 유전성의 전근대가 아니겠는가. 이와 동시에 '이상'적 삶으로 재편되는 신질서는 자연히 개인의 실존적 자유와 개성이 존중되는 근대의 개념으로 된다. 이

점은 다음 장에서 추적하게 될 13의 수개념에 대한 전이해(前理解)가 되
는 것과 함께 그 해명의 단초가 될 것이다. 말하자면 13이란 숫자는 12
의 시간 부정과 동시에 새로운 시간대의 시작을 알림과 일치한다.

　‘김해경’과 ‘이상’ 사이의 엄청난 거리감, 환언하면 시인 이상으로의
완전 변신을 꿈꾼 김해경의 성장사는 이렇게 처음부터 뒤틀린 채 시작되
었던 셈이다. 뒤틀린 상황은 뒤틀린 의식을 낳는다. 뒤틀린 상황에서 뒤
틀린 의식은 결국 뒤틀린 형태로 나타날 수밖에 없다. 이상시의 뒤틀린
형태는 결국 뒤틀린 상황과 이로 인한 뒤틀린 의식으로 환원될 수밖에
없다. 봉건적 질서의 모순체계와 비인간적 제도, 그리고 이에 대한 이상
의 근대적 감수성이 충돌하여 빚어낸 비극적 데드마스크, 그것이 바로
이상의 문학이 될 것이다.

3. 「烏瞰圖」를 읽는 방법

13人의兒孩가道路로疾走하오.
(길은막다른골목이適當하오.)

第1의兒孩가무섭다고그리오.
第2의兒孩도무섭다고그리오.
第3의兒孩도무섭다고그리오.
第4의兒孩도무섭다고그리오.
第5의兒孩도무섭다고그리오.
第6의兒孩도무섭다고그리오.
第7의兒孩도무섭다고그리오.

第8의兒孩도무섭다고그리오.

第9의兒孩도무섭다고그리오.

第10의兒孩도무섭다고그리오.

第11의兒孩가무섭다고그리오.

第12의兒孩도무섭다고그리오.

第13의兒孩도무섭다고그리오.

13人의兒孩는무서운兒孩와무서워하는兒孩와그렇게뿐이모였소.

(다른事情은없는것이차라리나았소)

그中에1人의兒孩가무서운兒孩라도좋소.

그中에2人의兒孩가무서운兒孩라도좋소.

그中에2人의兒孩가무서워하는兒孩라도좋소.

그中에1人의兒孩가무서워하는兒孩라도좋소.

(길은뚫린골목이라도適當하오.)

13人의兒孩가道路로疾走하지아니하여도좋소. (윗점 필자)

— 「詩第1號」 전문[1)

1) 제목 '鳥瞰圖'의 숨은 뜻

제목 '鳥瞰圖'는 시인의 건축가다운 조어이다. 건축 용어인 '鳥瞰圖'에서 발상을 얻었을 것이다. 건축가에 의해 전체적인 형상으로 설계를 얻은 것이 조감도인데, 다분히 전체적이며 입체적이다. 그런 만큼 한 눈에

---

1) 이 시는 이승훈이 엮은 『이상문학전집1』(문학사상사:1999)에서 그대로 인용함. 그런데 필자가 주목하게 되는 부분은 원문시가 인용자에 따라서 각각 다르다는 점이다. 가령, 어떤 인용자는 '제1의아해가' 외에는 모조리 보조사 '도'로 통일해서 인용하고 있는가 하면, 어떤 인용자는 제1의아해부터 13의아해까지 조사 '가'로 붙여 인용하는 경우가 있다. 이것은 아주 사소한 문제로 여기기 쉬운데, 절대로 그렇지 않다. 의미의 큰 차이를 드러내는 부분이라 하지 않을 수 없다. 원전 비평이 중요한 까닭은 바로 여기에 있다.

실상을 볼 수 있다는 특장이 있다. 새(鳥)를 까마귀(烏)로 바꾸면서 의미는 일단의 과격한 수정을 겪게 된다. 불길한 새인 까마귀의 눈에 비친 인간 세계의 실상은 역시 불길한 전조일 수밖에 없다. 온통 죽음의 땅으로 비치는 것이다. 이 땅 위에 만연한 죽음이란 무엇인가. 생물학적 죽음인가, 아니면 의식적 죽음인가. 물론 당시대가 일제의 질곡 아래 있다는 암시일 수도 있겠으나, 평소 역사의식의 문학화를 꾀하지 않았던 이상 문학을 감안하면 지나친 비약이 될 것 같다.[2] 다만 암울한 사회 분위기로 인한 전체 사회의 색조를 나타낸 것까지는 해석이 가능할 것 같다. 그러나 이 시의 문맥만 가지고서는 그러한 추리도 묘연한 안개 속이 된다. 먼저 까마귀에 대한 관습적 인식을 존중한 접근을 시도해 보자. 왜 까마귀일까. 까마귀는 일단 어둠의 색조, 어둠을 상징한다. 온통 어둠으로 뒤덮인 세계의 조망, 그 어둠의 세계 실상은 역시 어둠의 존재인 까마귀의 눈으로 조감할 때 더욱 선명하게 드러난다. 거지의 세계 실상은 거지에 의해서일 때 가장 절절하게 묘파되며, 죽음의 절박함은 시한부 삶을 살아가는 병자이거나 그를 간병하는 가족일 때 절실해진다. 지금까지 문둥이의 삶의 아픔을 누가 가장 절절하게 육화했던가. 역시 문둥이 시인 한하운이 아니었던가. 마찬가지로 자신이 살았던 세계의 어둠에 들어가기 위해서 이상은 부득불 까마귀라는 어둠의 비행 수단을 이용할 수밖에 없었을 것으로 추정된다.

그런 만큼 제목 '오감도'에는 시인 이상의 의식이 투영되어 있는 것으로 판단된다. 일단 까마귀에 대한 선입견만 배제하면 까마귀 역시 하늘을 비상하는 새임에 틀림없다. 제도, 관습 등의 온갖 기존의 질서를 상징

---

2) 그의 상당수에 달하는 日文詩가 그렇고, 또한 건축 공사장의 인부가 잘못 부른 리상(李樣)을 자신의 이름으로 삼고, 동료들이 혹 <김해경>씨라고 부르면 불쾌한 표정을 지었다는 그의 일화를 보면 그에게서 역사의식을 찾는다는 것은 일종의 난센스가 될 것이다.

하는 지상으로부터의 초월이며 해방됨의 욕망을 은연중에 드러내고 있는 것이다. 이는 그의 소설 「날개」에서도 그 욕망이 드러난다. "날자. 날자. 날자. 한 번만 더 날자꾸나. 한 번만 더 날아보자꾸나"의 완결 부분이 그 것이다. 폐쇄되고 질식할 것만 같은 어두움의 공간, 그곳으로부터 이상은 해방되고 싶어한 것이다. 출구 없는 미로, 다이달로스가 건축하고 스스로 갖혀 버린 미노스의 미궁을 이상은 자신이 살던 당대의 조선의 현실에서 보았던 것이다. 죽음과 혼란, 미망의 공간, 이른바 19C 봉건 질서가 살아 징그럽게 꿈틀거리는 세계가 아니었을까. 그곳을 탈출하기 위해 고안해 만든 납으로 된 새의 날개를 겨드랑이에 달고 그 미궁을 탈출한 다이달 로스, 그는 이상 자신에 다름 아니었던 것이다. '鳥瞰圖'가 아닌, '烏瞰 圖'가 된 것은 그것이 불안한 시도이며, 이미 실패를 안고 있는 도전임을 암시하고 있다.

시제 '烏瞰圖'는 인간적 삶이 온통 뒤틀려 죽음으로 덮여 있는 조선 사회의 실상을 폭로하려는 데 뜻이 있거나, 아니면 그 세계에 조종(弔鐘) 을 울려 주고 싶은 시인의 의도가 숨어 있을 것으로 보인다.

2) 의문 제기와 자세히 읽기

이 시의 전문은 각 행의 구문으로 접근해 보면 띄어쓰기 무시[3], 생경 한 한자어 사용으로 인한 즉각적 이해의 어려움 외에는 까다로운 구석이 전혀 없다. 말하자면 축어적, 지시적 의미 추출이 불가능한 대목이 어디 에도 발견되지 않는 것이다. 그렇다면 독자들로 하여금 혼란을 일으키게

---

3) 이 '낯설게하기'에는 이상의 치밀한 계산이 잠복되어 있는데, 자신과 독자의 동일 체험의 공유를 가능하게 하려는 데 있다. 세계에 대한 이상의 내면적 반응은 '숨 막힘'이다. 표현론의 관점에서 보면 띄어쓰기의 무시는 상당히 리얼한 심리 표현 이 아닐 수 없다. 이 '숨막힘'의 내면성을 그는 정상적인 문법을 위반해 버림으로 써 리얼하게 표현한다. 이러한 이상의 내면은 그대로 독자에게 전달되어 재현되 고 있는 것이다.

하는 동인은 무엇이란 말인가. 필자가 보건대 그 혼선의 초점은 크게 두 가지로 추려된다. 하나는 마치 음산하고 기괴한 주문으로 울리는 그로테스크한 동어반복이고, 다른 하나는 앞뒤가 서로 모순관계로 얽히는 이항대립항들의 양립이다. 전자는 제1의아해부터 제13의아해에 이르기까지 하나같이 무섭다고 하는, 지겨운 반복이다. 게다가 하필이면 제13의아해에서 끝나고 있지 않은가. 13이란 숫자가 의미하는 바는 과연 있는 것일까. 있다면 그 의미는 무엇일까. 그리고 후자는 도로 질주/도로 비질주, 막다른 골목/뚫린 골목, 무서운 아해/무서워하는 아해 등의 이항대립의 양립4)에서 두드러지고 있는데, 흡사 정신병자의 횡설수설처럼 들리는 이 모순된 진술들을 어떻게 해명해야 옳을까. 이 양자의 문제와 의문만 풀리면 이 시는 더 이상 이해의 어려움을 겪을 이유가 없다. 자세히 읽기를 기반으로 하여 이러한 의문의 실마리를 잡아 보자.

　이 시에 대한 해석의 혼선 첫째는 13이라는 숫자에서 발생한다. 당시 조선 13도를 가리킨다든지, 예수와 그의 제자 12인을 가리킨다든지, 위기에 당면한 인류 전체 혹은 이상 자신의 기호로 보는 많은 견해가 있었다. 또는 알레고리적 의미가 없는 기호와 상징의 중간 개념으로 보는가 하면 아예 아무런 의미가 없는 13이란 숫자에 불과하다는 견해도 있다. 그러나 그의 다른 시, 특히 <시제4호>를 보면 이상이 결코 의미 없이 숫자를 끌어들인 것이 아님을 짐작하게 한다. 1에서 0까지의 십진법에 따른 배열이나 0:1의 대립을 통한 자연과 문명 혹은 여성과 남성의 대비 등은 수에 대한 이상의 관념과 의식을 보여주는 좋은 증거이다. 텍스트의 시에서는 2, 3연을 자세히 보면 수에 대한 이상 의식의 실마리를 발견할 수 있다. 필자가 찍은 윗점을 보면, 조사와 보조사가 구분되어 쓰이

---

4) 이항대립의 양립은 그의 다른 시에서도 무수히 발견된다. 따라서 패러독스(paradox)는 이상시의 주요한 기법으로 기능하는 것이며, 그의 의식 또한 이를 통해 드러난다.

고 있음을 알 수 있다. 제1과 11의 아해 뒤에는 주격 조사 '가'가 쓰이고 나머지는 모두 동일보조사 '도'가 쓰이고 있는 것이다. 이 사실은 이상이 우선 10진법을 의식하고 있으며, 따라서 13이란 숫자는 이상 자신이 의식하고 썼다는 증거가 된다. 만약 제1의아해 외에 제2의아해부터 13의아해까지 모조리 보조사 '도'로 일관했다면 제20의아해가 되건 제30의아해가 되건 그건 별 의미가 없을 것이다. 따라서 십진법에 따라 숫자를 배열하면서 조사와 보조사를 적절히 달리 한 것은 이상의 나름대로의 계산에서였다는 결론이 나온다. 결국 이상은 십진법을 의식하고 '제11의아해가'로 다시 시작하곤 자신의 의도하에 '제13의아해도'에서 끝낸 것으로 볼 수 있다.

이러한 가정과 분석을 바탕으로 필자는 '13'에 숨어있는 이상의 의도를 세 가지로 압축하고 싶다. 첫째, 13은 일제치하의 조선이라는 역사적 배경이 아닌, 기존의 가치 질서를 그대로 유지하고 있는 조선이라는 공간을 상징하고 있는 것이 아닐까. 전근대적 행태가 벌어지고 조선 전역에서 벙어리 냉가슴 앓듯 한 이상과 같은 타아적 자아가 자유 의지를 봉쇄당한 채 도피를 꿈꾸고 있지 않을까. 둘째, 전통적 질서를 유지하고 있는 시간 개념, 곧 전근대의 부정으로 사용된 것이 아닐까. 전통적 시간 개념으로는 열두 점이 최대치인데 13은 이를 이탈하고 있는 것이다. 말하자면 13이란 숫자는 바로 12에 1을 더한 숫자라는 사실이다.[5] 결국 시인 이상은 시간을 전적으로 부정하고 있는 것이다. 시간의 부정은 기존의 관습과 형식의 전적인 부정에 다름 아니다. E. 디플이 말한 것처럼 "시간을 부정한다는 것은 통속적인 형식을 파괴하는 것이 되며"[6], 詩第

---

[5] 최혜실은 "이상은 역사적, 사회적 의미망이 거의 끼어들 여지가 없는 12진법에 1을 더함으로써 그 단일 의미를 해체하고 여기에 13의 극수를 '공포'의 메타포로 갖고 있는 문화권의 의미를 도입하여 무수한 의미의 산포를 만들어내었다"고 주장한다. 최혜실, 「이상문학에 나타나는 이항대립 해체로서의 근대성」, 선청어문 합본 9권(제18집), 570쪽.

15號에 이르는 형식의 급격한 파괴는 이상의 그러한 의식을 입증하는 근거이다. 이로 인해 삶의 질서는 붕괴되고 혼란과 공황의 상황으로 떨어지게 되는 것이다. 루마니아 출신의 작가 게오르규가 쓴 「25시」의, 인간 삶의 질서인 '24시'를 넘어버린 부조리한 현실에 대한 도저한 절망이 바로 그런 경우이다. 셋째, 전근대의 굳은 각질을 깨뜨려 매몰시킨 그 위에 근대라는 새 질서의 깃발을 꽂으려는 혐의가 은밀하게 숨어있는 것이 아닐까. 부정(파괴)한다는 것은 생각의 각도를 조금만 돌려보면 창조와 동의어가 된다. 곧 기존의 것을 무질서와 혼돈의 장으로 돌려버림으로써 새로운 질서의 창조에 대한 욕망으로 치환된다. 따라서 이상의 시간 부정을 통한 형식의 파괴는 새로운 삶의 형식을 창조하려는 욕망이 숨어있는 것으로 볼 수 있다. 「오감도」를 비롯한 이상의 시 전편이 바로 그 은폐되어 있는 욕망을 증거하지 않는가. 13이라는 시간 개념도 이에 연계되는 해석 체계를 제공한다. 13시는 달리 말하면 오후 1시, 즉 새로운 시작의 의미가 되기도 하기 때문이다. 앞서 Ⅱ장에서 언급한 바 있는 '김해경'과 '이상'의 거리 곧 '김해경'적 삶을 버리고 '이상'으로 둔갑하여 결국 '이상'적 삶으로 생을 마감하는 그 파륜적 사건의 배면에는 바로 이 13의 숫자가 함의하는 파멸과 생성의 변증법이 자리하고 있다. 그러나 이 셋은 연속적인 관계이지, 서로 따로 떨어져 있지 않다. 전근대적 질서를 바탕으로 한 비합리적 모순의 삶의 양태가 20C초엽 이 조선이라는 공간 영역에서 행해지고 있는데[7], '나는 이를 부정적인 눈으로 조감하고 새 삶의 패러다임을 꿈꾸고 있노라'는 그런 시인 이상의 의도가 숨

---

6) Elizabeth Dipple(문우상 역), 『플롯』(서울대 출판부:1984), 55쪽.

7) 이에 대해서는 Ⅱ장에서 언급한 바가 있다. 가문 계승이라는 명목 아래 어머니의 젖을 떼기가 무섭게 양자로 입적시켜 모체와의 분리를 초래하여 불균형적 인격 형성을 유발하는 것이다. 이 원체험은 조선 사회의 모든 질서를 환유하는 것으로, 조선 질서 전체에 대한 부정의식을 뜻한다.

어있지 않을까. 화가가 되고 싶어했지만 백부의 반대로 총독부 건축기사가 되고 말았다는 점에서도 알 수 있는 바이지만, 개인의 실존적 자유와 개성이 송두리째 무시되었던 그 당대를 암울하게 볼 수밖에 없지 않았을까 추정된다.

따라서 13의 수는 전통적 시간 개념의 부정과 정상적 삶의 궤도 이탈에 따른 공황, 그리고 새로운 삶의 질서에 대한 은밀한 욕망 등을 상징하는 수로 볼 수 있다. 그리고 나란히 가로로 배열된 것이 아니라, 세로로 배열한 데에서도 역시 이상 나름의 의도가 숨어있는 것으로 본다. 불안의 건축적 높이화와 점층적 고조의 효과를 노리려는 게 아니냐는 생각이다. 따라서 제1, 2, 3,·········· 13의 수직적 배열은 불안의 공간적 형상화에 기여하면서 그 불안의 고조됨을 노리는 것이다.

그리고 이 시에서 풀지 않으면 안 될 키워드는 바로 1부터 13까지의 각기 다른 꼬리 숫자를 달고 질주하는 '兒孩'들이다. 이 '兒孩'의 의미에 있어서도 그 해독의 방향이 다양하게 나타난다. 필자의 해독 방향은 '兒孩'와 '아이'의 변별성에 놓인다. '兒孩'는 '아이'의 고어로서 후자에 비해 상당히 무거운 느낌을 준다. 의미는 같으나 수용되는 인상이 현격하게 다르다. '아이'라는 말은 우선 가볍고 윤리와 도덕의 무거움에서 해방되어 있다는 인상을 받는 반면에, '兒孩'는 그렇지 않다. 유교적 이념의 표현 수단인 한자어로 표기된 것은 바로 유교적 질서의 굴레를 의식하고 있음을 보여주는 것이다. 따라서 '아해'는 전근대적 자아인 셈이다. 분리 체험의 심리적 외상을 입은 바 있는 이상의 유년의 '자아'가 이 '兒孩' 속에 투영되어 있는 것으로 보인다.[8] 이 아해는 1에서 13까지의 숫자로

---

8) 어휘소의 차이는 의미의 분화이다. 그러나 이 두 어휘소의 공통 부분은 세계에 대한 반응이 가장 즉각적이고 꾸밈없이 있는 그대로 표백되는 존재라는 점이다. 다만 兒孩는 아이에 비해 그 무거움이 강조되는 만큼 그를 짓누르고 있는 세계의 억압과 횡포를 선명하게 전경화시킨다.

호명됨과 동시에 익명성의 존재로 부각되면서 존재의 실존성이 철저히 부정되고 만다.9) 이 억압된 '兒孩'가 지금 道路로 疾走하고 있는 상황이다. 그러나 텍스트는 질주의 동기에 대해서는 아무런 언질을 주지 않고 있다. 왜 '아해'들은 도로를 질주하고 있을까. 兒孩들이 도로로 질주하는 것은 도로로 나오기 전의 공간 세계에 대해 공포를 느끼지 않았을까. 그러면 그 공간으로부터 뛰쳐나와야 하지 않을까. 이는 마치 봉건적 제도 하의 모순된 신분 질서에 억눌린 홍길동이 집을 뛰쳐나오는 것과 같다. 이 가출은 표면상 홍길동의 자발적 각성 아래 감행된 것으로 보이지만, 실상은 그 제도적 모순의 강제에 의해 이루어진 것이다. 그것처럼 「오감도」의 兒孩들도 그 폐쇄된 공간 세계의 모순에 의해 쫓겨난 것이다. 이 '쫓겨남'은 '질주'의 무언가 급박한 행위와 일치한다. 이 '질주'의 행위는 역시 쫓기고 있음을 환기한다. 왜냐 하면 바로 다음에 이어지는 (   ) 안의 진술인 '막다른골목' 때문이다. 막다른 골목으로 내몰리는 것은 누군가에 혹은 무언가에 의해서 쫓길 때에만 가능한 일이다. 물론 의미론적으로 보면 이는 모순이다. 질주는 마지막 연의 '뚫린골목'에, 역시 마지막 연의 '비질주'는 처음 연의 '막다른골목'에 연결되어야만 논리적으로 타당하기 때문이다. 그런데 이 어긋난 진술은 세계의 비논리성, 비합리성, 혹은 모순으로 가득찬 전근대적 세계를 함의하는 것이며, 아울러 이것의 부정성에 대한 인식을 강하게 드러내는 표현이 된다.

해석의 혼선 두 번째는 이항대립항의 양립이다. 가령, "13人의兒孩는무서운兒孩와무서워하는兒孩와그렇게뿐이모였소"에서 '무서운兒孩'와 '무서워하는兒孩'와 같은 진술이다. 이 구절에 대한 해석도 구구한데, 두 대상

---

9) 비근한 예로 죄수는 감옥에 수감되는 것과 동시에 익명화된다. 말하자면 이름 대신 수인 번호를 부여받고 숫자로 호명되는 것이다. 이 익명화와 숫자로의 명명(命名)의 저의는 무엇일까. 인간됨의 잠정적 박탈과 인간 세계로부터의 추방의 뜻이 아닌가. 여기에서 인간의 실존성은 극히 협착해질 수밖에 없다.

인 '무서운兒孩'와 '무서워하는兒孩'를 동일한 관계 즉 '무서운兒孩'를 '무서워하는兒孩'로 등치시키는 견해와, '무서운兒孩'를 애국열사로, '무서워하는兒孩'를 일본경찰로 보는 도식적인 견해 등이 있다. 후자의 경우는 '무서운'과 '무서워하는'을 대립 관계로 보았기 때문에 그런 단순한 해석이 추출되었을 것이다. 분명히 말해서 이 두 관계는 동일 관계도, 대립 관계도 아니다. 필자가 굳이 이렇게 단정하는 것은 바로 우리의 언어관습 때문이다. 시어 분석도 우리의 언어관습의 범주에서 크게 벗어나지 않는다. '무서운'과 '무서워하는'은 음소론적으로도 분명히 구별된다. 그 의미 또한 변별될 수밖에 없다. 분명한 것은 무서움을 주는 그 무엇, 곧 외부적 충격과 불안에 대한 자아의 대응 양상과 태도에 차이가 있다는 점이다. '무서운'은 일상적 담화의 측면에서 보면 두 가지 용례로 사용된다. 가령, "그 사람이 나는 무서워" 혹은 "그놈, 참, 무서운 놈이네"와 같은 담화에서, 전자는 무서움을 주는 존재이고, 후자는 '당돌한, (의지가) 강한' 인상을 주는 존재이다. 텍스트의 '무서운'은 후자의 용례에 가까운데, 무서움을 주는 대상에 대해 강하게 반발하여 이겨보려는 존재이다. 이에 반해 '무서워하는兒孩'는 무서움이라는 정서적 반응을 그대로 수용하는 존재가 된다. 여기에 다른 사정이 개입될 틈새가 있을 리 없다. 즉 강하게 버팅겨 보려하거나, 그렇지 않으면 체념하고 무조건 수용하는 것 외에 어떠한 반응의 여지도 완전히 봉쇄되어 있음을 말한다. 그것은 당대 사회의 폭이 지극히 경색되어 있거나 극단화되어 있음을 반증한다. 극단 외의 선택에 대한 자유 의지가 박탈되어 있음, 곧 중용을 선택할 수 있을 자유가 철저히 배제되어 있음, 그것은 그 사회의 극단이며 폐쇄성에 다름 아니다. 그런 면에서 텍스트의 (다른事情은없는것이차라리나았소)라는 진술은 타당하다. 다른 선택의 여지가 없는, 그래서 오직 무서운 아해와 무서워하는아해를 구분하는 문제만 남는다. 그러나 다음 연에는 이러한 기대와 예상을 전적으로 부정하는 진술이 이어진다. 일종의 허무적 체념이라고 할 수 있을, '아무래도 좋다'라는 진술이 이어진다. 아무래도 좋다니, 이것은 또 웬 해괴한 말인가. 이 말의 표면에 숨은 내적 논리는 다음과 같이 볼 수 있다. 즉 무서울 정도로 강하게 반발하든, 무자각적으로 받아들이든 간에 무섭게 하는 세계의 그 무엇은 그대로 남는다는 논리가 성립된다. 무섭게 반발하는 아해가 설혹 13인 모두라고 해도 그 무서움의 세계의 벽은 불가항력임을 암시하는 것이다. 그만큼 그 세계의 벽은 한없이 두텁고 높은 실체임을 부정할 수 없다는 뜻이다.[10) 그 세계의 벽을 철저히 인식하는 화자는, 따라서 '무서운兒孩'이기도 하고 동시에 '무서워하는兒孩'이기도 하다. 그것은 전근대와 근대가 혼효되어 있는 이 땅 위에서 살아가지 않으면 안 될 이상의 운명이자 아이러니가 아닐 수 없다. 따라서 이상의 절망은 자각적이다.

3) 무서움의 실체

그러면 도대체 무엇이 아해들을 무섭게 하는 것일까. 그 무서움의 실체란 도대체 무엇이란 말인가. 우리는 여기서 그것의 한 끝이나마 잡을 수 있어야 한다. 그렇지 않고 해석을 끝낸다면 이 시는 의미 없는 기호의 나열에 불과한 것이 되고 만다. 두 가지 방향으로 접근이 가능하다. 첫째로, 아해들이 무섭다는 말을 한 것은 '도로를 질주'했기 때문이다.

---

10) <홍길동전>에서 길동의 가출도 길동의 의도만큼 성공적이지 않다. 왜냐 하면, 조선의 질서는 요지부동 그대로이며, 길동은 '栗島國'이라는 가공의 공간으로 밀려나, 결국 조선의 그 옹벽을 뚫지 못한 것으로 볼 수 있기 때문이다. 이는 봉건 질서 안에 순응하든 강하게 반발하여 뛰쳐나가든 상관 없이 처음부터 통로는 막혀 있었던 셈이고, 따라서 그 세계의 벽은 설혹 '무서운' 정신을 가진 홍길동이라 하더라도 허물어뜨릴 수 없는 철옹성의 실체로 존재하는 것이다. 「烏瞰島」의 시적 질서와 전혀 다르지 않다. 그렇다면 「烏瞰島」에 없는 '栗島國' 은 무엇인가. '栗島國'은 길동의 실패에 대한 대리 충족의 형태로 제공된 소설적 장치로 볼 수 있겠다.

'도로'는 사람이 다니기 위해 인위적으로 닦아놓은 길로서, 도로는 바깥 세계로의 진입 코드를 의미한다. 환언하면 새로운 문화 환경과의 의사 소통 코드이다. 그렇다면 아해가 도로로 뛰쳐나오기 전의 공간은 기존의 이미 형성되어 고착된 문화 환경이 된다. 이에 대한 공포와 불안이 아해로 하여금 도로로 뛰어나가게끔 한 것이다. 그런데 아이의 존재는 반드시 모성의 존재를 전제하는바, 아이가 모성의 보호 공간에 있다면 '쫓김'은 가능하지 않다. 이 말은 아이가 모성의 보호 공간을 상실했음을 의미한다. 뛰쳐 나왔다면 의당 뚫린 길어야 하지 않는가. 그러나 그 도로의 끝은 막다른 골목! '도로'로 쫓겨서 뛰쳐나온 바깥 세계도 역시 폐쇄된 공간의 연장선상에 있을 따름이다. 따라서 그 '도로'로의 진입은 소통 회로가 단절되어 있거나 막혀있는 상황을 의미한다. 아니, 처음 연과 마지막 연에서 보는 것처럼, 질주하든 질주하지 않든 막다른 골목이든 뚫린 골목이든 관계없이 소통 회로는 애초부터 소통불능의 폐쇄회로이었던 셈이다. 따라서 그 '무서움'은 외부 세계로의 통로가 차단되거나 봉쇄되어 자아와 세계의 친밀한 관계가 절연된 데에서 오는 절망과 극도의 불안감의 표백이 되는 것이다. 이러한 분석에 의거, 작품 생산의 환경과 결부시켜 보면 그 무서운 세계는 이상이 그토록 숨막히게 못 견뎌 했던 19C 조선의 봉건 질서와 조선 사회 전체에 만연해 있던 관습적 전근대 의식 전반을 지목하는 것이 된다.

둘째의 해석으로 텍스트 그 자체에서 생산되는 무서움이다. 말하자면 개개인의 개성과 자유가 말살된 것을 들 수 있다. 텍스트를 보면 무서움은 일관되게 하나같이 異口同聲으로 13인의 아해들의 입으로부터 터져 나오지 않는가. 이렇게 13명의 다양한 아해들의 입에서 다양한 개성의 소리가 나와야 마땅할 터인데 하나의 소리만이 나오는 것 그 자체가 무서울 수도 있지 않겠는가. 개개인의 실존적 자유와 개성이 질식되어 있는 이곳은 인간이 살아갈 수 있는 곳이 아니다. 무서운 전체주의자들, 하나의 반응만 나타내야 하는 굴종된, 억압된 노예인간들만이 자신을 죽여버린 채 연명해야 하는 곳이다. 인간은 자신의 세계관에 따라 자신의 삶의 방향을 모색하기 마련, 그러나 그러한 출구와 통로가 오직 한 방향으로만 열린, 아니, 막혀 있다고 보는 것이 정확한 표현이다—세상의 논리가 지배하는 것이 아닌가. 화가가 되고 싶었지만, 그러나 백부의 완강한 뜻에 차단되어 건축 기사가 되지 않을 수 없었던 이상이 아니었던가! 욕망의 분출이 경색된 시대를 살았던 이상에게 그를 둘러싼 모든 환경은 무서운 공포의 세상이 아닐 수 없었을 터이다.

4. 마무리

이상은 자의식이 강한 작가임에 틀림없다. 그의 전 작품이 그 증빙 자료이다. 그런데 자의식은 선천성일 수도 있으나, 후천적 환경에 의해 형성되는 경우가 압도적이다. 이상 문학에 대한 접근으로 가장 심각한 분석적 오류는 이상의 자의식을 지나치게 내면 지향의 폐쇄성, 달리 말하면 정신 병리 현상으로 몰고 가서 결국 정신 이상의 문제로 환원시키는 오류이다. 문학은 정신 분석의 대상이 아니다. 정신병자의 글이 어찌 문학이 될 수 있겠는가. 따라서 문학 작품에 대한 접근시 작가의 정신 분석은 신중에 신중을 기해야 할 사안이고, 그렇게 할 당위성이 있다면 작품의 내재적 요소와 외적 요소를 적절히 배합하여 접근해야 할 것이다.

이상의 「오감도」는 철저히 통속적 형식에 대한 부정으로 일관되고 있다. 아니, 그것의 해체를 시도하여 새로운 질서를 확립하려는 방향을 모색하고 있다고 해야 할 것 같다. 세계에 대한 불안과 공포라는 자의식의 발현으로 철저히 세계의 모순을 폭로하고 부정하는 한편, 새로운 세계 질서를 바라는 내심이 은밀하게 담겨 있다. 이상에게 그것은 시간의 부정으로 출범한다. 극단적인 형식의 파괴로 일관한 「오감도」의 모든 시가 그것을 입증한다. 그러나 그 자신도 그 완강한 세계의 굴레에서 벗어날 수 없다는 운명 의식이 그를 절망케도 한다. 아버지의 아버지, 또 그 아버지의 아버지가 되지 않을 수 없는, 즉 과거의 시간과 결코 절연하지 못한다는 절명적 시적 진술이 있는가 하면(「시제2호」), 싸움하던 사람과 싸움하지 않는 사람의 동일시를 통해 과거와 현재의 연속적 얽힘에 대한 황당함이 토로되기도 한다(「시제3호」). 또한 과거 '歷史의 亡靈'의 고리를 끊지 못하고 그 '싸늘한 손바닥'에 '烙印'된 채 혼절하고 마는 절망적 탄식이 공허하게 울리기도 한다(「시제15호」). 이 고리를 끊어보려는 그의 몸부림과 안간힘은 도처에서 기왕의 문학적 관습과 삶의 형식을 과격하게 파괴하고 있는 데에서 처절함의 절정을 이룬다. 마치 해머를 불끈 동여 쥐고 낡은 건물을 연신 부수어 대고 있는 이상의 외롭고 처절한 투쟁을 상기하게 하는 것이다. 이러한 의식의 바닥에는 유년기의 분리 체험이 저류를 형성하며 소리를 죽인 채 흐르고 있다.

백석시의 음식 담론考

1. 들머리

백석의 시작품에서 먹고 마시는 식생활과 음식물에 대한 구체적 형상화를 찾기란 어렵지 않다. 김명인의 조사에 따르면, 백석의 시에 등장하는 음식물의 종류는 무려 110여 종에 달한다[1]. 100여 편의 작품을 평균잡아 보면 거의 매 편마다 한 가지 이상의 음식물이 등장하는 셈이니, 한 마디로 그의 시는 '음식 혹은 식생활의 담론'이라 해도 지나친 말이 아니다.

백석이 음식과 식생활의 담론화를 통해 겨냥하는 바는 무엇일까. 의식주 생활이 문화적 현실을 지탱하는 바탕임은 부정할 수 없는 일, 백석이 집요하리만큼 이에 집착한 저의는 결국 이 문화적 현실이 참담하게 무너진 데 따른 인식에 있다고 판단된다. 실제로 당대의 문화적 현실의 붕괴 실상은 이미 그의 소설 「마을의 遺話」에서 리얼하게 그려진 바가 있다[2]

---

1) 김명인, <白石詩考>, 「牛步 전병두박사 화갑기념논문집」, 1983, 118쪽.
2) 이에 대해서는 필자가 다른 글에서 이미 분석한 바가 있다. 졸고, 『일제하의 사회 변동과 문학적 대응』(배달말 26호), 배달말학회, 2000. 6.

지금까지 백석시에 대한 논의는 이 음식의 시화라는 특이성에 주목을 하면서도 정작 논의의 중심에 두지는 않았다.[3] 이 점에 착안하여 본고는 그의 시의 결코 간과할 수 없는 특성인 음식을 중심으로 형성되는 담론의 의미망을 살펴보기로 한다.[4]

2. 유년 공간 탐색, 총체적 삶의 욕망

먹는 일, 곧 식생활은 어린이의 일상을 점유한다. 그 둘의 분리란 바로 어린이와 세계의 불일치 또는 불화를 의미하게 된다. 그런 면에서 김현이 백석의 음식에 대한 관심을 "오락으로서의 기쁨"[5]으로 본 것은 극히 인상적 해석이라 아니할 수 없고, 김명인이 백석시에 숱하게 나타나는 음식물들을 풍족하지 아니한 현실적 삶의 역설적 상징[6]으로 본 것도 지나치게 앞서간 해석이 아닌가 생각된다. 음식의 형상화가 이루어지고 있다 하여 반드시 경제적 현실로만 환원시키는 것은 지극히 단순한 논리가 아닐 수 없다. 또한 많은 음식명이 시어로 등장했으니 추억 속의 공간은 '풍족했음'의 의미 차원으로 환원시키는 것도 역시 도식적임을 피할

---

3) 지금까지의 논의를 보면 김명인 정도가 그런 대로 소기의 의미론적 성과를 이룩한 것으로 보인다. 그러나 음식의 담론화에까지는 이르지 못하고 만 한계가 있다. 김명인, 앞의 논문 참고.

4) 그러나 음식명이 나왔다 하여 다 텍스트에 포함시키는 것이 아님을 밝혀둔다. 음식지향성이나 이에 대한 의식이 두드러진 작품만 대상으로 할 것이다. 단순히 소재 차원에만 그치고 있는 음식은 본고에서 다룰 주제 범주에서는 무의미하다. 백석의 시에 사용된 음식의 빈도를 가지고 작품에 접근하는 방법, 이른바 지수(指數)를 가지고 시인의 의식 성향을 밝혀내는 접근 방법은 본고에서는 전혀 고려하고 있지 않다. 오로지 시적 주체의 행위와 의식에 연결되어 의미화되고 있는 시만을 텍스트로 삼는다.

5) 김윤식·김현, 『한국문학사』(민음사), 1973, 219쪽.

6) 김명인, 앞의 논문, 120쪽.

수 없다. 왜냐 하면, 그의 시에 등장하는 음식명은 풍족함과는 다소 거리
가 먼, 아주 소박하고 어쩌면 구황식품이라 해야할 음식이 상당수이기
때문이다.[7] 아무리 가혹한 일제 식민 정책으로 인한 경제적 궁핍이 있었
다 하더라도 그 정도의 음식으로써 풍족한 현실을 대상할 수는 없는 것
이다. 다만 우리는 음식의 형상화를 통해서 전방위에 걸쳐 가동되었던
일제 식민 정책과, 이로 말미암은 지각 변동 곧 민족 삶의 총체적 와해
현상에 대한 시인의 심각한 위기감을 감지할 수 있다. 그 위기감은 오랜
생명력으로 지속해 온 문화적 삶의 "죽음", 말하자면 외부적 현실의 영
양 차단으로 기아 상태에 이르른 삶의 '죽음'에 대한 위기감의 표현이다.
삶의 '죽음'에 직면한 위기감이 역시 오래고 질긴 생명력의 원천으로써
영양을 공급해 주는 '음식'에 대한 집념으로 나타남은 타당하다. 바로 이
점에서 추억 공간 속의 음식담론은 그 저의를 드러낸다. 백석시의 음식
은 당대를 소급해도 진귀한 음식에 들 리 없는 지천한 것들이지만, 앞에
서 언급한 것처럼, 영양 결핍으로 쇠잔해진 현재를 원기 충전한 '살아있
음'의 세계로 되살려내는 자질, 환언하면 자아와 세계가 분리되지 않은
총체적 경험의 이상 공간을 직조하는 자질이 되고 있다.

> 어린 시절의 추억 자체의 아름다움과, 거기에 포함되어 있는 그
> 때에 느꼈던 아름다움, 이 이중의 아름다움으로 하여 어린 시절은
> 그 자체가 정녕 인간의 이상향, 그 자체가 인간의 상상력이 지향하
> 는 원형이 된다고 할 수 있을 것이다.[8]

---

7) 시집 『사슴』에 등장하는 음식명을 거론하면 대략 다음과 같다.
"백설기, 제비꼬리, 마타리, 쇠조지, 가지취, 고비, 수리취, 고사리, 두릅순, 회순,
물구지우림, 둥글네우림, 도토리묵, 도토리범벅, 인절미, 송구떡, 콩가루찰떡, 도야
지비게, 무이징게국, 두부산적, 니차떡, 청밀, 송편류, 밤소, 팟소, 무, 감자, 머루,
다래"
8) G.Bachelard(곽광수 역), 『공간의 시학』(민음사:1973), 117쪽 주 참고.

어린 시절의 추억은 그 자체로서 아름다움이고, 인간이 지향하는 삶의 이상향이다. 그것은 유년의 세계가 내장하고 있는 생의 활기와 에너지로 충만한, '살아있음'의 세계가 되기 때문이다.[9] 또한 유년 시절이야말로 "하나의 이미지, 행복한 이미지를 끌어들이고 불행의 경험을 거부하는 이미지의 중심"[10]이 되기 때문일 것이다. 그 유년의 중심에 음식은 유년을 내포하는 질감으로서 오롯이 자리잡고 있는 것이다. 과거의 내밀한 가치는 현재에 反하기 마련, 따라서 유년기의 회귀와 음식에 대한 집착은 다분히 현실 타개의 심리적 전략 차원에 있다고 하겠다.

> 흙담벽에 볓이따사하니
> 아이들은 물코를흘리며 무감자를먹었다
>
> — 「初冬日」 1연

> 호박닢에싸오는 붕어곰은 언제나 맛있었다
>
> — 「酒幕」 1연

> 노란싸리닢이한불깔린토방에 햇츩방석을깔고
> 나는호박떡을 맛있게도먹었다
>
> — 「여우난곬」 3연

흙, 공기, 물, 불 등 우주를 형성하는 4원소의 상호작용, 곧 햇볕에 그을리고('흙'), 燻製되고('공기'), 끓이고('물'), 익혀서('불') 만들어지는 음식

---

9) 가령, 지금 독자들에게 광범위한 읽을거리를 제공하고 있는 만화 「검정 고무신」과 「건빵 한 봉지」가 시사하는 바는 크다. 특히 30대 후반 이후의 중장년층의 어린 시절을 주내용으로 한 이 만화는 '검정 고무신'과 '건빵 한 봉지'가 환기하는 것처럼 6,70년대의 가난했던 시절의 추억을 담론화하고 있다. 이 만화가 독자층의 호응을 받고 있는 것은 어른 세계의 고단함과 아귀다툼하는 갈등의 현실을 소거하는 정겨운 인간 관계가 '살아있기' 때문이다.

10) G.Bachelard(김현 역), 『몽상의 시학』(기린원:1989), 141쪽.

은 모든 것을 감싸는 우주성의 원리 존재인 어머니의 손을 거쳐 만들어
지는 만큼 다분히 모성적 가치를 지닌다. 인용된 부분의 '무감자, 붕어곰,
호박떡'에 현재의 추위에 반하는 과거의 내밀한 훈기가 서려있음은 바로
이 음식의 모성적 가치 때문이다. 그 모성적 가치는 다분히 생래적인 만
큼 문명적 코드로는 접근이 불가능하다. 가령, '물코를흘리며' 무감자와,
'호박닢에싸오는' 붕어곰, 그리고 '노란싸리닢이한불깔린토방에 햇 방석
을깔고' 호박떡을 먹는 아이들의 모습에서 문명적인 코드는 거의 배제된
채 문명 이전의 정겨운 토속적인 삶의 양식이 펼쳐지고 있음은 이러한
연유에서이다. 결국 시인은 일제 식민 공간의 문명화(근대화)에 대한 부
정적 시각을 표명하고 있는 셈이다. 일제 주도의 근대화는 민족 고유의
삶을 전복하려는 음험함이 잠복되어 있다. 그들의 치밀한 주도 아래 민
족의 고유한 삶의 양식은 그 원형을 상실하고 그들의 의도대로 변질되어
가고 있었던 당대의 사실적 정황이 그 음험함을 입증하고도 남는다. 모
든 것이 훼손되어 이질화된 마당에 백석이 집요하게 매달린 것이 음식이
라는 사실은 적어도 음식만큼은 그들의 뜻대로 변질되지 않을 것이라는
마지막 믿음이 숨어 있다. 이 믿음은 그가 매달린 음식의 토속성에서 더
욱 그 탄력을 얻는다. 따라서 그 음식은 변질되지 않는 '모성' 같은 것,
혹은 모성의 물적 은유로 볼 수 있겠다.

　어쨌든 시인은 지금 배고픔의 공복 상태에 있다.[11] 그것은 삶의 훼손
과 붕괴에 처한 시인의 현실 인식과, 이로 인한 심리적 파탄에서 오는
정신적 공복을 환기한다.[12] 그래서 비록 거친 음식물로 환기되는 유년

---

11) 백석시의 '배고픔'은 박목월의 시에서 다량으로 검출되는 '목마름'의 의미소와
　　서로 대응한다. 이 두 의미소는 공히 일제하의 폭압적 현실로 인해 훼손되어 버
　　린 삶에 대한 인식과 결핍 의식을 드러낸 것으로 보인다.
12) 따라서 음식물은 "스트레스에 대한 방책으로서 代用되며, 그 심리적 가치는 태
　　내 영양식과 어머니의 젖가슴의 대용물로서 도출된 것이며 안도감의 상징으로
　　서 가치가 있는 것이다." E.Atwater(김인자 역), 『적응심리』(정민사:1989), 82쪽.

공간이지만, '맛있다'는 미적 가치의 영역을 거치면서 배고픔의 욕구는 해소되고, 자아와 세계가 합일을 이루는 총체적 경험의 공간이 된다. 그 공간에는 문화적 현실의 붕괴로 인해 이산(離散)된 친족과 이웃들의 삶, 그리고 그 순수한 인간의 원형[13]이 오롯이 살아난다. 따라서 음식은 이들 인간들과 서로 대응하며, 나아가 '집'의 속성인 가족공동체의 구성과 긴밀히 맞물린다.

> 이그득히들 할머니할아버지가있는 안간에들몽여서 방안에서는 새옷의내음새가 나고 또 인절미 송구떡 콩가루차떡의내음새도나고 끼때의두부와 콩나물과 뽁운잔디와 고사리와 도야지비게는모두 선득선득하니 찬것들이다
>
> (…)
>
> 밤이깊어가는집안엔 엄매는엄매들끼리 아르간에서들웃고 이야기하고 아이들은 아이들끼리 웅간한방을잡고 조아질하고 쌈방이굴리고 바리깨돌림하고 호박떼기하고 제비손이 구손이하고 이렇게화디의사기방등에 심지를 멫번이나독구고 홍게닭이멫번이나울어서 조름이오면 아릇목싸움 자리싸움을하며 히드득거리다잠이든다 그래서는 문창에 텅납새의그림자가치는아츰 시누이동세들이 욱적하니 홍성거리는 부엌으론 샛문틈으로 장지문틈으로 무이징게국을끄리는 맛있는내음새가올라오도록잔다
>
> —「여우난곬族」에서

> 내일같이명절날인밤은 부엌에쩨듯하니 불이밝고 솥뚜껑이놀으며 구수한내음새 곰국이무르끓고 방안에는 일가집할머니도 와서 마을

실제로 현대인의 외로움과 불안, 불만감의 스트레스는 거식증(巨食症)의 징후로 나타나는 현상을 목도하게 되는데, 그 원인은 이러한 데에서 찾을 수 있을 것이다.

13) 가령, 주막의 주모(「酒幕」)나 삶의 서러움을 간직한 채 살아가는 세 분의 고모(「여우난곬족」), 귀먹어리할아버지(「庫房」)와 같은 인간들.

의소문을 퍼며 조개송편에 달송편에 쥐두기송편에 떡을빚는곁에서
나는 밤소 팥소 설탕든콩가루소를먹으며 설탕든콩가루소가 가장맛
있다고 생각한다
　　나는 얼마나반죽을 주물으며 힌가루손이되어 떡을빚고싶은지모른다
—「古夜」 4연

유년 공간을 밀도 있게 채우는 추억의 백미는 역시 명절이다. 명절의 세계상은 만남, 곧 죽은 자와 산 자의 교유, 친족간의 만남, 그리고 온갖 음식들의 경연을 통해 아름다운 삶의 극치를 구현하는 데 있다. 명절의 세계상은 어린이와 음식, 그리고 갖가지 놀이에 의해 구현되고 급격하게 상승한다. 명절의 활기찬 정경은 이 세 요소에 의해 결정된다고 해도 과언이 아니다. 죽어있는 세계의 정적(靜寂)에 비한다면 명절의 이 활기는 살아있음의 동영상임이 틀림없다. 「定州城」의 무너져 내리는 퇴락의 이미지와, 「女僧」, 「修羅」의 가족 붕괴의 참상과 같은, 이른바 反삶의 세계상은 이 곳에서는 멀리 물러나 있다.

한편, 유년의 세계 인식은 감각성과 구체성에 있는 데, 인용시에는 촉각, 미각, 후각 등의 감각을 통해 구체적 감각의 세계로 회귀하고 있다. 특히, "나는 얼마나반죽을 주물으며 힌가루손이되어 떡을빚고싶은지 모른다"는 시적 진술은 그 세계로 향하는 시인의 적극적 열망을 나타냄과 동시에 그가 추상하는 세계가 결코 관념의 공간이 아니라, 감각적 코드로 접근할 수 있는 구체적 공간임을 확고히 하고 있다. 따라서 그 세계에 대한 지향성은 가령, 다음 시에서처럼 '그리움'이란 정서적 반응으로 나타남은 당연하다.

토끼도살이올은다는때 아르대즘퍼리에서 제비꼬리 마타리 쇠조지
가지취 고비 고사리 두릅순 회순 山나물을 하는 가즈랑집할머니를
딸으며

나는벌서 달디단물구지우림 둥글레우림을 생각하고 아직멀은 도
토리묵 도토리범벅까지도 그리워한다

—「가즈랑집」에서

유년의 세계는 모성적 존재(가즈랑집할머니)의 치세 아래 풍성한 음식
물로 그리움의 밀도를 더해 간다. '그리움'은 자아와 현실 세계의 불일치
와 부조화에 대한 역설적 반응으로, 세계로부터의 소외감이 깊을수록 과
거 유년의 세계에 대한 그리움 또한 깊어진다. 인용 부분의 짧은 구절
속의 무려 12가지에 달하는 음식물과 통통히 살이 오른 토끼에 대한 그
리움은 유년의 세계에 대한 그리움에 다름 아니다. '토끼'는 야만성·공격
성·폭력성이 거세된, 식물성 곧 평화로움과 순수함의 은유로 기능하며, 시
인의 변형된 자아로서 작고 순수한 세계의 표징이자14), 충분한 영양 공
급으로 생명의 원기를 주유한 소망적 자아이다. 시인은 할머니의 사랑스
럽고 귀여운 한 마리 '토끼'였던 원기 충만한 생명의 세계를 음식물을
통해 몽상하고 있는 것이다. 동물의 매개를 통해 음식의 세계상이 이룩
됨은 다음 시에서 더욱 뚜렷해진다.

접시 귀에 소 기름이나 소뿔등잔에 아즈까리 기름을 켜는 마을에
서는 겨울 밤 개 짖는 소리가 반가웁다

이 무서운 밤을 아래 웃방성 마을 돌아다니는 사람은 있어 개는
짖는다

낮배 어니메 치코에 꿩이라도 걸려서 山넘어 국수집에 국수를 받
으려가는 사람은 있어도 개는 짖는다
김치 가재미선 동침이가 유별히 맞나게 익는 밤

---

14) 흔히 귀여운 자식이나 손자를 강아지나 토끼와 같은 작고 순수한 동물에 비유하
여 그 마음을 표현하는 것은 일반적인 언어 관습이며 의식의 드러냄이다.

아배가 밤참 국수를 받으려가면 나는 큰마니의 돋보기를 쓰고 앉
아 개짖는 소리를 들은 것이다

— 「개」 전문

개 짖는 소리와 국수의 연상 체계, 곧 국수와 개는 시적 일치를 이루
며 어떤 상황을 환기하는 환유 체계로 작용한다. 개는 다른 어떤 동물보
다도 인간과 긴밀한 관계를 맺고 있다. 따라서 개 짖는 소리는 가족공동
체의 형성과 인간적 삶의 깊이를 환기한다. 말하자면 시인에게 개 짖는
소리가 반갑게 들리는 것은 아배, 큰마니와 같은 가족들이 형성되고, 그
배면의 따뜻하고 훈훈한 삶의 세계가 몽상되기 때문이다. 이 반가운 개
소리와 한 테두리를 잇는 국수 역시 아름다운 삶을 나타내는 환유 체계
가 된다. 동치미국에 삶은 국수를 말아먹으리라는 상상 체계를 마련해
주며, 동시에 동치미국의 그 시큼한 냄새는 개 짖는 소리와 공명(共鳴)하
여 행복한 삶의 내면적 깊이를 이루어낸다. 이처럼 음식은 평화와 안정
과 정착을 바라는 욕망의 기호이며, 삶의 활기와 에너지를 주유하여 유
년의 아름다운 추억 공간을 밀도 있게 채우는 이상적 자질로 기능하고
있다.

그러나 유년의 세계는 결코 현재화될 수 없는 한계성을 지니기 마련,
언제까지 그 속에 터잡고 침잠할 수는 없는 일, 결국 시인은 현재를 인
식하는 것으로 그 모색의 방향을 틀게 된다. 이른바 여행시이다. 백석의
여행시는 현재(현실) 인식의 드러냄이자 의식의 전환이며 존재의 전환이
된다.

3. 길트기 의례, 그 외로움 견디기

시집 『사슴』을 통해 유년 공간을 탐색하던 백석은 그 시집을 끝으로 과거에의 침잠을 마감하고 현재의 공간으로 돌아온다. 곧 의식상의 유년에서 성인으로 성숙하는, 일종의 제의 과정을 거친다. 성인 의식, 그것은 바깥 세계의 현실에 대한 깊고도 폭넓은 인식을 의미한다. 일제하의 숨막히는 현실을 인식한 당대 문인들의 공통된 통로는 바로 이 '길트기'라는 의례였다. 백석의 시에서 '길트기' 의례는 여행으로 시작되는바, 그의 여행시는 첫사랑의 여인이던 박경련과의 관계가 계기가 된 것이다. 박경련의 고향인 '통영'을 방문하는 것을 필두로, 직장을 옮기면서 함흥으로, 만주로 생활 영역을 확장시키면서 그의 여행시는 발전해 간다.

그런데 그의 상당수에 달하는 여행시에 역시 음식을 통한 의식의 일단이 드러나고 있음은 자못 주목되는 일이다. 낯선 공간의 탐색과 음식! 그러나 이 둘을 선뜻 하나로 이어서 생각하기란 결코 쉬운 일이 아니다. 우선 다음의 시를 살펴보는 것을 시작으로 그 연결고리를 찾아보자.

> 전북에 해삼에 도미 가재미의 생선이조코
> 파래에 아개미에 호루기의 젓갈이조코
>
> — 「統營」에서

> 가까히 잔치가잇서서
> 곱디고흔 건반밥을 말리우는마을은
> 얼마나 즐거운 마을인가
>
> — 「固城街道」에서

남쪽 공간 영역에 대한 시적 주체의 정서적 반응은 '조코' '즐거운' 이다. 물론 각종 생선물과 건반밥으로 인한 반응이다. 그런데 이 음식류는 회상 공간의 식단에는 진설(進設)된 적이 없었던 것들로 아무래도 어른 세계로의 확장에 관계된다. 의식상의 성년의례가 이루어지고 있음의 물적 증거이다. 그런데 '조코' '즐거운'의 반응에서 드러나는 바이지만, 이 지역은 분명 이방 영역[15]인데도 불구하고 미적 영역의 범주에 있다. 물론 이 시편들이 『사슴』의 세계에서 바로 이어지는 작품이라는 점, 그리고 이 시편들의 시적 공간이 백석의 연인 박경련의 고향 인근 지역인 만큼 백석의 친밀 의식이 투영되어 있다는 점 등을 그 이유로 상정해 볼 수도 있다. 그러나 그보다는 공간적 의미론의 입장, 곧 남쪽 공간을 자방 영역, 이를테면 『사슴』의 자족적 공간으로 유년의 세계에 농축되어 있던 삶의 활기와 에너지를 여전히 보유하고 있다고 인식한 결과로 보인다. 그것은 그 지역 안에 내장된 음식을 통해 입증되며, 따라서 '조코, 즐거운' 미적 영역이 되는 것이다. 따라서 그 지역이 자체 음식을 내장하고 있느냐의 여부는 그 지역으로의 여행이 자족적 세계 확인인지 아니면 불모적 공간으로의 막연한 방황인지와도 서로 맞물린다. 이 점은 다음 시편과의 대비에서 확연하게 드러난다.

> (…)
> 한二十里 가면 거리라는데
> 한겻 남아 걸어도 거리는 뵈이지 안는다
> 나는 어니 외진 山길에서 맛난 새악시가 곱기도 하든것과
> 어니메 江물속에 들여다 뵈이는 쏘가리가 한자나 되게 크든 것을
> 생각하며
> 山비에 저젓다는 말럿다 하며 오는길이다
> 이젠 배도 출출히 곱핫는데

---

15) 이방 영역은 중심에서 벗어나 있는 영역, 따라서 그곳은 낯설고 어색하며 스스로 소외감을 갖게 되는 영역이다. 이에 반해 자방 영역은 중심에 놓여 있는 영역, 따라서 그곳은 친밀하고 낯익은 의식이 자리하여 동일성을 느끼는 영역이다.

어서 그 옹기장사가 온다는 거리로 들어가면 무엇보다도 몬저
『酒類販賣業』이라고 써부친 집으로 들어가자

그 뜨수한 구들에서
따끈한 三十五度 燒酒나 한잔 마시고
그리고 그 시래기국에 소피를 너코 두부를 두고 끌인 구수한 술
국을 트근히 멧사발이고 왕사발로 멧사발이고 먹자
— 「球場路」에서

오늘저녁 이 좁다란방의 힌 바람벽에
어쩐지 쓸쓸한것만이 오고 간다
이 힌 바람벽에
히미한 十五燭전등이 지치운 불빛을 내어던지고
때글은 다 낡은 무명샷츠가 어두운 그림자를 쉬이고
그리고 또 달디단 따끈한 감주나 한잔 먹고싶다고 생각하는 내
가지가지 외로운 생각이 헤매인다
— 「힌 바람벽이 있어」에서

　거칠게 읽어보아도 이 두 편의 시는 앞의 인용시와는 현격한 차이를
드러낸다. 앞의 시편이 '조코, 즐거운'과 같은 미적 영역인데 반해, 이 시
편은 외로움의 정조가 자아내는 척박한 영역이다. 그 이유는 자방 영역
의 자질인 음식물이 내장되어 있지 않기 때문이다. 그래서 시인은 그 현
실의 외로움을 견디기 위해 음식을 갈구한다. 음식의 내장 여부가 지역
공간의 의미를 확연히 드러내는 것으로, 위 인용시의 공간 영역은 이방
영역으로 이미 삶의 활기와 에너지를 보유하고 있지 않다는 것, 말하자
면 『사슴』의 자족적 세계가 붕괴되어 버린, 불모성의 현실에 놓여 있음
을 반증하는 것이다.
　「球場路」는 백석이 만주로 거처를 옮기기 바로 직전에 평안도를 기행

하면서 쓴 작품이고, 「흰 바람벽이 있어」는 만주에 거주하면서 쓴 작품인데 이들간에는 서로 교감되는 영역이 존재한다. 그것은 현실적 자아의 의식이 점점 작품 공간에서 확장 영역을 넓히고 있다는 점이다. 그 이유는 현실의 압박이 갈수록 가중되어 시인이 더 이상 현실을 감당해 내기 어려운 단계에까지 이르렀기 때문일 것이다. 나라땅 이곳 저곳을 다니면서 아름답고 평화로운 삶의 현장을 확인하고 싶어했던 자신의 소망이 더 이상 이루어지기 힘듦을 충분히 절감했을 것이다. 그 절감의 고단함과 외로움, 쓸쓸함 등의 정서가 인용된 작품 속에 노출되어 있음은 이 사실을 충분히 입증한다.

「球場路」의 시적 상황은 한참을 걸어도 '거리'는 보이지 않는 암담함이다. 그래서 시적 주체는 山비에 젖기도 하고 배가 출출히 고파 오기도 한다. 여행의 고단하고 고통스러운 모습이다. '거리'는 시적 주체의 도달점이자 지향점으로서 시적 현실의 고통을 해소시켜 줄 수 있는 공간이다. 그 곳에는 燒酒와 구수한 술국이 마련되어 있어 고단함과 배고픔은 해결될 것이다. 그 술국을 "트근히 멧사발이고 왕사발로 멧사발이고 먹자"는 다식성(多食性)은 음식의 구원성과, 이에 대한 강한 집착을 보여준다. 그러나 이 시에서 끝내 '거리'는 찾지 못한 것으로 보인다.[16] 이 '거리'의 지향성을 통해 찾고자 한 것은 무엇일까.[17] 가족공동체의 유년적 세계, 혹은 삶의 활기와 에너지가 내장된 음식성의 세계상을 그 거리의 끝에서 찾고자 했던 것으로 추정된다. 이후 백석시의 암담함과 절망감, 소외감 등은 이 '거리 찾기'의 실패에서 연유된 것, 나아가 백석의

---

16) 그것은 '술'이라는 일과성적인, 혹은 일시적 초월에 관련된 것이기 때문이다. 「咸南道安」(문장 10호)도 '거리찾기'의 실패를 보여준다.

17) 가령, 일제강점하에서 나라 안에서의 '거리찾기' 실패는 나라 밖으로 망명한 무수한 애국지사들의 이국(離國) 행렬로 나타난 바가 있는데, 이른바 나라 밖에서의 출구 모색(!)이란 나라 안에서의 출구 모색의 불가능성, 또는 전망의 부재를 의미한다. 백석의 경우도 이 맥락 위에서 이해할 수 있다.

만주 결행도 나라 안에서의 '거리 찾기' 실패로 인한 정신사적 의미에서
이해될 수 있는 것으로 생각된다.

「흰 바람벽이 있어」의 시적 주체인 '나'는 「球場路」의 '나'와는 비교
가 안될 정도로 문면에 두드러지게 등장하고 있다. 이것은 그만큼 백석
이 처한 개인적인 현실이 어렵고 절박했음을 알려주는 것으로 볼 수 있
다.[18] 시적 주체는 사랑하는 가족과 헤어져 홀로 이국땅에서 쓸쓸하게
살고 있다. 그러니 희망과 행복의 내면 풍경은 처음부터 기대할 수 없는
일이다. '흰 바람벽'은 시적 주체의 막히고 닫힌 한계 의식을 드러내는
투사물이다.[19] 그 앞에 홀로 앉아 있는 '나'의 내면 정서는 쓸쓸하기만
하다. "히미한 十五燭전등의 지치운 불빛"과 "때글은 다 낡은 무명샤츠"
는 암담하고, 전혀 앞을 바라볼 수 없는 척박하고 낙망한 외적 현실을
반영한다. "달디단 따끈한 감주"는 외적 세계의 어둡고 무거운 그림자를
밀어내고 자아를 '달고 따끈한 감주'의 세계, 곧 내면적 평화와 안정의
경험 공간으로 이끈다. 그러나 '감주'의 도취는 고통의 순간적 삭힘에 그
칠 따름, 그것은 발효되어 효력을 지니다가 조만간 증발하고 마는 한계
가 있다. 그 증발성의 한계로 인해 이국에서의 외로운 생활은 간단없이
지속적이다. 만주에서의 일련의 시편들 속에 지속적으로 표출되는 낯설음
과 외로움은 그 의식의 일단이다. 특히 다음 시에서처럼, 이국에서 맞는
명절은 그러한 의식이 더욱 심화되기 마련이다.

　　오늘 고향의 내집에 있는다면

---

18) 정효구, 「백석의 삶과 문학」, 『백석』(문학세계사:1996), 209쪽.
19) 그러나 이 시어는 한계의식을 나타내는 데에만 그치지 않고 그 한계성을 벗어
　　나게 하는 매개물이 되기도 한다. '흰' 색깔은 절망과 상실, 허무의 정서를 환기
　　하면서 또한 이에 대한 극복과 승화를 가능케 하는 상승의 기표이다. 아울러 이
　　색깔은 수직 상승의 이미지를 가진 '바람벽'과 조응한다. 이 시 뒷부분의 시적
　　반전은 여기서 이미 내재해 있었던 결과이다.

새옷을입고 새신도 신고 떡과 고기도 억병 먹고
일가친척들과 서로 몰여 즐거이 웃음으로 지날것이였만
나는 오늘 때묻은 입듯옷에 마른물고기 한토막으로
혼자 외로혀 앉어 이것저것 쓸쓸한 생각을하는 것이다
옛날 그 杜甫나 李白같은 이나라의 詩人도
이날 이렇게 마른물고기 한토막으로 외로히 쓸쓸한 생각을 한적
도 있었을 것이다
나는 이제 어늬 먼 외진 거리에 한고향사람의 조고마한 가업집이
있는것을 생각하고 이집에가서 그 맛스러운떡국이라도 한그릇 사먹
으리라한다
우리네 조상들이 먼먼 넷날로 부터 대대로 이날엔 으레히 그러하
며 오듯이
먼 타관에 난 그 杜甫나 李白같은 이나라의 詩人도
이날은 그어늬 한고향 사람의 주막이나 飯館을 찾어가서
그 조상들이 대대로 하든 본대로 元宵라는떡을 입에대며
스스로 마음을 느꾸어 위안하지 않었을것인가
—「杜甫나 李白같이」에서

『사슴』의 세계에서 철저히 이반되어 있으며, 명절의 세계상이 크게 훼
손되어 있다. 이 시에서 시적 주체가 처한 현실이 더욱 절박하게 다가오
는 것은 우리 겨레의 큰 명절인 "正月 대보름"을 "남의나라"에서 맞는다
는 사실 때문이다. "正月 대보름"의 민속적 의미는 텍스트에서 "새옷을입
고 새신도 신고 떡과 고기도 억병 먹고/일가친척들과 서로 여 즐거이
웃음으로 지날것"에 있다. 한마디로 만남과 행복 그리고 동화(同和)가 있
는 날이 되는 것이다. 그러나 '나'는 "웃음"으로부터 철저히 분리되고 소
외된 채 "쓸쓸한 객고에 있는 신세"가 된 것이다. 객고의 구체화는 "때
묻은 입듯옷에 마른물고기 한토막으로 혼자 외로혀 앉어" 있는 시적 주
체의 모습에서 뚜렷해진다. 이방의 공간 영역에 생명의 존재론적인 가치
와 힘이 내장되어 있을 리가 만무하다. 따라서 이 시편에서의 외로움과

쓸쓸함은 통제력을 상실한 채 강도 높게 표출된다. 궁여 끝에 찾게 되는, 외로움의 견딤의 힘은 역시 음식에서 얻는바, 바로 고향사람이 운영하는 가업집의 '떡국'이다. 두보나 이백같은 중국인에게 그들의 고향을 떠올리게 하고, 또한 그들의 마음을 위안시켜 준 음식이 元宵라는 떡이라면, 우리 겨레에게는 '떡국'이 이에 대응한다. 떡국은 민족 고유한 세시(歲時)음식으로 이방에서 생활하는 이에게는 그 의미가 각별하다. 이른바 '소외의 지양'의 힘을 얻게 되기 때문이다. 이규태는 세시음식의 의미를 다음과 같이 말하고 있다.

> 세시음식이 발달한 사회적 배경은, 첫째로 세시음식을 차려 먹음으로써 같은 민족으로서의 일체감을 강화, 결속해 준다는 사실을 들 수 있다. 한솥밥을 먹는다는 것이 물리적 의미를 초월, 같은 날 같은 때에 똑같은 재료로 만든 음식을 먹음으로써 동일 체험을 갖는다는 것은 민족 동질성을 강화시켜 준 보이지 않는 민족 결속의 자체랄 수가있다. 따라서 세시음식은 보이지 않는 민족 소속의 재확인이란 차원에서 재평가되어야 한다.[20]

세시음식으로서의 떡국은 동일 체험이나 민족 동질성의 차원뿐만 아니라, 고향에서 명절을 맞는 것 같은 상상적 체험을 하게 해 준다. 따라서 떡국은 단순한 음식 차원에 머무르지 않고, 남의 나라에서 쓸쓸한 객고에 시달리는 시적 주체의 현실적 소외감을 지양시키는 기능적 차원으로 변모하고 있다. 역시 만주 시절에 쓴 「목구」, 「국수」, 「백중」등의 풍속과 민속 차원의 시도 이와 동궤이다. 민족이 공유하는 민속 혹은 문화 체험을 형상화함으로써 민족의 동질성과 연속성을 확보하고, 이국에서의 소외감을 견뎌내려는 내면 의식을 담고 있는 것이다.

---

20) 이규태, 『우리 음식 이야기』(기린원:1991), 293쪽.

4. '갈매나무'의 정신, 절망의 현실 인식과 상승적 지향

갈매나무의 정신 세계는 현실의 어려움으로 인한 정신적 침체에서 벗어나려는 정신적 모색의 차원에 있다. 그의 시에서는 주로 야성의 건강한 생명의 세계나 정신적 고고함으로 현실의 어려움을 승화시키려는 방향으로 나타난다. 이 경향은 다음에 살펴볼 몇 편의 작품에서 그 의식의 일단을 보이다가 일제침략기에 백석이 쓴 마지막 작품으로 추정되는 「南新義州 柳洞 朴時逢方」[21])에 귀착되고 있다.

광복 후 허준을 통해 발표된 이 시는 4단 구성의 형식, 즉 기-승-전-결의 전개 방식을 취하고 있다. 이 구성은 전체적으로 하강과 상승의 구조이다. 기와 승이 시적 화자의 고난과 역경으로 인한 괴로움과 슬픔의 하강 구조라면, 전과 결은 그것의 극복과 승화 차원에 있는 상승의 구조에 해당한다. 그 상승의 정점이 바로 갈매나무의 정신 세계이다. 이 갈매나무는 백석의 정신적 지향점으로 보이며, 그 이전에 발표된 작품의 정신적 거점으로 자리한다.

> 낡은 나조반에 흰밥도 가재미도 나도나와앉어서
> 쓸쓸한 저녁을 맞는다
>
> 흰밥과 가재미와 나는
> 우리들은 그무슨이야기라도 다할것같다
> 우리들은 서로 믿없고 정답고 그리고 서로 좋구나
> 우리들은 맑은물밑 해정한 모래톱에서 하구긴날을 모래알만 헤이
> 며 잔뼈가 굵은탓이다
>
> 바람좋은 한벌판에서 물닭이소리를들으며 단이슬먹고 나이들은탓

이다

외따른 산골에서 소리개소리배우며 다람쥐동무하고 자라난 탓이다

우리들은 모두 욕심이없어 히여졌다

착하디 착해서 세괏은 가시하나 손아귀하나 없다

너무나 정갈해서 이렇게 파리했다

우리들은 가난해도 서럽지 않다

우리들은 외로워할 까닭이없다

그리고 누구하나 부럽지도않다

힌밥과 가재미와 나는

우리들이 같이 있으면

세상같은건 밖에나도 좋을것같다

— 「膳友辭」22) 전문

힌밥과 가재미 등 식단에 오르는 조촐하며 소박한 먹거리를 의인화시

---

22) "친구에게 주는 글"이라는 뜻의 이 시는 백석이 함흥영생고보에 근무할 때 쓴 작품이다. 친구는 누구일까. 백석과 한때 동거까지 했던 김자야 여사는 백석과 가장 절친했던 친구로 소설가 허준, 수필가이자 의사인 정근양을 기억하고 있다. 김자야, 『내 사랑 백석』(문학동네:1995), 126-134쪽. 그 친구는 짐작컨대 정근양보다는 허준일 가능성이 크다.
허준은 평안도 용천 출생으로 1935년 10월 『조선일보』에 시 「母體」를 발표하면서 백석과 비슷한 시기에 문단에 등단했다. 그러나 이듬해 『조광』지에 「濁流」란 단편소설을 발표하여 아예 소설로 장르를 바꾸었다. 백석과는 같은 직장에 근무하면서 서로 아주 심지가 잘 통했던 것으로 알려진다. 특히 허준은 백석이 보내온 작품 「남신의주 유동 박시봉방」과 「적막강산」을 『학풍』과 『신천지』에 각각 발표하기도 했던 백석의 둘도 없는 지음(知音)이었다. 또한 만주 체류시 "그 맑고 거룩한 눈물의 나라에서 온 사람이여/ 그 따사하고 살뜰한 볕살의 나라에서 온 사람이여"로 시작되는 「허준」이라는 헌시를 지을 정도의 백석이고, 그 대상이 될 허준이고 보면 이 두 사람의 관계는 단순 교우 이상일 것으로 짐작된다. 거칠고 황량한 만주 생활 속에서 백석은 '아름다운 풍속과 인정과 말'(「허준」)을 지닌 허준을 생각하며 이국 생활의 뼈저린 외로움과 가난함을 감내하고 극복했을 것이다. 「膳友辭」역시 그런 상황과 심경에서 나온 작품으로 판단된다.

켜 동류의식과 연대감을 표할 정도로 교감 영역을 넓히는 백석의 의도는
무엇일까. 백석의 일대기를 쓴 송준은 백석의 사랑했던 연인 박경련이
친구인 신중신과 결혼한데 따른 배신감과 실의에서 이런 시를 썼으리라
고 추정하고 있다.[23] 이런 저간의 사정들이 이 시를 배태한 요인들로, 실
제 작품에서 단서는 이 시의 마지막 행에 있다. "세상같은건 밖에나도
좋을것같다"의, 곧 세상의 더러움에 대한 혐오감이다.[24] 그의 다른 시에
서도 이러한 혐오감은 빈번하게 표백된다.

산골로 가는것은 세상한테 지는것이아니다
(…)
세상같은건 더러워 버리는 것이다
                              ― 「나와 나타샤와 힌당나귀」에서

그즈런히 손깍지 벼개하고 누어서
(…)
이못된놈의 세상을 크게 크게 욕할 것이다
                              ― 「가무래기의 樂」에서

　그 세상은 '더러워, 이못된놈의, 세상같은건' 등의 과격한 표현을 통해

---

23) 실제로 백석의 시 「내가생각하는것은」의 "내가 오래 그려오든 처녀가 시집을간
　　것과/ 그렇게도 살틀하든 동무가 나를 벌인일을 생각한다"에서 직접 토로한 것
　　을 보면 그들의 결혼이 백석 자신에게 심각한 충격을 준 것이었음을 짐작하게
　　한다.
　　송준이 조사한 바에 따르면, 백석은 허준과 함께 박경련의 고향인 통영에 가서
　　청혼을 했으나, 박경련의 모친에게 거절당했다고 한다. 결국 박경련은 신현중과
　　결혼하였는데, 표면상 이유는 백석의 어머니가 기생 출신이라는 소문이었다. 그
　　러나 그 이면에는 백석의 가문이나 경제적 형편이 신현중에 비해 현격히 떨어
　　졌던 데에 있었을 것이다. 송준, 『남신의주 유동 박시봉방』(지나:1994) 참조.
24) 더러운 것을 혐오하는 시인의 결곡한 성품은 그의 일화에서 확인된다. 전차간에
　　서 남이 잡은 손잡이를 잡는 대신에 손가락 두 개로 유리창을 버티는가 하면,
　　귀가해서는 반드시 비누로 손을 씻곤 했다는 그의 행동은 지나칠 정도로 더러
　　움에 대한 기피증을 나타낸다. 이런 성품이 이욕에 따라 부유하는 인간 세상과
　　결코 타협하지 않는 그의 처세를 가능하게 했을 것이다.

타매시되고 있다. 그런데 백석은 무슨 연유로 이토록 세상에 대한 혐오감을 드러내는 것일까. 어느 시대이든 세상의 논리는 물질의 유/무, 조건의 우/열의 기준에 준거하기 마련이다. 진실보다는 가식에, 내적 가치보다는 외적 치장에 우위를 두는 세상의 논리에 대한 백석의 체질적 거부감이 이 도저한 부정의 형태를 얻은 것으로 보인다. 아니면 세속의 논리에 타협할 수도 없고, 타협하지도 못 하는 자신을 방어하기 위한 수단으로 세상을 극히 혐오하는 것일 수도 있다.

「膳友辭」에서 힌밥과 가재미는 흰색이라는 공통성을 지닌다. 그것은 3,4연의 삶의 생존 공간과 5연의 삶의 속성을 표상한다. 무욕과 착함, 그리고 정갈한 삶의 표상으로, 이욕에 따라 부유하고 아귀다툼하는 세상의 논리에서 벗어나 있는 삶의 모습이다. 이러한 삶의 고집은 불을 보듯 뻔한 일, 가난하고 소외된 삶을 영위할 것임은 자명한 일이다. 그러나 시인은 그런 세상과는 절대로 타협하지 않겠다는 단호한 의지를 표명한다.[25] 이 정신은 더욱 강화되어 최소한의 생존을 지탱해 주는 음식을 스스로 선택함으로써 자신의 의지를 벼른다.

> 어진 사람이 많은 나라에 와서
> 어진 사람의 줏을 어진사람의 마음을 배워서
> 수박씨 닦은 것을 호박씨 닦는것을 입으로 앞니빨로 밝는다
> (…)
> 어진 사람이 많은 나라에서는
> 五斗米를 벌이고 버드나무아래로 돌아온 사람도
> 그   차개에 수박씨 닦은것은 호박씨 닦은것은 있었을것이다

---

25) 필자가 알기로 백석은 그 흔한 동인 활동 한 번 한 적이 없다. 구인회 기관지인≪시와 소설≫에 시를 발표한 적은 있으나 그것도 동인으로 참여한 것은 아니었다. 동인 활동을 하지 않은 문인을 찾기란 어려운 일이 될 만큼 당대는 등단하면 곧바로 동인 활동으로 가는 것이 기정 코스였다. 그러나 백석은 의외로 생각될 만큼 동인 활동의 궤적을 전혀 남기지 않았다. 추정컨대 백석의 성정으로 보아 그 동인 활동마저도 세상의 논리에 따르는 것이라고 사갈시하지 않았을까 싶다.

나물먹고 물마시고 팔벼개하고 누었든 사람도
그 머리 맡에 수박씨 닦은것은 있었을것이다
― 「수박씨 호박씨」에서

어진 사람이 많은 나라는 물론 중국이다. 백석이 수박씨 호박씨를 거
론한 것은 만주에서의 가난한 생활상, 곧 물질적 조건의 궁핍함을 드러
내기 위해서다. 인용시에서 수박씨와 호박씨는 어진 사람의 즛(행동)과
마음을 나타내는 표지이다. 백석은 이들을 통해 마음, 곧 정신을 강조하
고 있는데, 그 마음, 그 정신은 세속의 불의와 부조리를 용납하지 않았
던, 그래서 五斗米를 버리고 낙향의 길을 택했던 도연명의 곧고 높은 삶
이며, 不事二君의 충절을 지키기 위해 수양산에서 나물만 캐어 먹다 죽
은 백이 숙제의 고고한 삶이다. 백석의 만주 결행은 "내가 등 붙이고 편
안히 잘 곳이 이 조선땅엔 없어!"라고 했다는 그의 말에서 어렴풋이 짐
작이 간다. 김자야는 복잡한 가정사와 봉건적 관습 때문이었다고 하지
만[26], 일제 강점하의 파쇼적 분위기도 만주 결행의 결정적인 동기를 제
공했을 것이다. 그러나 만주에서 백석이 겪은 고충도 결코 조선에 비해
크게 다르지는 않았을 것이다. 도연명과 백이 숙제가 등장한 것을 보면
그에게 가해지는 위협과 어떤 강요가 있었으리라는 추정이 든다. 가령,
일제 동조 행위를 강요당했을 수도 있고[27], 그에 대한 불응으로 생계에
위협이 가해질 수도 있었을 것이다. 사람들이 자신의 먹은 마음을 하루
아침에 허물어뜨리는 것 가운데 하나는 바로 물질적 위협이다. 그러나
백석은 이 물질적 위협 앞에서도, 비록 수박씨 호박씨로 연명할지언정

---

26) 김자야, 같은 책, 161쪽.

27) 작가 송지영에게 들은 이야기를 김자야가 전하는 바에 의하면, 백석이 신경의
　　관청에 근무할 때 일본인 상사로부터 창씨(創氏)를 하라는 명령이 있었다고 한
　　다. 백석은 이를 따르지 않고 사표를 제출하였다고 한다. 김자야, 같은 책,
　　176-177쪽 참고.

자신의 정체성에 위협을 가하는 그 어떤 외부적 요인도 불용하겠다는 굳고 곧은 갈매나무의 정신 세계를 다지는 것이다.

뿐만 아니라 음식은 역사적 상상력과 결부되어 이민족의 압제 아래 쇠잔할 대로 쇠잔해진 민족의 정기를 되살리고, 강인한 민족 정신을 불러일으키는 추동력이 되기도 한다.

> 거리에서는 모밀내가 낫다
> 부처를 위하는 정갈한 노친네의 내음새가튼 모밀내가 낫다
> 어쩐지 쑙山부처님이 가까웁다는 거린데
> 국수집에서는 농짝가튼 도야지를 잡어걸고 국수에 치는 도야지고
> 기는 돗바늘가튼 털이 드문드문 백엿다
> 나는 이 털도 안뽑은 도야지고기를 물구럼이 바라보며
> 또 털도 안뽑는 고기를 시컴은 맨모밀 국수에 언저서 한입에 꿀
> 꺽 삼키는 사람들을 바라보며
> 나는 문득 가슴에 뜨끈한 것을 느끼며
> 小獸林王을 생각한다 廣開土大王을 생각한다
>
> ― 「北新」 전문

모밀→(노친네)→국수→사내들→小獸林王 廣開土大王으로 엄청난 시적 확장을 꾀하고 있는 작품으로, '모밀'을 통해 '노친네'의 모성을, 소수림왕과 광개토대왕을 통해 부(父)의식을 회복하고 있다. 가장 이상적이고 완전한 인격 형성의 원리로, 溫(柔)과 剛(强)의 융합이 '모밀'을 통해 자연스럽게 이루어지고 있는 셈이다. "부처를 위하는 정갈한 노친네"와 "돗바늘가튼 털이 드문드문 백"인 도야지고기를 한입에 꿀꺽 삼키는 사내들이 결합되어 역사적 인물인 "소수림왕과 광개토대왕"으로 합치된다. 우리 역사를 들추어 볼 때, 이들은 나라땅을 가장 크게 넓힌 인물들로 민족 영웅의 상징적 존재이다. 나라땅이 이민족에게 유린되고 민족의 생활은

곤궁의 극에 이른 역사적 배경을 떠올리게 한다. 이른바 전경화(前景化)의 시적 원리에 따른 독법이 요청된다. 말하자면 일제하의 식민지 상황, 곧 민족 정신(정기)을 말살하려는 식민 정책이 전경(前景)으로 떠오르게 되고, 이들은 강인한 생명력과 "신선한 식욕의 조응체"28)로서의 기표가 됨과 동시에 시인과 민족의 소망을 대상(代償)해 주는 존재로서 정신적 버팀목이 된다. 회상 공간에서 고향을 추상하면서 추구했던 시적 세계와는 전혀 다른 민족적 삶의 구축이다. 『사슴』에서 음식이 평화롭고 정적인 삶의 세계를 이루었다면 텍스트의 음식인 '도야지고기'는 다분히 생동감이 넘치는 동적인 삶의 원형으로 이끈다. "정갈한 노친네의 내음새가튼 메밀내"가 나는 곳, 곧 나라땅 전역에 살아 숨쉬는 모성의 생명 세계의 확인과, 원시적 생명성을 지닌 야성적 사내들의 왕성한 식성을 통해 현재 침체되어 있는 민족의 정신을 부상시키려는 의식이 드러난다. 따라서 이 시는 하강 국면에 빠져 있는 민족의 정신 세계를 모밀과 도야지를 매개로 역사적 생명의 세계로 상승시키고 있는 작품이다. 여기서 우리는 역사적 어둠 속에서도 굴하지 않는 굳고 정한 갈매나무의 정신을 또 한 번 확인하게 된다.

5. 마무리

문화적 현실은 의식주 생활을 바탕으로 그 위에 다양한 삶의 단층이 형성되는 적층적 구조를 지니고 있다. 따라서 바탕을 이루는 생활 요소가 무너지면 그 기반의 토대 위에서 형성된 문화적 현실도 와해되고 만다. 일제하의 파시즘은 재언의 여지 없이 문화적 현실의 붕괴를 전제한

---

28) 김명인, 같은 논문, 120쪽.

다. 백석시의 음식 담론은 바로 이 문화적 현실의 와해에서 시작되었을 것으로 판단된다. 지금까지의 논의에서 검출된 것처럼, 백석시의 음식 담론은 크게 추억 공간과 현재 공간의 양방향에서 전개되고 있다.

추억 공간에서는 삶의 심각한 훼손과 붕괴에 직면한 시인이 과거적 현실인 유년기의 추억을 회상함으로써 비록 거친 음식이나마 음식 속에 내장된 생의 활기와 에너지로 충일했던 총체적 삶의 원형을 탐색하고 있다. 유년은 인간의 신화기에 해당하는 층위로, 유년의 일상은 먹는 일을 충족시키는 데에서 자아와 세계의 총체적 합일을 이룩한다. 그 합일의 경지만이 외부적 충격으로 인해 훼손된 순수했던 삶을 복구할 수 있기 때문이다.

그리고 현재 공간에서 음식은 삶의 활력을 소진한 채 불모적 환경의 이방 영역을 떠도는 시인에게 그 외로움을 견디게 하는 힘을 불어넣는다. 이는 음식에 내장된 힘이 바로 자방 공간의 유년적 세계의 힘에 다름 아닐 것이기 때문이다. 또한 현실적 고난을 딛고 일어서는 정신적 극복의 차원으로 기능하는 바의 음식은 절망의 하강 구조에서 상승의 극점으로 역전하도록 하는, 이른바 갈매나무의 정신 세계에 닿아있기도 한다.

이러한 세계를 드러내는 데 있어 백석이 굳이 음식을 채용한 배면에는 물질을 통한 상상 체계의 구축이 자리하고 있다. 가령, 이육사의 「청포도」에서 벅찬 감격의 그 날을 '청포도'라는 상징적 물질로 구현하여 청포도를 통해 충일한 삶을, 그리고 그것을 먹을 수 있는 삶의 안정과 여유를 환기시키려는 것과 같은 이치이다. 인간의 삶이란 결국 현실의 토대 위해서만 그 존립 기반을 가지며, 따라서 그것은 구체성으로부터 시작되어야 한다. 자칫 관념으로 떨어질 수도 있는 삶을 음식이라는 구체적 물질을 매개함으로써 구체성을 띠게 한 것이다. 음식은 삶의 가장 구체적인 측면인 것, 따라서 인간 삶의 가장 구체적인 담론은 바로 이 음식을 먹고 마시는 일로부터 출발하지 않을 수 없다. 백석시의 한 특질인 구체성의 미학이 이 구체적 음식의 담론을 통해서 그 탄력적 힘을 더욱 배가시키고 있음은 물론이다.

□ 참고문헌

이동순 편저(1987), 『백석시전집』, 창작과비평사.
강외석(2000), "일제하의 사회변동과 문학적 대응", 배달말 26집, 배달말학회.
김명인(1983), "白石詩考", 「牛步 전병두박사 화갑기념논문집」
김윤식·김현(1973), 『한국문학사』, 민음사.
김자야(1995), 『내 사랑 백석』, 문학동네.
송준(1994), 『남신의주 유동 박시봉방』, 지나.
이규태(1991), 『우리 음식 이야기』, 기린원.
정효구(1996), 『백석』, 문학세계사.
E.Atwater(1989), 김인자 역, 『적응심리』, 정민사.
G.Bachelard(1973), 곽광수 역, 『공간의 시학』, 민음사.
G.Bachelard(1989), 김현 역, 『몽상의 시학』, 기린원.

박용래시의 의식 공간

1. 들머리

박용래 시인(1925-1980)은 「가을의 노래」, 「황토길」, 「땅」등 세 편의 작품이 박두진의 추천을 받게 되면서 문단에 나온 이래, 『싸락눈』(1969), 『강아지풀』(1975), 『백발의 꽃대궁』(1979) 등 세 권의 시집을 내면서 자신만의 독특한 시세계를 일구어 왔다.

박용래시의 특징으로는 강한 토착적 정서, 恨의 정조, 근원적 고독 의식, 잊혀진 것과 사라지는 세계에 대한 연민과 집착 등이 지금까지 논의된 결과로 볼 수 있다. 대략 이 정도의 논의라면 박용래시의 진수와 전모는 거의 드러난 것이라 해도 과언이 아니다. 그런데 이러한 주제는 여타 시인들에게서는 시적 변모의 과정에서 나타나는 것이겠지만, 박용래에게 있어서는 한 덩어리로 용해되어 나타나는 점이 특징이다. 그런 만큼 박용래의 시세계는 일관되게 지속된다고 볼 수 있다.

이 글은 이 모든 것의 기층을 이루고 있는 시인 '의식'에 기반을 두고, 그 의식이 이루는 시적 공간에 대해 탐색해 보고자 한다. 현상주의 철학자 훗설에 의해 규정된 '의식'은 어떤 방식으로든 어떤 무엇을 향해 있으며, 인간과 대상의 관계 속에서 형성되는 것인 만큼, 그것은 대상에 대한 심적 지향성을 뜻하게 된다. 문학예술은 문학예술가 자신의 세계에 대한 인식의 결정이다. 세계에 대한 인식, 곧 세계관은 세계의 주체가 되는 인간의 삶에 대한 태도이며, 경험의 총화이다. 이것이 바로 시인 의식이 되며, 그 의식의 언어적 기술(언어화)이 바로 시작품이 된다. 따라서 시작품은 시인 의식이 표출되는 공간인 셈이며, 시인의 내면과 대상이 서로 만나는 지점, 바로 그 지점에서 시인의 독자적 의식 공간이 구축된다.

이 글에서는 박용래시의 공간을 상실 의식의 공간, 소외 의식의 공간, 소망 의식의 공간의 세 층으로 나누어 살펴보게 될 것이다.

2. 상실 의식의 공간

인간은 살면서 여러 형태의 상실감을 체험하게 된다. 이는 개인의 내밀한 삶의 가치가 훼손되는 데에서 연유할 수도 있겠고, 아니면 사회 변동으로 인해 삶의 양태가 변화하는 데에서 나타나기도 한다. 그러나 상실의 체험이 어느 쪽이든 자아 동일성과 정체성의 혼란 내지는 붕괴를 이끄는 현상임에 틀림없다.

박용래의 시에서 우리는 상실감을 목도하게 된다. 상실감에 대한 집단적 체험은 이미 일제하의 한국문학에서 극명하게 표출된 바가 있으나, 광복 이후 한국문학에서는 그리 쉽게 발견되지는 않는다. 박용래의 시에서 상실감을 촉발시킨 동인은 우선 박용래 개인의 체험에서 찾을 수 있다. 지금까지 알려진 바로는 박용래의 친누이인 박홍래의 죽음이 바로 그것이다. 죽음이야말로 인간이 체험할 수 있는 상실감의 가장 극한적인 형태가 될 것이다. 박용래의 시에서 누이의 죽음은 모든 존재하는 것의 상실을 함축한다.

볏가리 하나하나 걷힌
논두렁
남은 발자국에
딩구는
우렁껍질
수레바퀴로 끼는 살얼음
바닥에 지는 햇무리의
下棺
線上에서 운다
첫기러기떼.

— 「下棺」 전문

박용래의 시에서 누이는 '鴻來'라는 이름의 '기러기'로 자주 출몰한
다. 기러기는 떠남과 죽음의 메시지를 남긴다. 누이의 죽음을 맞게된 박
용래의 나이가 15세였다는 점은 박용래의 세계인식과 그것의 시적 경향
화를 시사한다. 곧 박용래시의 한 주조를 형성하는 恨의 정조와 사라져
가는 것에 대한 그윽한 연민과 아픔의 시적 경향을 이해할 수 있게 한
다. 인간에게 있어 대략 15세의 나이는 감수성이 가장 예민한 시기로
볼 수 있다. 이 나이에 경험한 누이의 죽음은 박용래의 세계 인식에 큰
영향을 미쳤음은 넉넉히 짐작할 수 있는 일이다. 따라서 누이는 박용래
의 시에서 끊임없이 (-)존재로 작용하는 것으로 볼 수 있다. (-)는 작품
의 표면에 직접 드러나지는 않는다. 다만 작품의 이면에 숨어 작품의
의미 형성에 기여하는, 이른바 텍스트 외적 요소인 것이다.

　인용시 「下棺」의 (-)존재는 누이가 된다고 볼 수 있다. 이 시의 언술은
죽음을 말하는 데 바쳐져 있다. '걷힌, 딩구는, 지는, 운다' 등의 동사와,
'우렁껍질, 살얼음, 하관, 기러기떼' 등의 명사의 결합을 통해 소멸과 하
강의 시적 의미, 곧 죽음을 형상화하고 있다. 이 시의 핵심 화소는 下棺

과 기러기떼의 대위가 되고 있는 바, 사라짐/나타남, 하강/상승, 무거움/가
벼움의 의미 공간이 생성된다. 이렇게 본다면 '기러기'는 하관과 대립되
어 있는 것이 아닌가 하는 생각을 갖게 될 것이나, 그렇지는 않다. 기러
기는 가을이 되어 날아오는 철새이다. 가을의 이미지는 생명의 완성과
죽음의 양면성을 띠는 데 이 점은 인용시에서 충분히 확인된다. 기러기
가 날아옴으로 인해 가을은 인식되고, 누군가의 죽음을 암시하는 '下棺'
은 그 생생한 의미 공간을 보유하게 된다. 따라서 기러기는 가을의 상실
의식, 곧 떠나감, 사라짐, 소멸, 부재 등의 의미를 거느린다. 이른바 가시
적 존재인 기러기의 출현으로 비가시적 존재인 (-)의 부재를 확인하는 형
태가 된다.

　'線上'의 의미는 다소 모호한 데 삶과 죽음, 이승과 저승의 경계선으로
이해할 수 있지 않을까 생각된다. 이 점은 다음 시에서 이해의 근거를
얻는다.

> 가을, 노적가리 지붕 어스름 밤 가다가 기러기 제 발자
> 국에 놀래 노적가리 시렁에 숨어버렸다 그림자만 기우뚱
> 하늘로 날아 그때부터 들판에 갈림길이 생겼다.
>
> ― 「들판」 전문

　'노적가리 시렁'은 가을의 황량한 이미지를 명료하게 제시하는 기능을
하는 표현물이다. 기러기가 노적가리 시렁에 숨어버린 것은 그것을 의미
화하는 행위가 될 것이다. 가을의 의미체인 노적가리 시렁에 숨어버림으
로써 기러기는 그림자와 몸체로 분리된 셈이다. 그림자와 몸체의 분리는
삶과 죽음 또는 이승과 저승으로 분리되는 것을 의미하며, 그것의 표현
이 '갈림길'이다. 따라서 「들판」의 '갈림길'은 「下棺」의 '線上'에 통하는
계열체가 된다.

'기러기'로 내면화된 존재의 상실 또는 부재 의식은 그의 작품에서 지속적으로 의미화되면서 상실 의식을 심화시킨다.

> 오오, 이제는
> 배나무
> 빈가지에
> 걸리는 기러기
>
> — 「接分」의 끝부분

> 내리는 사람만 있고
> 오르는 이 하나 없는
> 보름 장날 막버스
> 차창 밖 꽂히는 기러기떼,
> 기러기뗄 보아라
> 아 어느 강마을
> 殘光 부신 그곳
> 떨어지는가.
>
> — 「막버스」 전문

'기러기'는 "배나무 빈가지"와 "보름 장날 막버스"와 같은 삶의 절정에서의 하강을 뜻하는 이미지의 도움을 받아 존재 상실의 허무감을 심화시킨다. '비어있음(빈)'과 '마지막 끝(막버스)'은 '채움과 새로운 시작'을 담지하는 노장적 세계관과는 달리, 극히 인간적인 세계관의 표명이다. '오오'와 '아'와 같은 육성의 탄성은 상실과 소멸에 대한 허무감과 아쉬움의 인간적 정서를 대변한다.

여기서 우리는 박용래의 시간 인식이 반영된 것으로 '가을'과 '저녁(황혼)'을 주목하지 않을 수 없는데, 그의 시에서 일일이 예거할 수 없을 정도로 빈번하게 살포된다. '가을'은 앞에서 말한 것처럼, 생명의 절정이면서 동시에 죽음으로 낙하하는 시간이며, '저녁 황혼' 무렵은 생명과 삶을 표상하는 '해'가 서서히 사라지는 시간대로 인식된다. 따라서 이러한 시간 인식은 상실 또는 소멸에 대한 박용래의 인식과 맥락을 같이하는 것이라 보겠다.

기러기를 통한 상실 의식은 '상여(무덤)'와 같은 죽음을 직접 환기하는 기호에 힘입어 극단적 상실감으로 드러나기도 한다.

> 고양이는 더위에 쫓겨 누다락 오르고 모기좀에 바람 한
> 점 없는 밤 내 눈감은 面壁 5分은 멀리 달빛 어린 벼이
> 삭 스치는 꽃喪輿
>
> —「面壁 1」의 1연

> 뭣하러 나왔을까
> 멍멍이,
> 망초 비낀 논둑길
> 꼴 베는 아이
> 뱁새
> 돌아갔는데
> 뭣하러 나왔을까
> 누굴 기다리는 것일까.
> 솔밭에 번지는
> 喪家의
> 불빛.
>
> —「물기 머금 풍경 1」 전문

「面壁1」에서 '面壁 5分'은 삶과 죽음에 대한 존재론적 인식과 성찰을 위한 사색의 깊이를 나타낸다. 특히 '더위'와 '모기좀'은 삶의 심각한 위기를 함축한다. 완성을 향해 가는 벼이삭에서조차 시인은 '꽃喪輿', 곧

죽음을 떠올리는 상실감에 빠져 있다.

「물기 머금 풍경 1」에서 시인은 누군가를 기다리는 듯한 한 마리 개를 바라보고 있다. 개는 누구를 기다리고 있을까. 꼴 베는 아이도 뱁새도 아니다. 그 기다림의 대상은 "솔밭에 번지는 喪家의 불빛"에서 이미 죽어 사라진 존재로 밝혀진다. 죽음과 기다림, 이 두 명제는 서로 어긋나는 관계로 일치의 가능성은 전혀 없다. 이 둘은 서로 모순이거나, 아니면 '낯설게하기'의 의도 아래에 있다. 그렇다면 이 '모순'의 거리와 '낯설게하기'의 의도를 통해 시인이 의미화하고자 하는 것은 무엇일까. 그것은 채울 수 없는 상실감의 깊은 심연인 것으로 볼 수 있지 않을까. 더욱이 이 '모순'과 '낯설게하기'의 의미화는 삶과 죽음에 대한 인식이 있을 턱이 없는 동물(개)의 의도적 설정을 통해 탄탄한 육체성을 얻게 되고, 그 육체성은 존재 상실의 아픔을 전하는 기능을 수행한다.

박용래시의 상실 의식은 현재와 과거의 공간이 연속적으로 이어지지 않는 데에서도 나타난다.

> 맨 처음 이 길로 누가 넘어갔을까
> 맨 처음 이 길로 누가 넘어왔을까
>
> 쓸쓸한 홍분이 묻혀 있는 길
> 부서진 烽火臺 보이는 길
>
> 그날사 미음들레꽃은 피었으리
> 해바라기만큼한
>
> 푸른 별은 또 미음들레 송이 위에서
> 꽃등처럼 주렁주렁 돋아났으리
>
> — 「黃土길」의 2-5연

시인의 눈에 비친 현재는 '쓸쓸한 흉분'과 '부서진 烽火臺'만 남아 보이는 길이다. 그러나 과거의 공간은 '미음들레꽃'과 '푸른 별'이 있었던, 생명과 이상의 아름다운 공간으로 이상화되어 있다. 따라서 과거의 공간은 '쓸쓸하고 부서진' 것으로 상실되어 부재하는 공간이다. "귀대이고 있었으리/ 땅에 귀대이고 있었으리"(8연)의 반복을 통한 간절한 행위는 과거에 대한 가치성을 표명하는 언술이다. 그의 일련의 고향에 대한 심리적 편향은 아마 여기에 터를 박고 있는 것이라 볼 수 있다. 박용래에게 있어 과거는 생명과 이상의, 아름다운 가치성을 보유하고 있는 것처럼 보인다.

어디서 날아온 장끼 한 마리 토방의 얼룩이와 일순 눈
맞춤하다 소스라쳐 서로 보이잖는 줄을 당기다 팽팽히 팽
팽히 당기다 널 뛰듯 널 뛰듯 제자리 솟다 그만 모르는 얼
굴끼리 시무룩해 장끼는 푸득 능선 타고 남은 얼룩이 다
시 砂金 줍는 꿈꾸다 — 廢鑛이 올려다 보이는 외딴 주막
—「廢鑛近處」 전문

"廢鑛이 올려다 보이는 외딴 주막"에서 금맥이 발견되어 광부들과 그 가족들이 흥성대던 과거는 황금시대로 볼 수 있다. 그러나 지금은 폐광이 되고 말았고 외딴 주막이 한 채 외로이 선 황량하고 쓸쓸한 풍경이다. 이 시에서 '廢鑛'은 「黃土길」의 '쓸쓸한 흉분'과 '부서진 烽火대'에, '砂金'은 '미음들레꽃'과 '푸른 별'에 각기 대응하는 의미를 띤다. 砂金이 사라진 廢鑛이란 과거의 아름다운 가치 체계의 부재를 뜻한다. 또한 이 시는 「물기 머금 풍경 1」에서와 마찬가지로 비인간적 존재인 장끼와 얼룩이를 등장시켜 상실과 부재의 정서적 폭을 심화시키는 기능을 수행시키고 있다. 무심하고 무정한 존재나 사물을 통해 의미의 심화를 꾀하는

박용래시의 의식 공간 63

수법은 박용래시의 특유한 기법이다.

이러한 시적 경향은 「群山港」, 「夫餘」에서도 동일하게 드러난다. 「群山港」에서 현재 군산항의 모습은 "저무는 대안의 제련소 연기 없는 굴뚝, 빛 바랜 필름의 黑白"으로 제시되어 있다. 그러나 과거 군산항은 "30년대의 米豆"라는 시구절에서 활기 넘치는 번성의 공간이었음을, 또한 "바다를 넘던 욕망"에서 미지의 세계에 대한 욕망과 꿈이 넘쳐나던 공간이었음을 알 수 있다. 번성과 꿈의 공간이었던 과거가 몰락과 쇠락의 현재와 극명하게 대조된다.

또한 「夫餘」에서도 과격한 상실감이 토로되고 있다. "~없더라", "~뿐이더라"와 같은 술어와 "노을 잠긴 국말이집 상머리 너머 歲月, 앉은뱅이꽃"과 같은 표현에서 우리는 시인의 상실감을 체감하게 된다. 특히 '앉은뱅이꽃'의 비유에서 '부여'라는 공간이 환유하는 백제의 역사에 대한 시인의 깊은 상실감을 읽게 된다.

3. 소외 의식의 공간

소외되고 사라지는 사물과 인간, 자연에 대한 사랑과 연민을 안타깝고 간절한 목소리로 담은 시편은 적어도 세계에 대한 시인의 소외 의식을 반영한다고 볼 수 있다. 범상하고 대수롭지 않은 것들을 소중하고 가치로운 것으로 인식하는 시인 자신이야말로 이미 소외된 존재로서 세계에 놓이게 되는 것을 의미한다.

박용래의 시에서 소외 의식의 공간은 중심권에서 밀려나 변방에 위치하는 존재에 대해 인식하는 것과, 시인 자신이 세계와의 거리감을 직접 인식하는 데에서 나오는 것의 두 가지로 대별된다.

먼저 중심과 변방의 거리 인식에 대한 시편부터 살펴보자.

늦은 저녁때 오는 눈발은 말집 호롱불 밑에 붐비다
늦은 저녁때 오는 눈발은 조랑말 발굽 밑에 붐비다
늦은 저녁때 오는 눈발은 여물 써는 소리에 붐비다
늦은 저녁때 오는 눈발은 변두리 빈터만 다니며 붐비다
— 「저녁눈」 전문

이 시는 "변두리 빈터"로 환기되는 소외 공간을 시화하였다. 이른바 변방 의식 또는 주변 의식이다. 그 곳에 대한 시인의 사랑과 연민의 정은 눈발을 통해 '붐비'는 것으로 형상화된다. 표현의 묘를 얻은 것으로 시적 대상에 대한 정감의 깊이를 시각적인 동상(動象)으로 훌륭하게 나타낸 것이다. 산문적 논리에 따를 경우, 내리는 눈발이 말집 호롱불과 조랑말 발굽, 그리고 여물 써는 소리와 변두리 빈터만 골라 붐빌 리가 없다. 그런데도 시인의 눈에는 그렇게 보인다는 것이다. 시인의 시적 감성이 잘 드러난 표현으로 볼 수 있거니와, 그러한 시적 언술은 쇠락의 내리막길을 걷고 있는 대상에 대한 시인의 태도를 표명하고 있다. 이 시의 발표 연대가 1969년이니까 도시 근대화(산업화)의 물결이 서서히 일고 있을 무렵이다. 근대화의 물결에 밀려나 사라지기 시작하는 풍물과 정경에 대한 안타까움의 정조가 '붐비다'와 같은 정감의 깊이가 담긴 언어로 표출되었을 것이다. 당대 이전까지만 해도 물건 운송의 주된 역할을 담당했던 조랑말이 한낱 변두리 빈터로 밀려나 있는 현실상과 삶의 애환을 시인은 토로하고 있는 것이다.

바닥 난 통파
움 속의 강설

꼭두새벽부터
降雪을 쓸고
동짓날
시락죽이나
끓이며
휘젓고 있을
귀뿌리 가녀린
후살이의
木手巾.

— 「시락죽」 전문

'후살이'는 가부장제의 권위와 횡포 속에서 비극적이고 소외된 삶을 살았던 인간의 전형이다. 꼭두새벽에 일어나 눈을 쓸고 동짓날에 시락죽이나 끓여야 했던 후살이의 고단한 삶과 소외된 모습이 木手巾에 집약되어 있다. 살을 뚫고 드는 추위를 막고 힘든 노동의 땀을 씻어야 하는 후살이의 신산한 삶이 이 목수건에 내포되어 있기 때문이다. 특히 동짓날에 시락죽을 끓여 먹어야 하는 데서 후살이의 소외감은 심화되고 있다. 중심 영역에 있는 사람들이 이 날이면 으레 팥죽과 같은 시절 음식을 먹었던 것에 비하면 그 소외감은 더욱 절실하게 전해 온다. 또한 후살이이기 때문에 한 가족의 구성원에 들기엔 어렵고 부담스러운 자리이며, 동네 사람들의 수군댐과 비아냥을 귓전에 흘리며 살아야 하는 서러운 삶의 표징이다.

「저녁눈」, 「시락죽」은 소외된 영역에 있는 인간과 사물에 대한 시인의 애정과 연민이 강하게 드러나 있어, 우리는 이 시편에서 박용래의 휴머니즘 정신을 읽게 된다.

환한 거울 속에도

아침床에도
얼굴은 없다
노오란 칸나
꽃 너머
저 불붙는 보라빛
엉경퀴, 꽃
너머
내 얼굴은
日常의
얼굴 밖에서
바람 부는 자리
솔개 그림자로
들판에 너울거린다.

— 「솔개 그림자」 전문

—거기
그 자리.
봉선화 주먹으로 피는데
피는데

밖에 서서 우는 사람
건 듯 갈바람 때문인가,

밖에 서서 우는 사람

스치는 한 점 바람 때문인가,

정말?

— 「육십의 가을」 전문

이 두 편의 작품은 세계와의 거리감 인식에서 오는 시인 자신의 소외

의식을 표출하고 있다. 말년에 올수록 자신의 삶을 돌아보고 살펴보는 시가 부쩍 늘어난 것이 특징이라면 특징이다.

「솔개 그림자」에서 '얼굴'은 존재의 표상이다. 이 시에서 시인의 얼굴은 거울과 아침상과 같은 일상의 세계 속에서 찾을 수 없다. 그것의 바깥, 곧 일상을 벗어난 "바람 부는 자리"에 존재하는 것이다. 일상의 세계에 적응하지 못하는 (정확히 말한다면 적응하려 들지 않는 편이라고 해야 할 것이다) 시인의 모습이 나타나 있다. 박용래는 처음부터 세계의 중심, 곧 안에 자신을 담으려 하지 않았다. 차라리 자신을 밖에 둠으로써 자신의 우직한 세계를 일관되게 지켜 나가려 하였다. 「육십의 가을」에서 "ㅡ 거기/ 그 자리"는 봉선화 주먹으로 피는 곳이다. 이 곳은 이른바 세계의 중심, 곧 안의 영역이다. 그러나 시인은 "밖에 서서 우는 사람"이다. 소외된 존재자로서의 인식과 자각이다. 건 듯 부는 바람 때문인가 라고 자문을 해 보지만, 갈바람 탓으로도 생각하지는 않는 듯 하다. '정말?'은 밖에 서서 우는 이유가 갈바람 때문인 것으로 돌리고 싶은 마음이지만, 그러나 사실은 그것에 있지 않음을 시인하고 있는 진술 형태이다. 오히려 이 시는 "거기/ 그 자리"에 있지 못하고 살아온 자신의 삶에 대한 인식, 곧 봉선화 주먹으로 피는 세계의 중심에서 줄곧 비켜나 한 쪽 귀퉁이의 외진 길을 걸어온 데 대한 자각과 회한의 심정을 나타낸 것으로 보인다.

> 地上은 온통 꽃더미 沙汰인데
> 진달래 철쭉이 한창인데
> 꿈 속의 꿈은
> 모르는 거리를 가노라
> 머리칼 날리며
> 끊어진 絃 부여안고
> 가도 가도 보이잖는 出口

접시물에 빠진 한 마리 파리
파리 한 마리의 나래짓여라
꿈 속의 꿈은

— 「꿈 속의 꿈」에서

인용시는 박용래의 遺稿作으로, 죽을 때까지 세계의 밖에 자리하고 있음을 소외된 어조로 토로하고 있는 작품이다. 온통 꽃더미 사태인 지상의 현실에 시인은 함께 하지 못하고 모르는 거리를 홀로 간다. 그 거리는 꽃더미 사태의 지상과는 달리, 가도 가도 出口를 찾을 수 없는 곳이다. 문학과 삶, 양쪽에서 박용래는 이미 출구가 없는 길을 택하며 걸어온 것에 대한 시인 자신의 토로에 다름 아닌 것으로 보인다. 접시물에 빠져 허둥대는 파리로 비하된 시인의 모습과 화려한 지상의 삶은 극단적인 상황을 연출한다. 화려하고 생명력이 분출하는 봄의 현실과 '끊어진 弦'으로 비유된 죽음 의식, 그것은 '외로움'의 현실로 나타난다. 모든 것—심지어는 가족까지도—으로부터 떨어져 있는 '혼자임'의 자각은 소외 의식의 또다른 형상이다.

외로운 시간은
밀보리빛
아침 열시
라디오 속
뻐꾸기 소리로 풀리고
아침 열시 반
창 모서리
개오동으로 풀리고
그림 없는 액자 속
풀리고, 풀리고
갇힌 방에서

외로운 시간은

─「뻐꾸기 소리」 전문

　지금 시인은 '갇힌 방'에 혼자 있으면서 세계와 단절되어 있다. 열시 정각을 알리는 라디오 속 뻐꾸기 소리를 듣고, 또 창 모서리 틈으로 보이는 개오동을 바라본다. 그러면서 시인은 자신의 외로움이 풀려 나가는 것을 생각한다. 철저히 세상과 단절되어 있는 모습이다. 밀보리빛 뻐꾸기 소리는 봄의 계절적 기호이며, 개오동은 <세계로부터 닫혀 있음>과 대립되는, 곧 <세계를 향해 열려 있음>을 나타내는 공간적 기호이다. 따라서 시인은 갇힌 방에서 봄과 세계를 향해 풀리기를 생각하고 있는 것이다. 그런데 '풀리고'는 외로움이 풀린다기보다는 오히려 외로움의 정서를 더욱 깊고도 절실한 울림으로 다가오게 한다. 그것은 뻐꾸기 소리마저 라디오 속에 갇혀 있는 때문이며, 개오동도 갇혀 있는 방 안에서 바라보는 공간이 되고 있기 때문이다.

파초는 춥다
창호지 한 겹으로

왕골자리 두르고
三冬을 난다

받쳐올린 天井이
갈매빛 하늘만큼 하랴만

잔솔가지 사근사근
눈뜨는 밤이면

웃방에 앉아

거문고 줄 고르다.

이마 마주 댄
회부연한 고샅길

芭蕉는 역시 춥다.
시렁 아래 小盤머리.

— 「自畫像1」 전문

이 시에서 파초는 의인화된 존재로 시인 자신이다. 창호지 한 겹과 왕
골자리를 두르고 三冬을 견뎌야 하는 파초는 혹한과 세파를 견디기에는
힘겹다. 이러한 현실에 대한 시인의 인식은 겨울의 추위로 표명된다. '춥
다'는 언술은 현실에 대한 거리감을 감각적으로 표현한 것으로 보면 된
다. 특히 이 시에는 근대와 전근대의 긴장이 엿보인다. 근대에 대한 시인
의 인식이 '춥다'로 나타난 것이라면, '거문고'는 이에 대한 대응으로서
전근대적이 되는 것이다. 근대에 대한 전근대의 대응에서 이미 소외 의
식은 예비된 것이라고 보아야 할 것 같다. 어쨌든 거문고 줄 고르며 선
비적 절제와 인내로써 추위를 정신적으로 극복하고자 하지만 역시 힘겨
운 일임을 토로하고 있다. "芭蕉는 역시 춥다"는 언술은 이를 뒷받침한
다. 이 시에서 추위 의식은 소외 의식에 다름 아니다.

4. 소망 의식의 공간

상실과 소외의 시적 형상화와 함께 박용래시의 한 축을 이루는 것은
바로 소망의 공간에 대한 지향성이다. 이 축(軸)들은 동시적으로 존재하
거나 아니면 서로 인과성 또는 선후 관계의 형태로 존재한다.

　　박용래의 시에서 소망 의식의 공간은 한국적 정취와 긴밀히 맞물려 있
는데, 그것은 대체로 고향과 자연의 순수 생명의 세계로 나타난다. 그 공
간은 시인의 의식 속에서 언제나 지향의 세계이다.

> 건들 장마 해거름 갈잎 버들붕어 꾸러미 들고 원두막
> 처마밑 잠시 섰는 아이 함초롬 젖어 말아올린 베잠방이
> 알종아리 총총 걸음 건들 장마 상치 상치 꽃대궁 白髮의
> 꽃대궁 아욱 아욱 꽃대궁 白髮의 꽃대궁 고향 사람들 바
> 자울 세우고 외넝쿨 거두고.
>
> 　　　　　　　　　　　　　　　　　　　　—「건들 장마」 전문

　　담담하면서도 객관적인 태도로 고향 정경을 시화하고 있는 작품이다.
상실이나 소멸, 고독, 삶의 비애와 같은 정서를 전혀 찾을 수 없다. 문명
에 때 묻지 않은 순수 생명의 존재인 '아이'의 천진하고 건강한 모습, 여
름날 소낙비에 말끔하게 씻긴 듯한 정갈한 토속적 정취, 바자울 세워 외
넝쿨 거두는 백발이 성성한 고향 사람들의 모습들, 어느 한 가지도 정겹
고 아름답지 않은 것이 없다. 이러한 순수 생명의 넘치는 공간이 바로
박용래가 지향하는 소망의 공간이다.

　　고향에 대한 소망 의식은 이미 오래 전부터 시작된 것으로 보인다. 박
두진의 추천을 받기 전에 쓴 작품인 「겨울밤」(1953)이 그 처음이 될 것
이다.

> 잠 이루지 못하는 밤 고향집 마늘밭에 눈은 쌓이리.
> 잠 이루지 못하는 밤 고향집 추녀밑 달빛은 쌓이리.
> 발목을 벗고 물을 건너는 먼 마을.
> 고향집 마당귀 바람은 잠을 자리.
>
> 　　　　　　　　　　　　　　　　　　　　—「겨울밤」 전문

시인의 현재 상황은 "잠 이루지 못하는 밤"이다. 방황과 불안정의 심리 상황으로 말미암아 불면의 고통을 겪고 있다. 무엇 때문에 시인이 잠을 이루지 못하고 있는지에 대해서는 언급한 바가 없으나, 고향집에 대한 그리움과 懷憶인 것으로 미루어 짐작할 뿐이다. 그렇다면 지금 시인이 처해 있는 공간은 타향이다. 고향집은 눈과 달빛이 쌓이고, 바람도 잠을 자는 공간으로 형상화되어 있음을 보아서 타향은 그렇지 않음을 알 수 있다. 말하자면 고향집과 타향집은 서로 대립되어 있다는 뜻이다. 인간의 삶(고향집)과 자연(눈, 달빛, 바람)이 서로 어긋나지 않고 하나로 동화되는 공간이 전자, 곧 고향집임에 반해 타향집은 시인의 자아와 현실세계를 서로 어긋나게 만들고 있는 공간인 것이다. "발목을 벗고 물을 건너는 먼 마을"에서 고향집은 모든 허위와 가식, 그리고 체면이 물러선 뒤에 자연과의 순수한 접촉으로 다가오는 원초적 공감과 동화의 장(場)임을 알 수 있다. 마음만이 아니라 몸으로도 감각해야 하는 원초적 동일성의 공간이 바로 고향집임이 확인된다.

박용래의 고향에 대한 지향성은 다음 시편들에서 여실히 나타난다.

> 울타리 밖에도 花草를 심는 마을이 있다
> 오래오래 殘光이 부신 마을이 있다
> 밤이면 더 많이 별이 뜨는 마을이 있다.
>
> — 「울타리 밖」 끝연

> 스치는 한점 바람에도 갈피 없이 설레는 은버들 몇 잎
> 을 따서 물에 띄우면 언제나 고향은 토담의 달무리. 콩꽃
> 에 맺히는 콩꼬투리랑 절로 벙그는 목화다래랑. 아아 잔
> 물결 잔물결 치듯 속절없이 설레는 강가 은버들.
>
> — 「은버들 몇 잎」 1연

노랗게 속 차오르는 배추밭머리에 서서/ 생각하노니
옛날에 옛날에는 배추꼬리도 맛이 있었나니 눈 덮힌 움
속에서 찾아냈었나니
(…)
오늘은
이미 조아리며 빌고 싶은 고향

— 「밭머리에 서서」에서

위 인용시를 통해 보면 고향은 반드시 자연(자연물)의 도움을 받아 그 의미를 더해 가고, 아울러 의식의 지향성은 치열해진다. 고향은 행복의 원형적 공간으로 그려진다. 곧 자아와 세계, 인간과 사물이 따로 분리되어 있지 않는 일체적 경험의 조화를 이룬 경지가 된다. 「밭머리에 서서」의 "이마 조아리며 빌고 싶은 고향"은 일체적 경험의 세계가 분리되지 않고 지속되기를 갈망하는 시인의 열망이 담겨 있다. 이 세 편의 시는 식물과 물질의 상상 구조로 이루어져 있다. 구체적으로 보면, 花草/목화다래/배추꼬리의 식물적 이미지와, 불(殘光, 별)/물/눈의 물질 이미지가 서로 호응하며 고향에 대한 지향성을 상승시키고 있다. 식물성 속에 숨은 정착과 불변성의 의미와, 따뜻함, 평화로움, 행복함, 친밀함 등의 정신분석적 의미를 갖는 불의 이미지, 재생과 부활의 근원 회귀의 모성적 의미를 띤 물, 그리고 그리움과 회상의 정서적 등가물인 눈이 서로 어우러져 고향은 도시근대화로 인해 파편화되는 시인 의식을 붙들어 매는 공간이 된다.

고향이 소망의 공간이 되는 소이는 그곳이 가족애·육친애를 느낄 수 있는 친화의 삶의 장이 되는 데서도 찾을 수 있다.

木瓜나무, 구름
소금 항아리

삽살개
개비름
主人은 不在
손만이 기다리는 時間
흐르는 그늘
그들은 서로 말을 할 수는 없다
다만 한 家族과 같이 어울려 있다.

— 「뜨락」 전문

　고향집을 이루는 자연과 사물, 그리고 인간인 '손'이 위화감이 없이 한
가족과 같이 어우러져 있는 풍경이다. 가족이야말로 인간간의 정서적 유
대와 공감이 가장 긴밀하고도 끈끈하게 이루어지는 형태가 된다. 이 시
의 뜨락을 형성하고 있는 구성원으로 극히 토속적인 사물이나 자연물이
배치된 것은 그것에 대한 시인의 의식을 드러내고 있는 것이다. 어느 것
하나도 소외되지 않고 그 자리에서 존재 가치를 인정받는 것을 의미하
며, 이는 가족이 환기하는 동화와 친화의 의미에 닿아 있다. 1930년대의
독특한 시세계를 일구었던 백석 시인의 「모닥불」을 연상케한다. 소외가
아닌 연대(동류), 차별이 아닌 평등, 파편화가 아닌 공동화의 정신이 잘
구현되어 있는 백석의 작품은 위 「뜨락」의 세계와 서로 일치한다.

어머니 어머니 하고
외어 본다.
이 가을
아버지 아버지 하고
외어 본다.
이 가을
가을은
오십 먹은 소년

먹감에 비치는 산천
굽이치는 물머리

— 「먹감」에서

　半百의 나이지만 어머니 아버지를 떠올릴 때이면 "오십 먹은 소년"으로 돌아가게 한다. 어린 시절로의 회귀 의식은 일견 인간의 퇴행적 본능에 따른 것으로 현실에 대한 적응 실패에서 연유되는 것으로 보이기도 한다. 그러나 어머니 아버지로 표상되는 과거는 인간의 행복과 일체화된 경험의 총화를 이룬 공간으로 인식되는 데에서 나타나는 만큼의 가치와 의미를 지닌다. 이 시에서 고향은 "먹감에 비치는 산천/ 굽이치는 물머리"의 동적인 영상으로 환기되는 회귀의 장이며, 자나 깨나 그리운 지향의 시적 공간이다.

대싸리
소곳한
어스름
김장때
샘가
알타리무우
배추 꼬리
씻는
할매야
나래 접은
저녁새
한 마리
버드나무
실가지에
저녁새
한 마리.

이 시에서 할머니는 원초적 동일성의 중심 세계로 그려져 있다. 그 중심 세계로 돌아가고자 하는 시인의 존재는 실가지 위에 앉은 한 마리 저녁새에 투영되어 있닷. 새는 시인의 정신적 소망의 대응물이다. 사랑과 보호의 장인 할머니의 세계에서 벗어난 시인이 저녁이면 편안하고 안락한 공간인 둥지를 찾아드는 새처럼 돌아갈 세계를 소망하고 있는 것이다. '할매'는 고향의 기호인 "알타리무우, 배추꼬리" 등의 식물성으로 이미지화되고 있는 바, 현실과 생활의 고단한 날개를 쉬게 하는 고향의 또 다른 표상이 된다.

또한 고향은 순수 생명의 공간인 자연과 어우러져 도시 근대화나 전쟁으로 인해 초래된 황폐한 인간성과 현실을 치유하는 공간으로 나타나기도 한다.

남은 아지랑이가 홀홀
타오르는 어느 驛 構
內 모퉁이 어메는 노
오란 아베도 노란 貨
物에 실려 온 나도사
오요요 강아지풀. 목
마른 枕木은 싫어 삐
걱 삐걱 여닫는 바람
소리 싫어 반딧불 뿌
리는 동네로 다시 이
사 간다. 다 두고 이
슬 단지만 들고 간다.
땅 밑에서 예 喪輿 소
리 들리어라. 녹물이

든 오요요 강아지풀.

— 「강아지풀」 전문

미풍 사운대는 반달꼴터널을 만들자. 찔레넝쿨 터널을.
모내기 다랑이에 비치던 얼굴, 찔레.

廢水가 흐르는 길, 하루 삽교대의 女工들이 봇물 쏟
아지듯 쏟아져나오는 시멘트 담벼락.

밋밋한 담벼락이 아니라, 유리쪽 가시철망 아니라, 삼삼
한 찔레넝쿨 터널을 만들자, 오솔길인 양.

산머루같이 까만 눈, 더러는 핏기 가신 볼, 갈래머리
단발머리도 섞인 하루 삼부교대의 암펄들아
너희들 고향은 어디? 뻐꾹 뻐꾹 소리 따라 감꽃 지는
곳, 감자알은 아직 애리고 오디 또한 잎에 가려 떨떠름한

— 「연지빛 반달型」 1-5연

이 두 편의 인용시는 형태면에서는 상당한 차이를 보이고 있는 작품이
나, 시적 발상면과 언어 표현상의 측면에서는 거의 비슷한 작품으로 간
주된다. 지나친 근대화와 산업화로 인해 훼손된 존재인 강아지풀과 암펄,
폐수와 시멘트 담벼락, 그리고 화물 열차의 목마른 침목으로 비유되는
근대 문명은 인간의 삶을 고단하고 황폐한 표정으로 변형시킨다. "핏기
가신 볼"과 "녹물든 강아지풀"의 표현이 그것이다. 반딧불 뿌리는 동네는
찔레 향기 가득한 고향 하늘에 다름 아니다. 친자연의 토속적 공간이야
말로 근대화의 물결로 피폐해진 영혼을 편히 쉬게 해 주는 곳이며, 온전
한 삶의 지향을 가능하게 해 줄 것이라고 시인은 굳게 믿는다.

그의 다른 시 「풀꽃」도 시적 발상은 위의 두 작품과 동궤로, 근대화의
물결로 인해 순수 생명의 존재로 표상되는 '풀꽃'이 무너지는 위기를 감

지하여 경고하고 있다. 홍수에 휩쓸려 뿌리채 뽑히는 위기에 처한 풀꽃을 무심하게 구경만 하는 사람들의 모습에서 그 절박함은 심각한 양상을 띤다.

> 수숫대 앙상한 육·이오의 하늘. 어쩌다 襤褸를 걸치고
> 내 먹이 위해, 半裸의 거리 변두리에 주둔한 미군부대의
> 차단한 病棟, 한낱 사역부로 있을 때. 하루는 저물녘 동
> 부전선에선가 후송해 온 나어린 異國兵士. 그의 얄팍한 手
> 帖 갈피에서 본, 접힌 나비 모양의 꽃이파리 한 잎. 수줍
> 은 듯 살포시 펼쳐보이든 떨리던 손의 꽃이파리 한 잎.
> 어쩌면 따를 가르는 포화 속에서도 그가 그린 건 한 점
> 풀꽃였던가. 어쩌면 자욱히 화약 냄새 걷히는 황토밭에서
> 문득 누이를 보았는가. 한 초기 제비꽃에 어린 날의 추억
> 도. 흡사 하늘이 하나이듯. 그날의 차단한 病棟, 흐릿한
> 야전침대 머리의 한 줄기 불빛, 연보라의 微笑.
>
> — 「제비꽃 2」 전문

전쟁으로 암유되는 극단적 삶과 인간성의 황폐 속에서 이국병사의 실존적 상황이 제시되어 있는 이 작품은 '풀꽃'의 순수 생명 세계에 대한 소망이 드러나 있다. 병상에 누운 이국병사의 수첩에서 나온 꽃이파리에 황토밭의 누이와 어린 날의 추억이 실루엣되어 前景化되고 있다. 전쟁이 환기하는 죽음의 음산한 실존에 대해 풀꽃은 순수 생명과 삶의 원리로 극명하게 대비된다. 이 시에서의 누이는 박용래 자신의 누이에 대한 의식이 전이된 시적 존재로 볼 수 있겠다. 적어도 시인에게 있어서 누이에 얽힌 추억이란 아름다운 삶의 원리로 작용하는 동력이라 볼 수 있는 것이다. 허무와 절망을 넘어 존재하는 것, 이른바 "연보라의 微笑"와 같은 힘이 아니겠는가.

5. 마무리

지금까지 박용래의 시를 살펴본 결과, 박용래시의 의식 공간은 상실과 소외, 그리고 소망의 의식 공간 등의 세 겹의 층으로 한데 어우러져 구축되고 있음이 확인된다.

존재(대상)의 상실과, 세계로부터 자아 또는 타아(他我)가 소외되어 있다는 의식은 인간의 삶에 있어서 항존하는 의식 형태로 온전한 삶의 결핍을 의미하며, 이 의식 속에는 아름답고 순수한 삶에 대한 소망이 내재되어 있다. 그러고 보면 이 의식 형태는 인간 존재가 필연적으로 당면하는 것으로 볼 수 있으며, 아울러 이 의식에 대한 보상 체계로서 소망의 순수 세계를 추구하려는 시인의 욕망은 아름다운 세계를 꿈꾸는 시인 자신의 실존적 지향으로 볼 수 있다.

박용래의 시에서 상실 의식은 가시적·비가시적 대상의 사라짐과 시간의 흐름으로 인해 인식되는 소멸성 등에서 그 육체성을 얻는다. 그리고 그의 시에서 상실의 극단적인 형태는 죽음으로 나타나고 있다. 소외 의식은 세계로부터의 소원감에 대한 인식의 표출이다. 그의 시에서 소외 의식은 중심과 주변의 대립 설정과 세계에 대한 자신의 부적응에 대한 인식에서 시적 형상화를 얻는다. 전자는 중심권에서 소외된 영역에 있는 인간과 사물에 대한 시인의 연민과 애정을, 후자는 현실 세계에 적응하지 못하는 시인 자신의 소외감을 표출하였다. 특히 후자의 경우 자신의 삶과 문학이 당대의 일반적 궤도에서 벗어난 외진 길을 걷고 있다는 것에 대한 자각으로 보인다. 그리고 그의 시에서 소망 의식은 고향과 자연과 같은, 자아와 세계가 분리되지 않은 동일성에 대한 지향성으로 나타난다. 이 의식은 상실과 소외 의식과 같은 비극적인 세계관의 관계 설정에서 그 타당성을 갖는다.

　이처럼 박용래의 시세계를 버티는 의식 공간으로 이 세 층이 구축되고 있는 것에 대해서는 박용래의 시작 활동 기간이 시사하는 바가 크다. 박용래의 시작 활동은 박두진의 추천을 받기 이전인 1946년부터 시작되어 1980년 임종시까지 근 30년 이상 지속되었는데, 이 시기는 한 마디로 극심한 사회 변동기로 규정된다.

　1945년의 광복과 정부수립 이전까지의 혼란, 6.25전쟁으로 인한 국토의 황폐화와 삶의 실종, 그리고 1960-70년대의 근대화·산업화 과정에 따른 전통과 정체성 상실 등이 이 시기를 설명하는 사회 변동의 양상이다. 이러한 사회 변동의 모습은 당시대인의 의식에 침투하였을 것이고, 특히 예민하고 풍부한 감성의 시인인 박용래도 예외일 수가 없었던 만큼 그의 시형성, 곧 상실과 소외, 소망의 시세계 형성에 한 요인으로 작용했을 개연성이 크다. 여기에 또 하나 고려될 만한 요인은 박용래 개인의 상실 체험을 들 수 있다. 박용래의 시에서 이들 요인은 작품 속에서 상호 작용하면서 상실과 소외, 그리고 소망의식을 이끌어 내는, 이른바 (-) 시적 체계로 기능한다.

　비록 그의 시에서 사회 현실에 대한 날카로운 투시나 지성적 비판의 목소리는 크게 들을 수 없지만, 일관되게 일상적 삶이나 대상에 대한 관심과 천착을 보이고 있는 데에서 우리는 그가 결코 인간적 삶의 현장에서 동떨어져 존재하고 있지 않았음을 확인할 수 있다.

불꽃 속의 싸락눈
- 이형기의 「절벽」論

1.

2005년 2월 2일 아침 신문에 시인의 사망기사가 났다. 그런데 생뚱맞게 "그들은 죽은 적이 없다. 다만 거짓으로 죽은 체 했을 뿐이다. 그러므로 시인의 사망기사에 속지 말라."던 그의 말이 부득부득 치고 올라온다. 보통 약발이 아닌 특단의 아포리즘을 하나 툭 던져 놓은 셈이다. 그래, '시인의 사망기사에 속지 말'자. 은밀하게 나의 독서 공간 속에 그가 살아있으면 그의 사망기사야 하등 문제될 일이 아니다. 이참에 밀쳐두었던 1998년生 『절벽』을 꺼내 읽어볼 일이다. (사망기사를 기점으로 보면 이 시집은 시인의 마지막 혈흔이니, 생리상 독서 욕구가 동하는 것은 어찌 막을 수 없는 일이다.) 수록시 42편을 읽으면서 문득 그의 나이가 궁금해진다. 이력을 보니 66세, 거의 종심(從心)에 가까운 나이다. 그런데 시는 새파랗게 젊어 있다. 이런, 나이를 거꾸로 먹고 있지 않는가. 기존의 즉자적(卽自的) 세계에 대한 부정과 해체, 그리고 재해석·재구성에 있어서는 젊은 시인 못잖은, 오히려 그들 이상의 파워를 가동하고 있는 것이 아닌가.

혼히 그의 시의 요체는 허무와 충격으로 압축된다. 허무는 단순하게 불교적 사유의 틀인 공사상과 허무주의로 환원될 수 없는 것으로, 이미 완성되어 굳어져 버린 세계와 대상을 허물고 새로운 해석을 바탕으로 의미를 창출시키는 운동성을 뜻한다. 그리고 충격은 엽기적 속성을 말하는 것이 아니라, 자동화된 인식과 타성에 충격을 주는 반성적 사유이다. 이 허무와 충격은 그의 시를 떠받치는 주제와 동력일 수도 있겠지만, 그의 50년 시쓰기의 중요한 방법론이기도 하다.

1950년 『문예』지의 추천을 받아 등단한 이형기는 첫시집 『적막강산』을 통해 서정주와 청록파의 전통미학을 계승했다. 시적 출범부터 자기 세계의 탄탄한 구축이란 사실 어려운 일이었겠고, 더구나 시적 독립의 선언이란 더더욱 용이한 일이 아니었을 터이다. 어쨌거나 분명한 사실은 이형기 자신이 그들 장인들로부터 자유롭지 못했다는 점이다. 이들 서정주와 청록파의 시는 이미 완성된 틀이자 감히 침범할 수 없는 견고한 성벽이었으며, 사르트르식 술어로 말한다면 즉자성(卽自性)의 존재였다. 그러나 이에 대한 반성적 인식이 노정된 『돌베개의 시』를 기점으로 이형기는 일대 전환을 꾀한다. 보들레르의 시에서 충격을 받아 기존의 전통적 세계와 절연하고, 악마적·관능적 탐미의 세계로 방향을 돌린 것이다. 여기에 와서야 비로소 시인으로서의 자각을 가졌다는 시인의 고백은 이후 시인의 시탐구 향방을 시사한다.

완성되어 고착된 세계를 답습하는 단순한 도제이기를 거부한 이형기의 시세계는, ―그가 들었다면 이 명명 자체마저도 다시 부정하여 허무화시키고 말겠지만, 이른바 대자성(對自性)의 시학이다. 대자성의 시학은 세계를 허무화시키는 시적 작업이며, 즉자 세계로부터의 초월, 곧 이쪽 세계를 결핍과 갇힘의 벽으로 인식하고, 저쪽 세계의 의미 찾기로 나서는 시학이다. 물론 이 초월성은 신학적인 의미도 아니며, 경험적 주체가 도달할 수 없는 상위 영역도 아니다. 이쪽 세계를 허물고 저쪽 세계를 창조하여 그곳으로 지향하려는 욕망과 인식을 바탕으로 시인은 미로 속의 암중모색을 거쳐 끝없는 세계 찾기에 나선다.

2.

> 오랜 헤맴 끝에
> 간신히 골목을 빠져나왔다
> 미로를 졸업하고
> 이젠 큰길로 나온 것이다
> 그것은 동서남북 아무데로나 트여있는
> 넓은 자유의 길
> 아뿔사, 그러나
> 동시에 사방으로 갈 수는 없다
> 어떻게 방향을 잡을 것인가
> 거기 캄캄하게 버티고 있는 미로
> 예대로의 미로
>
> —「미로」전문

이 시는 이형기의 고통스러운 시적 역정을 암시적으로 보여 준다. 전통의 서정미학을 구축하던 초기의 시세계에서 유독성(有毒性)의 보들레르적 세계로의 방향 선회, 이 엄청난 두 세계의 간극과 심연 속을 외줄타기 하면서 "오랜 헤맴" 끝에 찾고자 한 것은 무엇이었을까.

시를 쓴 지가 40년이 넘었다. 그러나 갈수록 알 수 없고, 어렵기만 한 것이 시의 길이다. 미로와도 같은 그 길에서 나는 아직도 시

를 찾고 있다. 아니 사실은 지난 40년이 모두 그렇게 시를 찾아 헤
맨 과정이다.
　살아 있는 동안 나의 헤매임은 계속될 것이다. 그러므로 내게는
도달점이 없다. 어딘가에 도달했구나 싶으면 그 저쪽에 또 광대한
미지의 영역이 펼쳐져 있는 것이다. 헤매고 헤매고 헤매다 가리라.
　　　　　　　　― (시선집 『별이 물되어 흐르고』에 실린 시인의 말)

　이 글에서 우리는 그가 찾고자 한 것은 다름 아닌 '시'임을 알 수 있
다. 그러나 그 시의 정체는 한 마디로 잘라서 명제화하기는 어렵다. 아직
도 그는 시를 찾아 헤매는 도정에 있기 때문이다. 결국 시인의 길이란
미로를 헤매고 다니는, 끝없는 방황과 탐색을 해야만 하는 운명적 도정
임을 밝히고만 있다. 시인의 길은 문학을 통해 생의 빛을 찾을 수밖에
없다. 문학을 통해 생의 의미를 탐색해야 하는 시인에게 생의 의미는 캄
캄한 모습으로 미로 속에 자신을 감추고 있다. 따라서 미로는 시인의 시
(생이나 세계)를 찾기 위한 정신적 탐색이나 방황의 공간적 투영이다. 자
각적 존재는 이쪽 세계에 대한 반성적 사유와 절망적 인식을 바탕으로
저쪽 세계로 가는 길을 염탐해야 한다. 이쪽 세계는 이미 완성되어 있어
모든 것을 가두려 하기 때문이다. 이때의 미로는 폐쇄와 함몰의 단층이다.
　미로를 '졸업'하고 새로 찾은 '큰길'과 '자유의 길'은, 그러나 또 하나
의 '미로'가 된다. '큰길'과 '자유의 길'이 새로운 '미로'가 되는 논리는
탐색하여 구축된 세계에 머물지 않으려는 시인 의식을 반증한다. 따라서
그의 시에는 도달점이란 없다. 오로지 소실점만 존재한다. 도달했구나 싶
으면 그 도달점은 언뜻 하늘에 비친 사막의 신기루처럼 소실되고 다시
펼쳐지는 '광대한 미지의 영역' 앞에서 시인은 헤매고 헤매다 결국 절망
하고 마는 것일 게다. 도달점이 없는 시쓰기, 시찾기는 그의 무한한 도전
과 패배를 촉발하고 급기야는 그에게 절망을 안긴다.

그것은 일제히 저쪽에서 달려온다
허옇게 거품을 물고 부딪친다
그리고 끝내 무릎을 꿇고 만다

끊임없이 그렇게 되풀이하는 것
어제의 죽음을 쓸어가는 오늘의 죽음
그래도 아무것도 불어나지 않는 것
부서져라 부서져라
부서지기 위해 또 일어서라

파도여 파도여
절망을 확인하는 몸부림이여

― 「파도」 전문

부서지기 위해 일어서 다시 부서지고, 그래서 절망을 확인하고 마는 파도의 이 도저한 절망과 모순이란 자칫 사고의 유희 혹은 희롱으로 비칠 법도 한데, 그러나 자각적 인간의 눈에 포착된 삶이란 바로 이러한 모습이다. 부서질 것은 뻔한 일인데도 불구하고 부서짐을 향해 달려드는 파도의 이 허망한 시도는 고단한 시지프스의 노역에 다름 아니다. 정상에 굴려 올리면 다시 저 산 아래로 굴러 떨어지고, 다시 굴려 올리고 하는 이 끝없는 노역의 순환! 절망이 저기 위에 있기 때문일 것이다. 그 절망은 인간을 끝임없이 다시 시작하게 하는 힘이 된다. 영원한 절망과 허무는 인간의 실존이며, 그것을 벗어나려는 노역 또한 영원한 것이며 실존적이다. 이 노역이 바로 시를 찾는 시인의 운명적 도정이며, 미로에서의 헤매기일 것이다. 시인이 헤맴을 포기하고 안주할 때 시도, 시인도 타락하고 만다. 그래서 도전하여 패배하고 절망할 줄 뻔히 알면서도 다시 도전을 꿈꾼다. 그 꿈꾸는 인간의 기호가 바로 시인이며, 이형기는 그 시인의 기호이다.

3.

　일견 무의미하게 보이는 이 노역을 치열한 시정신으로 구현하기 위해서는 먼저 시인이 독자적인 감수성의 주체가 되어 있어야 한다. 근대의 비속에 휩쓸리거나 무리에 편승해서 집단적 이데올로기에 갇혀서는 안 되는 것이다. 배타적일 정도로 그것을 거부해야 하며, 부정해야 된다. 그래서 이형기는 철저히 비타협적 고립주의를 고수한다. 그 길만이 단독자로 살아남을 수 있는 길이다.

　「귀」에서 "싫은 소리/ 역겨운 말도/ 다 듣고 새겨야" 하는 이순의 나이를 지났어도 시인은 "여전히 순하지 못한 귀/ 걸핏하면 고까운 생각이 들어/ 역정만 늘어가는 귀를 가졌다"고 말한다. 인간 육체의 한 부분인 '귀'는 세상의 소리를 듣고 그것을 판단하는 기능을 한다. 耳順이란 말이 함의하는 것처럼, 나이가 들수록 귀는 싫은 소리, 역겨운 말도 다 듣고 수용해야 하는 달관과 관조의 너그러움으로 순치되기 마련이다. 평소 시인이 자주 인용하던 루마니아의 시인 에밀 시오랑의 말을 상기해 보자. "인간이 늙을수록 쇠퇴하는 것은 지적인 능력이 아니라, 절망하는 힘이다." 여기서 절망은 세계에 대한 절망이며, 세계와의 비타협 정신이다. 시인은 이순의 나이가 되어도 타협하지 못한다. 여전히 "가래 끓는 소리로 귀가 울"기 때문이다. 현실과의 비타협으로목에 가래가 밭쳐 기침을 해댄 김수영처럼 이형기 또한 귀에 가래가 끓어 귀가 운다. 이처럼 시인의 젊은 정신은 현실과 쉽게 타협하거나 순응하지 못한다. 생에 대한 달관이나 관조가 아니라, 현재적 의미에 대한 부정 정신으로 시비 걸어 싸움하는 것이다. 적당히 세계와 타협하고 달관·관조하는 것이 아니라, 「소금」에서처럼 소금의 푸른 기운으로 세계의 부패를 막고 밤마다 세계를 소금절임하는 꿈을 꾸어야 한다. 세계는 그냥 두고 보거나, 혹은 그 속에

안주하게 되면 부패하기 마련이다. 그래서 세계는 항상 시인의 감시 대
상이며 변혁 대상이다. 시인은 절망과 부정의 힘으로, 부패를 막는 소금
의 푸른 기운과 힘으로 세계와 대결하지 않으면 안 되는 것이다. 그래서
이형기의 긴장과 젊음의 시정신은 세계에 대해 완강하리만큼 비타협적·고
립적 태도를 고수한다. 그 정신과 태도는

아무도 가까이 오지 말라
높게
날카롭게
완강하게 버텨 서 있는 것

아스라한 그 정수리에선
몸을 던질밖에 다른 길이 없는
냉혹함으로
거기 그렇게 고립해 있고나
아아 절벽!

— 「절벽」 전문

다시 보면 여름에도 차가운 감촉
군살 하나 없이 온몸으로
팽팽한 긴장감이 하늘에 닿아 있다
혼자 있거나 무리지어 있거나
시퍼렇게 날이 서 있는 대
밤중에도 꼿꼿하게 서서 잠잔다

— 「대」에서

에서 극명하게 표출된다. 절벽과 대의 선언은 배타적 고립주의를 지향
하는 것이다. 따라서 그와 세계의 사이에는 팽팽한 긴장감이 대치하여
일촉이면 즉발할 것 같다. 마치 적과의 최후 대결을 결심한 검객의 한판

진검 승부가 벌어지기 직전의 긴장감이 감도는 분위기다. 근대의 비속주의와 정치적 파당주의를 결코 용납하지 않으리라는 단호한 댄디즘, 이 자존한 귀족주의자의 면모가 위 인용시에 표백되어 있다. 이런 그가 상징주의 시인 베를렌의 말처럼 "저주받은 시인"이라는 자각적 파멸을 자초할 법도 하다. 이러한 의식은 「소풍」에서 저주받은 인간인 '문둥이'로 육화되어, 세상과의 절연을 선언한다. 통상적 언어문법에 따를 경우, 문둥이는 건강한 세계에서 홀로 병들어 살아가는 저주받은 인간일 것이다. 그러나 이형기의 문법에서는 그렇지 않다. 병든 세계를 병든 삶으로 살아가야 한다는 자각적 인식을 가진 파멸적 인간이다. 이 문둥이는 보들레르의 시 「알바트로스」의 '알바트로스'가 아닐 수 없다. 지상을 초월하여 한때 하늘을 고고하게 날던 댄디한 새, 알바트로스가 지상의 인간(어부들)에게 붙잡혀 날개죽지 부러진 채 온갖 수모를 당하면서 우스꽝스러운 몸짓으로 뒤뚱거리며 가는 슬픈 운명의 실존. 알바트로스는 바로 시인의 모습이며, 시인의 실존적 운명을 표상한다. 문둥이가 아닌 정상 인간이나 어부들은 스노비즘적 인간 군상으로, 고귀한 귀족주의자인 시인은 그들로부터 천형의 저주받은 문둥이로, 비속의 공간에서 제대로 걷지 못해 불구의 새로 타매시되는 알바트로스로 핍박당할 뿐이다. 상식으로는 이해되지 않는 인간, 현실에 적응하지도 타협하지도 못하는 인간들이 시인들일 수밖에 없다. 따라서 시인은 자신의 자존성과 귀족성을 지키기 위해서는 더욱 그들과 거리를 두어야 하며, 더욱 철저히 고립적 존재이기를 고수할 수밖에 없다. 그들 비속한 무리가 하늘을 고고하게 날던 귀족주의자의 꿈과 품위를 어찌 알 수 있겠는가. 그래서 시인은 "아무도 가까이 오지 말라"며 "높게/ 날카롭게/ 완강하게 버텨 서"서 "고립해 있"는 절벽과 "팽팽한 긴장감"으로 "시퍼렇게 날이 서 있는" 대를 통해 단독자의 사상을 고수할 밖에. 『절벽』에 실린 42편의 시도 모두 이 단독자적 일념의 표명이며, 그 사상의 소산이다.

한때 시의 현실 참여를 주창하며 시단의 주류가 되어온 리얼리즘과 같은 조류에도 편승하지 않고, 오로지 사물과 세계의 해체와 재구성에 자신의 시적 인생을 걸고 고집스레 한 길을 걸어온 시인의 단독자적 집념을 우리는 이 시집에서 여실히 적출해 내게 된다.

4.

그의 허무와 소멸은 상당히 줄기찬 것인데, 『절벽』에 와서도 전면화되고 있다. 이 허무와 소멸의 정서에 대해 시인의 가난했던 젊은 시절과 한국전쟁의 참담한 상황에서 발아한 것이라는 견해가 있다. 그럴 개연성은 전혀 배제할 수는 없지만, 그것에 전적으로 의탁해서 해명할 수 있는 것은 아니다. 이형기의 허무의식은 세계를 사유하는 한 방법으로 상당 부분 선험적인 것으로 보인다. (그가 불교학과 출신인 것도 무관하지가 않은데, 사물과 세계에 대한 특이한 방식을 가르쳐 준 것으로 추단된다.) 선험적이라면 존재와 소멸에 대한 형이상학적 인식인데, '존재를 존재이게 하는 근원적 조건은 소멸이라는 존재의 결락'이라고 한 그의 진술은 이를 뒷받침하거니와, 존재와 허무(소멸)의 양면성은 결코 서로 척지는 관계가 아님을 밝힌 것이다. 과일 속의 벌레처럼 존재 안에 무가 들어있다고 한 하이데거의 말이나 사르트르의 '존재와 무'도 그 둘의 관계, 곧 존재를 통해서 '무'는 인식되어 육체를 얻게 된다는 뜻에서 같은 맥락이다.

「아무 일도 일어나지 않았다」를 보면, 가장 소중한 생명의 소멸에도 불구하고 세상에는 아무 일도 일어나지 않는다. 여전히 해는 동쪽에서 뜨고 서쪽으로 지며, 심지어는 사흘만에 형제들로부터도 잊혀져 버린다.

사실 이 현상은 전혀 놀라운 일이 아니다. 잊혀져 갈 수밖에 없는 것, 결국 "휴지로 날리는 부고 한 장"의 허무함, 그것이 우리 인간의 일상이다. 그러나 시인은 엄청난 변화가 올 것으로 기대했다. 그러나 실상은 전혀 그렇지 않았고, 이에 시인은 놀라 입을 다물지 못한다. 놀라운 일이 아닐 수 없다는 것이다. 소중한 생명의 소멸이 아무렇지도 않게 망각되고 만다는 사실은 실로 "죽음보다 허망한" 일이 아닐 수 없는 것이다.

그럴 바에야 차라리 스스로 앞질러 죽음을 떠맡음으로써 죽음과 죽음의 허망함으로부터 자유롭게 될 수 있지 않을까.

> 내 죽거들랑 무덤을 짓지 말라
> 하물며 돌에 문자를 새긴 묘비일까 보냐
> 그냥 불에 태운 뼛가루 두어 줌
> 강가에 뿌리면 그만이다
>
> 그러면 나는
> 원래의 내 자리
> 실은 누구나 게서 온 그 자리
> 텅 빈 가이없는 허공으로
> 깨끗한 잊혀짐의 길 떠날 것이다
>
> ― 「새 발자국 고수레」에서

죽어도 무덤을 짓지 말며, 묘비는커녕 그냥 화장하여 그 뼈를 강가에 뿌려주면 그만이다. 사람들로부터 쉽게 망각될 바에야 차라리 깨끗한 잊혀짐을 택하는 것이 더 나은 일이다. 어차피 인간의 원래 자리는 텅 빈 허공, 곧 허무의 자리이기 때문이다. 허무의 자리로 완전하게 소멸하는 것, 돌무덤과 묘비가 없으면 이름마저도 없어지는 것, 그것이 시인이 꿈꾸는 "만년의 꿈"(「만년의 꿈」)이다. 모든 사물은 종내에는 반드시 소멸하고 만다. 그러나 인간은 어떤가. 이것을 망각하면서 살고 있지 않은가. 소멸은 단순히 존재의 소멸이라는 축어적 의미를 따르지 않는다. 소멸하기 때문에 인간은 자신을 돌다 볼 계기를 만드는 것이다. 소멸의식은 그의 말대로 “우리의 인생을 근본적으로 반성케 하고 또 그것을 어떤 속박으로부터도 자유롭게 해주는 계기가 될 것이다.” 이 말은 역설적으로 존재의식에 대한 표명이기도 하다. 인간은 반드시 소멸되기에 살아있음, 곧 존재함은 치열한 삶의 동의어가 된다. 삶의 존재와 소멸에 대한 반성적 사유에서 보면 비속한 인간이 추구하는 부귀와 공명, 그리고 명예란 헛된 꿈일 뿐이다. 그것은 삶의 진상이 아니라, ‘일체의 장식’과 ‘허상’(「원형의 눈」)에 불과하다. 존재의 의미는 누구나 소멸하여 ‘해골박이’가 된다는 사실의 인식에서 나온다. 사라지지 않는 존재나 사물이 있다면, 그것은 이미 존재나 사물의 의미를 상실해 버린 것으로 볼 수 있다. 돌려 말하면, 그것은 아예 존재하지 않는 것이다. 다음 시는 그 소멸의 의미를 잘 전언해 주고 있다.

> 사나흘 지나면 져버릴 것이다
> 그래 그래 지고말고
> 덧없는 소멸
> 그것이 꿈이다
> 꿈이란 꿈 다 꾸어버리고
> 이제는 없는 그 꿈
> 작년 그대로 또 피었다
>
> — 「앉은뱅이꽃」에서

꽃은 지기 마련이다. 아니, 피면 반드시 져야 한다. 지지 않는 꽃이 있다면 그것은 이미 꽃의 존재 방식을 상실한 비화(非花)이거나 조화에 불과하다. 피기 때문에 꽃이며, 또한 지기 때문에 꽃이 된다. 그의 시 「落

花」가 그렇고, 「滿開」가 그렇듯이 그의 시선은 꽃의 피어남보다는 오히려 그것의 짐에 쏠린다. 꽃의 피어남은 누구의 눈에도 포착되는 일반 현상으로 그것은 기실 사물의 일면에 불과하다. 말하자면 사물(존재)의 전체성은 아닌 것이다. 생성이 사물의 존재 방식이라면, 소멸 또한 사물의 존재 방식임이 분명하다. 소멸의 꿈이 있기 때문에 생성의 현상학은 치열해진다. 그 생성과 발화의 현상학은 「민들레꽃」에서,

> 물을 길어올리는 실뿌리
> 어둠을 힘껏 밀어내는 떡잎
> 그리고 그것들이 한데 어울려

전력을 다해 피는 것이다. 그러다가 "한 댓새를 짐짓 영원인 양하고" 살다가 격렬한 파멸을 맞는다. 「눈」의 '눈'이 그렇지 않은가. 눈은 하늘에서 하얗게 싸늘하게만 내리는 줄 알지만, 속살을 뚫고 보면 빛이 있다. 그 빛이 닳아서 비등점에 이르면 급기야는 폭발한다. "무너져 내리는 알프스의 눈사태"와 같은 가공할 정도의 폭발적 파멸을 통해 '눈'은 자기 존재를 드러내는 것이다. 그러므로 "—나는 멸망한다/ 그러므로 나는 존재한다"(「미래를 믿지 않는 바다」)고 말할 수 있지 않은가. 소멸을 통해 존재를 확인하는 것, 마치 불꽃 속을 날아들어 타서 녹아 사라지는 순간에 자기 존재자를 확인하는 싸락눈과 반딧불처럼.

5.

이형기 시를 관통하고 있는 인식 전략은 이미 자신의 입으로 밝힌 바 있는 우로보로스의 시학이다. 허무와 소멸을 버티게 해 주는 정신적 지

주가 바로 상상 속의 동물인 우로보로스이다. 입에 꼬리를 문 뱀, 끝도 없고 시작도 없는, 시작이 끝을 물고 끝이 다시 시작을 무는, 영원한 순환의 상징, 그것이 바로 우로보로스이다. 우로보로스의 영원한 순환으로 보면 죽음도 새로운 생명의 시작이 된다. 그 역도 마찬가지다.

「숨바꼭질」에서 늙은 당나귀의 죽음이 형상화된다. 이 죽음은 "누구도 어길 수 없는 엄숙한 약속"인데, 여기서 다시 시인은 "또 그것은 무엇인가가 모양을 갖추고/ 새로 태어나려는 전조"라는 생각을 갖는다. 그러면서 당나귀의 죽음을 '숨바꼭질'로 간주하는 것이다. 숨바꼭질은 어린이들의 놀이이자 장난이 아닌가. 그런데 죽음을 어린이들의 무상적 놀이인 숨바꼭질에 비유한 것은 무슨 의도일까. 숨바꼭질은 숨음과 찾음, 사라짐과 나타남, 숨김과 드러냄이라는 이중의 규약이 있는 것이다. 따라서 어느 한쪽의 일방으로만 흘러가서는 놀이가 성립되지 않는다는 사실에 주목해야 하는 것이다. 사라짐과 나타남, 숨김과 드러냄이 연속적으로 교차되면서 행해지는 놀이가 바로 숨바꼭질이다. 죽음의 대위체계는 살아남, 곧 생성이다. 숨바꼭질에 의하면 죽음(사라짐, 숨음)은 술래가 찾아내기—드러냄/나타남, 곧 생성—전까지의 잠시 숨어있음/잠시 사라짐일 뿐으로, 이 둘(죽음과 생성)은 서로 시작과 끝이 되는 순환고리이다. 이 순환고리에 의해 죽음은 결코 끝이 아니라, 바로 삶의 생성으로 다시 시작되는 것임을 말해 준다.

> 곤륜산맥의 어느 후미진 골짜기를
> 누에 똥 가득 든 마대 하나 메고
> 땀 뻘뻘 흘리며 올라가는 사내가 있다
> 그는 고자가 된 사마천이다
> 누에 똥은 불알 깐 상처를 아물게 하고
> 똥을 눈 누에는 또 비단을 생산한다
>
> — 「실크로드」에서

『史記』를 지은 중국의 사마천은 한무제에 의해 宮刑을 받고 고자가
된다. '고자'의 함의는 무엇인가. 남성으로서의 생식 기능 상실을 뜻하며,
나아가 생명적 인간의 끝장을 말하는 것이다. 생명을 뿌려서 낳고 해야
하는 인간의 참담한 종말이다. 그러한 그가 등에 메고 있는 마대에는 누
에똥이 가득하다. 유기체의 마지막 찌꺼기이며 생성적 가치의 끝인 누에
똥을 지고 있는 것이다. 그러나 누에똥은 놀랍게도 존재의 변화, 곧 사마
천의 상처를 아물게 하여 생명의 리듬을 회생시키는 것이다. 이른바 그
것은 끝이면서 동시에 시작을 의미한다. 그리고 똥을 눈 누에는 비단이
라는 또 새로운 가치를 창출하지 않는가. 생명의 운동성을 여실히 수행
한다. 그처럼, 사마천도 궁형을 받고 고자가 되었지만 "빳빳하게 일어서
는 남근"으로 다시 부활한다. 이 '남근'의 역사적 형상물이 바로 『사기』
이다. 그렇다면 사마천에 의한 『사기』의 글쓰기는 무엇을 뜻하겠는가. 궁
형이라는 인간적 재난, 곧 인간의 무너짐을 거쳐 『사기』라는 역사적 생
성물로 새롭게 부활했음을 알리는 우로보로스의 전략이 아니고 무엇이겠
는가.

해바라기는 한밤중에 핀다
짙게 깔린 어둠 속에서
또록또록 눈 부릅뜨고 핀다
칼로 벤듯 아프게 낯빛 그리운 해바라기
그것을 삭이면서 캄캄하게 핀다

— 「해바라기」 전문

허무와 소멸의 글쓰기의 에필로그에 해당되는 이 시는 그래서인지 시
집의 마지막에 수록되어 있다. 이 시의 전언은 開花의 꿈(!)이다. 허무와
소멸, 파멸의 꿈을 꾸고 이륙했던 그가 이 시에 와서는 해바라기의 피어
남으로 연착륙하고 있는 것이다. '블랙홀'(「은하그림」)로, '비어있는 소용

돌이'(「저 바람 속에서」)로 모습을 바꾸면서 세계의 모든 것을 삼켜서 허무화시킨, 그 어둠 속에서의 개화란 무슨 의미일까. 그렇다. 시인은 시작은 끝이며, 끝은 시작인 것임을 말하고 싶은 것이다. 그 어둠 속에서 시인은 '눈 부릅뜨고' 새로운 또 하나의 세계 창조를 꿈꾸고 있는 것이다.

피어남은 분명 시듦과 파멸을 예비한다. 그러나 시듦과 파멸은 곧바로 생성을 준비하는 것이다. 개화의 그 절정과, 절정 뒤의 타나토스에 대한 인식이 4행의 그리움과 아픔의 상반된 정서를 만든 것이다. 5행의 '캄캄하게'와 '핀다'의 모순적 진술은 존재의 소멸성과 생성의 영원한 순환을 꿰뚫어 보고 있음을 의미하는 진술이다. 따라서 이 해바라기는 파멸과 생성, 허무와 창조의 영원한 순환을 드러내 주는 우로보로스의 존재에 다름 아니다.

선시(禪詩)적 방식인 모순과 역설 또한 우로보로스의 시학을 드러내는 중요한 기법이다.

<blockquote>

나의 시계는 거꾸로 돌아간다
과거에서 미래로가 아니라
미래에서 과거로
그것은 탄생이 아니라
죽음에서 시작되는 내 인생
그것과 같다

그러므로 나는
미래의 미래 그 저쪽에 있는 추억
과거의 과거 그 저쪽에 있는 희망
그처럼 정상이다

— 「거꾸로 가는 시계」에서

</blockquote>

죽음은 모든 것을 끝내고 마는 것이라는 인식에 충격을 주어 죽음에

대한 돌연한 전환을 모색한다. 시간이 흐르면 인간의 생명은 결국 죽음
으로 향하기 마련이다. 그러나 시인은 그것을 부정한다. '시계'를 거꾸로
돌리는 것이다. 그렇게 되면 과거에서 현재로, 현재에서 미래로가 아니
라, 미래에서 과거로 역전되는 것이다. 그렇게 되면 죽음은 새로운 삶의
시작으로 역전되고 만다. 상식에 대해 위반과 충격을 가함으로써 세계내
의 삶의 실존에 대해 새로운 전기를 마련한다. 결국 세계란 고정되어 있
는 의미가 아니라, 그 주체인 '나'의 해석과 결단을 기다리고 있는 유동
체라고 볼 수 있다. "거꾸로 돌아가는 것이/ 바로 돌아가는 것이"라는 역
설과 모순을 통해 허무적 세계의 소멸도 적극적으로 해석되어 수용된다.

    쨍그렁!
    부딪치는 소리와 함께
    그릇은 깨져 버렸다

    박물관에 모셔둔 상감청자
    또는 하잘것없는 국밥집 뚝배기

    어쨌거나 그것은
    아차하는 순간에 박살이 나버렸다

    다시는 복원할 수 없는
    그것은 그러나
    그때 비로소 완성된다
    깨어지고 나서야 없음으로 돌아가
    제기랄 편히 쉬고 있는 것

    이제야 그것은 보이지 않게
    완성되어 있다

— 「완성」 전문

본래 존재의 근원은 무, 곧 '없음'이 아닌가. 그릇의 형상은 사라지고 말았으나, 그릇은 비로소 질료적 차원의 근원으로 돌아간 셈이다. 이미 이 세계는 창조된 것이었고, 있는 그대로 완성되어 있었던 셈이다. 흙의 존재는 흙의 상태로 있을 때에만 흙으로서의 순연한 존재성을 갖는다. 도구적 존재인 그릇으로 변화되는 순간, 가령 '박물관에 모셔둔 상감청자'와 '하잘것없는 국밥집 뚝배기'처럼, 흙은 확실히 존재 왜곡의 치욕을 겪는다. 이형기의 모순과 역설은 사물을 본래의 순수로 돌리려는 노력이며, 왜곡된 실상의 바로잡기인 셈이다. 이러한 인식을 바탕으로 시인은 사물과 존재의 일면적, 편향적 시각에 충격을 가한다. 행복이 만연되어 있는 데 대한 인간의 허위성에 대한 반성적 인식을 보이고 있는 「비극」, 행복도 사고 팔고 하는 세상에서 정작 행복은 없고 돈만 논의가 되는, 그래서 돈을 위해서만 눈이 빨갛게 된 인간의 허위성을 폭로하고 있는 「다시 비극」같은 작품은 모순과 역설의 아포리즘을 적시에 구사하여 그 효과를 얻고 있다. 그리고 「모순」에서 "완성된 것은 없다"면서 "그러기에 모두가 완성이다"고 말하는 시인은 이 모순이야말로 '순리'임을 강조한다. 이처럼 이형기의 시에는 역설과 모순의 아포리즘이 시적 긴장과 탄력성을 획득하는 데 기여한다. 모순과 역설은 자동화된 인식을 위반하여 삶과 존재의 일면성이 아닌, 전체성을 조감하는 데 기여한다. 굳어져 있는 고착성에 대한 반성이며, 고착성으로 말미암은 허위성에 대한 충격이기도 하다. 물론 그것은 사물을 해방시킨다.

6.

이 쪽정이 글을 쓰고 있는 동안 이형기 시인의 근황은 어떠한지 궁금하다. 여전히 허무화에 대한 거대한 음모를 위해 세계와 사물들을 암중

모색, 염탐하고 있는 중일까. 근대기획적 문화상품란의 사망기사를 통해 자신의 죽음을 속이고 그 죽음 뒤에 숨어서 귀머거리 늙은이 박수무당(「귀머거리의 음악」)처럼 저 험한 로키 산맥을 오르며 바위에 귀대고 현실적으로 들리지 않는 음악을, 그래서 아무도 듣지 못하는 음악이지만 자신의 내면을 가득 채우고 하늘을 울리는 상상의 음악을 만들어 듣고 있는 것일까. 아니면 땅위에선 뒤뚱거리며 위태하지만 하늘에선 아주 우아한 품위의 알바트로스로, 혹은 예리한 비수를 품고 그 댄디한 성깔로 여차하면 암살도 감행할 복면자객으로 몸을 감춘 채 단호하게 '절벽'의, '대'의 정신을 벼리고 있는 것일까.

미상불, 불꽃 속을 날아들어 형체 없이 소멸됨으로써 존재를 확인하는 싸락눈과 반딧불처럼, 그렇게 폭발적 파멸의 실존을 위해 비등점을 향해 가고 있는 중이리라.

2부

초록빛 시의 육성
-「홍윤기」론

1. 초록빛 시의 꿈

홍윤기 시를 조감하는 데 뜻을 둔 이 글에서 우선 다음의 시 한 편을 글머리에 싣고 그것을 살펴보는 것을 시작으로 글문을 열어야 하겠다. 그 이유는 이 글이 전개되는 과정에서 조금씩 드러날 것이다.

오늘도 시금치 먹고
풋고추 고추장에 찍어
사각사각 씹으면서
초록빛 시, 써야겠어
깻잎 그 짜단한 맛 밴
고소한 우리들의 낱말
아니 호박찌개
바글바글 끓는 소리
너와 나의 야무진 육성이여
　　　　　　―「푸성귀의 노래」 전문 (현대문학. 1975.5)

홍윤기 시의 향방을 짐작케 해 주는 작품으로, 시인의 언어 부리는 솜씨가 거의 장인의 경지에 이르렀음을 알려 준다. 언어의 선택과 경제성의 측면에서, 그러면서도 시인의 에스프리(esprit)를 확연하게 드러내고 있다는 점에서 더욱 그렇다.

이 시의 핵심은 4행과 9행의, "초록빛 시"와 "야무진 육성"의 대응에 있다. 이 두 구절의 대응은 대립이 아니라, 등가성의 원리에 따른다. 곧 초록빛 시는 야무진 육성이다. 실상 한 편의 시는 시인의 육성이다. 그렇다면 '초록빛'은 '야무진'과 의미상 등가이다. 이 등가의 논리가 성립하기 위해서는 이 둘을 서로 바꾸어 써도 무방해야 하는데, 실제로 야무진 시와 초록빛 육성이 되어도 의미의 수행에는 별다른 지장이 없다. 그런데 이 시의 첫행인 '오늘도'는 예사롭게 보이지 않는다. '도'는 동일성, 지속성을 뜻하는 보조사로 어제와 오늘, 그리고 내일의 '한결같음'을 표현한다. '오늘도'는 통사론적으로 '써야겠어'에 걸리며("초록빛 시" 다음에 휴지(,)를 찍은 시인의 의도를 결코 간과해서는 안 된다.), 의미론적으로는 '초록빛 시'와 '야무진 육성'을 목적어로 거느린다. 이 관계는 어제도 오늘도 내일도 초록빛 시세계를 지향했고, 지향하고, 또 지향할 것임을 선언하는 진술 형태이다. 그러기 위해서 '현재'의 나는 야무진 육성의 삶의 자세를 견지하겠다는 시정신의 확고한 일단을 표명한 것으로 추정된다.

그렇다면 나머지 시구절은 무엇인가. 장식에 지나지 않는 것인가. 그럴 리가 없다. 필자가 보기에는 시인이 자신의 시 창작 방향에 대한 하나의 길을 밝힌 것 같다. 첫째, 독자를 멀리 하지 않고 독자 가까이 가는 시를 쓰겠다는 것이다. 쉽고 편안한 일상어 사용과 시정신의 전달에서 드러난다. 둘째, 독자 대중의 삶에 깊숙히 뿌리 내린 일상의 삶을 시화하겠다는 것이다. 제목 <풋성귀의 노래>가 벌써 이를 입증하고도 남는다. 시금치, 풋고추, 고추장, 깻잎, 호박찌개 등은 우리 민족의 오랜 식생활 재료가 아닌가. 그들의 오랜 삶과 정신, 풋풋한 정서와 소망을 담은 시를 쓰겠다는 의지의 표명이다. 셋째, 우리 민족의 언어로 시를 쓰겠다는 것이다. 이 시에서 한자말은 극히 배제되어 있거나, 아니면 한자말이라도 고유어가 되다시피한 것만을 골라 쓴 것을 보면 알 수 있지 않은가. 특히 6행의 시구절은 이러한 시인의 정신과 의지를 뒷받침한다. 넷째, '나' 개인을 위해서만이 아니라, '너와 나' 또는 '우리'의 공동체적 세계관을 가진 시를 쓰겠다는 것이다. 대략 이 네가지 방법론은 그의 시 전체를 관통하는, 초록빛 시세계 형성의 탄력적 힘줄이 되고 있다고 판단된다.

그러면 초록빛 시를 써야겠다는 시인의 의중은 무엇일까? 시를 쓴다는 것은 새로운 세계를 창조한다는 뜻일 터인데, "초록빛 시"가 함의하는 세계는 어떤 세계일까. 이 "초록빛 시"의 세계에 이르기 위해서는 반드시 "야무진 육성"의 전제가 있어야 하는데, 그렇다면 야무진 정신이 있지 않고서는 "초록빛 시"의 세계에는 도달하기 지난함을 알 수 있다. 현대문명의 편리함과 세상의 불의에 타협하고 굴종하는 태도는 야무진 정신의 결여이며, 따라서 그 육성 또한 "바글바글 끓는 소리"의 역동성이 아닌, 식어서 무력한 소리가 될 터이다. 홍윤기 시인의 야무진 육성은 타협과, 순응, 영합에 대한 완강한 거부의 태도가 된다. 이 육성은 "신을 부르는 쩌렁한 목소리"(「새」)로 변용되어 헐벗고 깡마른 자들을 뜨겁게 껴안는 '새'의 "큰 날개죽지"를 펼치거나, 아니면 시집 도처에서 종소리로 육화되어 절망과 불모의 황폐화에 맞서 빛과 생명의 씨를 뿌려 댄다. 이 때 시인의 목소리는 뜨겁게 젖어 일상성에 무뎌버린 의식의 심연을 울리고 있다. 이 점은 시인의 사명과 역할에 직결되어 있다. 시인은 어둠 속에서 빛을 부르고 아침을 갈구하며, 황무지에서 씨를 뿌려 꽃을 피운다. 홍윤기 시의 대다수는 여기에 터를 박고 있으며, 반드시 희망과 긍정의 울림으로 끝나는 것은 홍윤기 시의 독특한 점이라 아니 할 수 없다.

홍윤기 시인이 문단에 등단하여 창작활동을 시작하면서 펼친 시세계는 주로 6.25 전쟁 이후의 황폐한 삶의 공간에 대한 비가였다. 물론 그는 전쟁의 잿더미를 바라보면서 절망과 비탄에만 잠겨 노래한 것이 아니라, 희망과 긍정의 밝고 힘있는 육성으로 동시대인의 황량한 가슴에 푸른 종소리를 울려 스스로 오늘을 위무하고 내일을 준비하도록 하였다. 따라서 그의 시는 처음부터 질곡의 역사적 현실을 기반으로 한 작업이었다. 궁극적으로 그의 시가 지향하는 바는 희망과 긍정의 세계, 곧 초록빛 시의 세계라고 할 수 있다. 초기 홍윤기 시인의 시세계는 생경한 한자어와 메마른 듯한 격렬하고 도발적인 시어 구사를 통해 당시대의 불모성과 황폐함을 그려냄과 동시에, 강인한 인상의 이미지를 구축하여 불굴의 세계를 향한 시혼을 드러낸 바 있다. 그는 절망을 노래했으나 절망을 넘어섰고, 무력함을 토로했으나 유력한 새세계를 꿈꾸었다. 황폐한 시대를 살았던 젊은 시인의 고뇌에 찬 긴장된 육성을 들을 수 있었던 점이 그의 초기시를 특징짓는 핵이라 할 수 있다. 그는 "시업(詩業)은 참으로 빛나는 목숨을 찾아내는 탐구"라는 자신의 말대로 일관되게 이 시관(詩觀)에 착점, 창작활동을 해왔다. 이 글은 그의 시가 줄기차게 추구해 온 시업(詩業), 곧 빛나는 목숨을 탐구해 온 발자취를 찾아 공간 여행을 하는 데 목적을 둔다. 따라서 이 글의 여행은 초록빛 생명의 빛나는 시세계를 향해서만 출발한다. 그러면 그의 시에서 시인이 꿈꾸고 창조하는 "초록빛 시"의 세계는 어떻게 펼쳐지고 있는지 여행을 떠나보자.

2. 산, 순수 정화와 수직적 삶의 공간

초록빛 지향의 시세계는 먼저 '산'의 시학으로 그 모습을 갖춘다. 그의 시에서 '산'은 시인의 정신적 무게를 가늠하는 저울이다. 윤병로 교수는

「시인의 편지」해설에서, 홍윤기 시인은 자연에 삶의 의미를 부여하고 있
다고 한 바 있다. 하나 더 덧붙이면, 그의 자연은 이상적 삶의 규준과
지표로도 기능하고 있다는 사실이다. '산'과 같은 유(類)자연에 삶의 의미
를 부여하고 이상적 삶의 규준으로 설정한 경향은 이미 조선조의 강호가
도풍의 시가에서 그 농후한 축적을 해온 바가 있다. 이런 맥락에서 홍윤
기 시인의 자연은 다분히 고전적이다.

산이 어둠 몰아내며/ 육중한 어깨 하늘로 쳐들고
묵직하게 일어나 앉을 때/ 아침은 울렁이는 우리의 염통을
진한 햇빛으로 흠뻑 적셔주고/ 비로소 강물은
원통한 역사의 정강이 떠밀며/ 거세게 굽이치기 시작했다
세상은 아득한 저쪽이라는데/ 지금도 너무 시끄럽구나
남몰래 옷깃 여미는 산자락에서/ 고단한 잠의 눈 비비는 법
또렷이 깨달아야만 할 테지/ 그리하여 잘난 나무들 저마다
다투어 굵직하게 목 뻗칠 때/ 거기 먹장구름도 걸렸다
어느새 소나기 한줄기 꿀꺽 삼킨/ 태양이 가슴 헹구는 대낮
출렁대는 물소리 떠들썩하게/ 골짜기 뒤흔들며 더러워진 몸뚱이
잔뜩 뒤흔들어/ 마침내 어지러운 세상 먼지와
달라붙은 온갖 물것들 떼어버리고/ 멀지감치 뒤로 물러앉은
오늘도 웅장한 저 우리들의 산
―「지리산」 전문

　시인 특유의 굵직한 선과 우렁찬 육성을 들을 수 있는 이 시에서 산
은 세상의 어둠에 마주서 있다. 그 어둠은 물론 인간과, 인간의 속성인
세속적인 것이 낳은 것이다. 이 시에서 인간과 인간의 세상은 아득한
저쪽에 있을 수밖에 없는 여전히 시끄러운 곳이기만 하다. 시끄럽다는
것은 바른 소리가 아닌, 거짓과 속임, 탐욕으로 가득차 있는 소리라는
시인의 가치 판단의 표명이다. '지리산'은 이 민족의 한많은 역사를 증

언하는 증언대이다. 이데올로기의 대립과 갈등으로 한 민족이 서로의 가슴에 총부리를 겨누고 피를 흘린 "원통한 역사"의 현장이며, 또한 탐욕과 한으로 '더러워진 몸뚱이'이기도 하다. 그러나 '산'은 그 모든 아픔과 비극을 씻을 줄 아는 의연한 존재의 표상이 되어, 탐욕과 거짓에 찌든 인간의 정신과 육신을 깨끗이 씻어 내고 있는 것이다.

> 마침내 우리들은 먼지 긴 귀 씻고, 가슴도 닦고
> 이제 다만 며칠이라도 조용히 나 스스로 돌아보면서
> 욕심없는 자연의 한 부분이 된다
> 여름산에서
>
> ― 「여름산에서」 3연

> 저 푸른 호수 굽어볼 때
> 이 가슴 적시고파짐은
> 내 찌들은 언어 말끔히 씻고픔인가
> 이제 찬바람 속 정상에 서서
> 깊은 숨 들여마실 때 노을이 붉고
> 울분 같은 것 깡그리 잊었으니
> 오, 산, 산이여
>
> ― 「산노래」에서

> 바위마저 흔들어 고함지르던 날의 산은
> 오늘 조용히 우람한 팔뚝으로
> 우리를 포근히 감싸고
> 罷場에 떠들썩하게 육신에 묻힌 *汚辱*
> 말짱히 닦아내주네
>
> ― 「산에 가는 것은」 2연

세속의 먼지와 언어, 그리고 오욕에 길항(拮抗)하는 순수 정화의 공간이 바로 '산'의 모습이다. '씻음, 닦음, 잊음'의 목적어는 「여름산에서」는 먼지, 곧 욕심이며, 「산노래」에서는 찌들은 언어와 울분이며, 「산에 가는 것은」에서는 汚辱이다. 이들은 인간의 위선과 탐욕, 명리 등으로 결과된 부정적 산물이다. 이를 씻고 닦고 잊기 위해 산을 그리는 것은 우선 산의 상향성에 그 기반을 둔다. 지상적 삶의 한계를 수직적 삶의 고도로 타개하려는 것이다. 물론 여기서 지상적 삶의 한계는 현대도시문명에 직결되어 있다. 도시문명에 대한 시인의 비판적 육성은 도시를 "구정물만 흐르는 거리"(「雪山行」3연 1행)로 혐오한 데에서 확인된다. 이 때 산은 도시와 대립항이 된다. 이처럼 '산'은 순수 정화의 공간이 되면서, 동시에 시인의 상승적 정신 지향을 보여준다.

산을 한꺼번에 모두 볼 수 없다
어제 보았던 산이
오늘의 저 산이 아니지
새로이 눈 크게 뜨며 오르고
내일 또한 다시 올라가면서
찬찬히 이 골짜기
저 벼랑을 살펴야 한다네
산을 사랑한다는 것은
오랜 날의 아픔을 깨닫는 것
노여움을 품었거든 그런 눈으로
감히 산을 바라보지는 말라
산은 묵직하게 한발짝씩 오르면서
날로 새롭게 배우는 거다
손등으로 이마의 땀방울 닦으며
언제나 따뜻한 가슴으로 올라가는 거다.

─ 「산을 오르며」 전문

시인은 끊임없이 산을 오른다. 오를 때의 마음가짐은 분노와 같은 인간의 불순한 태도를 버려야 한다고 말한다. 곧 그의 산행은 부정(不淨)한 태도를 씻음에서 출발되는 것이다. 그런데 그는 "산을 사랑한다는 것은/오랜 날의 아픔을 깨닫는 것"이라는 정의를 내리고 있다. 산은 곧 아픔이라는 등식은 어찌된 연유일까. 시인의 의식 속에 있는 산은 "원통한 역사"(「지리산」)와, "기나긴 역사의 한이 서린"(「산을 보면」) 생생한 역사의 현장이기 때문이다.

> 아직도 머리를 숙인 채 묵묵히 고개를 넘고 또 넘어오는
> 저 군중들의 기이다란 행렬이 보이는가
>
> — 「산을 보면」 2연

이렇게 시인은 산을 통해 민족 역사에 대한 상상력을 발동시킨다. 그럴 것이다. 적어도 시인의 이러한 상상력은 그럴만한 개연성을 충분히 지니고 있다. 이 나라의 민중들은 오랫동안 수난과 굴곡의 역사적 삶을 살아오지 않았던가. 묵묵히 머리를 숙인 채 험난하고 가파른 고개를 넘어오는 군중의 모습에서 민족의 험난한 삶을 떠올리고 있는 시인은 눈물을 삼키고, "염통이 우직끈거리는 분노같은 커다란 불덩어리"(「산을 보면」 3연)를 느낀다. 민족의 굴곡진 역사적 삶에 대한 시인의 연민과 사랑을 느끼게 하는 대목이다. 따라서 그에게 있어 산은 세상을 응시하며 "역사를 여물처럼 새김질하는 자"이고, "영원에의 변함없는 증언자"(「저 큰 산은」)이다. 그래서 시인은 늘 산을 오르면서 배우기를 자처한다. 수난의 비통한 역사를 잊지 않고 간직하면서 증언하는 그 산의 의연한 자세를 배우고자 하는 것이다.

> 머잖아 매서운 눈보라 휘몰아오는 겨울날에도
> 우리는 다시 또 오르고 오를 것이야

그리하여 산이 안겨주는 계절 속에서
세상을 똑바로 굽어보는 저 드높은 산의
큼직한 거동을 조용히 배우는 거다.
— 「벌써 가을산」에서

올 겨울은 유난히도 눈 많이 오는구나
立春날 北漢山 대성문 등성이 길에서
눈구덩이에 허벅다리까지 파묻히며
새삼 山을 또 배웠다네
이제 겨우 人生의 깊이도 한 가지씩 알 것 같다네
산을 어찌 그리 쉬이 배울까보냐
숨을 헉헉 몰아쉬며 산을 오르며 또 한 가지 배우고
우리는 인생의 등성이 쪽으로 올라가는 것이다
— 「立春山行」에서

　산을 오르면서 삶과 인생의 깊은 의미를 배운다. 배운다는 것은 깨닫는다는 것에 다름 아니다. 「벌써 가을산」에서 시인은 세상을 똑바로 굽어보는 산의 거동을 배우고 깨닫는다. 자신의 눈높이에 맞춰 세상을 바라보면 작고 사소한 것에 집착하게 되어 세상의 진리와 진실을 볼 수 없는 법. 그러나 한껏 높은 곳에 올라 세상을 조감하게 되면 넓고 큰 세상의 진면목은 절로 현시되기 마련이다. 인간의 이욕과 탐욕이 어리석은 것임을 알게 되며, 부귀영화를 비롯한 온갖 물질 추구 또한 한낱 허상에 불과한 것임을 깨닫게 될 것이다. 「立春山行」에서 산을 오르기란 결코 쉽지 않다. 산이 주는 가르침은 산을 오르기가 쉽지 않은 것처럼, 삶과 인생도 어려운 과정을 하나씩 하나씩 거치면서 인생의 정점으로 치닫는 것임을 일깨운다. 수직 상승의 정신 지향의 참뜻은 바로 여기에 있다고 볼 수 있다. 이렇게 시인은 산을 통해 삶과 인생의 의미를 배우고, 또 무한대로 깨닫는다.

이 외 「산이여」, 「새봄의 산」에서의 '산'은 낮잠과 겨울잠에서 깨어나게 하여 삶의 지평을 넓게 열어주는 존재 표상으로, 「산을」에서는 어떠한 억압과 허위 속에서도 그것을 떨치고 일어서는 진실과 의기의 표상이 되고 있다. 또한 「산에 가는 것은」에서는 '산'이 긴 긴 역사의 오욕을 떨친 공간이기 때문이기도 하고, 아울러 새아침의 찬란한 둥근 해를 마중하기 위해서라는 이유가 명시되어 있다.

수직적 삶의 공간으로서의 산은 세상이 현대문명에 더럽게 오염되어 있음을 인식하는 자에게는 언제나 의연한 존재로 자리할 것이며, 또한 그들을 넉넉하고 따뜻하게 맞아주는 열림의 공간일 것이다.

3. 통합과 평화의 화음

홍윤기 시인의 의식에는 깊은 콤플렉스가 자리하고 있음을 짐작한다. '砲火', '戰火', '戰爭' 등은 그의 시에 자주 출현하는 시어이다. 이 시어들은 시인의 전쟁에 대한 정신적 외상이 극심했음을 보여 준다. 1933년생인 시인이 전쟁의 참혹함을 겪은 나이가 18세였기 때문에 전쟁 체험의 인식은 그의 의식 속에 깊이 각인되어 있었을 것으로 보인다. 전쟁으로 인해 국토는 잿더미로 화하였고, 공동체의 삶이 붕괴되는 비극을 목격했던 데에서 전쟁이 주는 의미가 각별할 수도 있었겠지만, 그보다는 오히려 하나였던 것이 둘로 깨어지는 관계상실의 정신적 공황에 직면했다는 점에 그 의미가 치중되는 것이 아닐까.

그의 신춘문예 당선작인 「해바라기」(서울신문, 1959.1)와, <현대문학> 추천작인 「비둘기」(1959.2), 「신령지의 노래」(1959.4) 등의 작품은 모두 전쟁이 창작 모티프가 되고 있다는 사실에서 이 점은 확인된다.

　분리 체험의 아픔을 평이한 시어 구사를 통해 가장 절절하게 표출한 작품으로 「北風」이 있는데, 그 전문을 잠간 인용한다.

　　　　차가운 겨울바람 몰아치면 떠오르는 내 소년의 벗
　　　　된 평안도 사투리의 그 녀석과
　　　　서로는 곱은 손 호호 불며/ 곧잘 겨울밤길 걸었다네

　　　　야, 전차 타고 가자/ 네레 미천?
　　　　두 덩거장인데 던타레 와 타니/ 그럼 그냥 걷자
　　　　네레 어제 어데 갔언?/ 가긴 어딜가
　　　　네레 기체니레 만났디?/ 야, 어서 군밤이나 먹어

　　　　우리는 킬킬 웃으며/ 볼 때리는 겨울바람 속에
　　　　군밤을 씹으며 걸었다.

　　　　지금도 북풍 몰아칠 때면/ 가슴 속에 살아나는 소년의 겨울
　　　　서로는 난리통에 뿔뿔히 흩어진 채 아직 소식 모르는
　　　　된 평안도 사투리가 구수하던 투박한 말투의
　　　　그 얼굴 그리고 따스운 그 미소.

　평안도 사투리를 쓰는 소년과의 순수한 우정을 회상하면서 분단의 비극을 새김질하는 시인의 안타까운 목소리를 들을 수 있다. 2연은 투박한 북방 사투리와 남쪽 서울의 말씨를 대화체로 화응시켜 두 소년의 순수하면서 진한 우정을 그려내고 있다. 서로의 의견과 주장을 개진하여 어색한 관계를 형성하고 있지 않고, 한 걸음씩 양보하고 상대방을 헤아려 주는 따뜻하고 정겨운 친교가 이루어지고 있는 장면이다. 이 시의 전언은 전쟁으로 인한 분단의 상처를 증언함과 동시에 남북 통합의 가능성을 제시하는 데 있다. "볼 때리는 겨울바람"의 혹독한 고난도 얼마든지 웃으

며 나란히 걸어갈 수 있는 통합성의 계기를 던지고 있는 것이다. 이처럼 홍윤기 시의 백미는 희망과 긍정의 목소리를 던져 공명을 이룬다는 점이다. 단순한 이념의 대립과 상충으로 경색된 관계를 고착화시키고 있는 어른들의 세계와는 극명한 대조를 이룬다. 이 어른들은 「노을」에서 보는 것처럼, 아이들로부터 순수한 희망과 꿈을 짓밟기만 했던 냉혹한 현실 세계를 가리킨다.

분리 체험의 극단은 꽃, 단풍과 같은 자연물에 의탁하여 심화되고 있다. 「민들레」, 「설악산 단풍이여」같은 작품에서 분단의 현실에 절규하는 시인의 목소리를 듣게 된다.

올가을 하늘은 가야금을/ 진양조로 새파랗게 뜯기 시작하더니
뒤뚱거리며 중중모리로 올라서면서
이번에는 자진모리로 산자락 울긋불긋 몰아세우는
아니 저것은 무슨 질풍의 바람결인가
금강산 쪽에서 붉은잎 노랑잎 거세게 뒤좇아
휘모리로 장단 잔뜩 북돋는구나
하지만 어느새 엇중모리로 다시 느긋이 잦아든다, 든다, 든다
가로막힌 땅 그 원한에 찢어진 설움은
청승맞은 빛깔로 젖고 만다네
풍아, 풍아, 단풍아/ 언제쯤 풍악산 구경으로
우리 가슴 속 맺힌 한 풀어줄거나
육자백이 가락으로 설움 잔뜩 뽑느냐
아니면 수심가 가락으로 산천을 애달프게 뒤흔들거나
설악산 단풍이여

－「설악산 단풍이여」 전문

가을날 눈이 부실 정도로 아름답게 단풍 드는 모습과, 그 과정이 전통적인 가락에 실려 형상화되고 있는 독특한 기법의 작품이다. 그러나 이

시의 묘미는 이 기법에 있는 것이 아니고, 인위적으로 막을 수 없는 자연의 이 현상마저 분단의 벽에 막혀 "청승맞은 빛깔"이 되고 만다는 통한의 뼈아픈 절규에 있다. 느리고 유장한 가락의 진양조와 빠르고 급박한 중중모리, 휘모리 장단이 서로 교차되면서 단풍 드는 모습을 절묘하게 그려내면서, 동시에 청각에 자극을 가하고 있다. 가히 시각의 청각화란 공감각적 기법의 성공적인 전범을 보여준다 할 것이다. 그러나 이 가락은 이내 서러운 육자배기와 수심가 가락으로 바뀌면서 분단의 아픔을 뒤흔들고 있다. 남의 설악산과 북의 풍악산의 단풍이 서로 만나지 못하고 가로막혀 가슴 속 맺힌 한이 되고 있는 것이다.

그러나 도처에서 그는 통합의 그 날을 간절히 갈구하고 있다.

> 배낭 메고 백두영봉에 올라/ 天池 가에 엎드려 울음 터뜨릴
> 오, 그 빛부신 날이여/ 뜨거운 숨 끓는 가슴마다에
>
> — 「열망」에서

의 뜨거운 열망을 거쳐

> 언제 올 것이냐 그날, 그날은/ 어서 오라 우렁차게 출렁댈 환호소리
> 흠뻑 눈물젖어 소리 지를 기쁨의 그날이여/ 어서 오라, 오라, 오라.
>
> — 「임진강에서」 후반부

> 달님 달님 절합니다/ 白頭 靈峰 밝혀 三千里는 光明의 바다
> 눈물로 목메인 우리의 念願이뤄/ 새해엔 金剛山 비로봉에 달맞이 가게 하소서
>
> — 「祈願」 마지막 연

에 이르면 가히 눈물겨운 기원이 아닐 수 없다. 이 외 「양떼」, 「八月의 詩」, 「감나무」 등의 작품에서 통일의 그 날을 뜨겁게 간구하고 있다. 이렇게 하나로 통합을 이룬 통일의 세계, 곧 둥근 태극의 세계만이 시인이 그리는 초록빛 세계가 아닐 것인가.

동시에 그는 평화의 날이 오기를 기대한다.

하늘을 우러러 가난한 내 마음에
알뜰한 비둘기의 화음하는 음성을 짙푸르게 지니리니
(…)
피묻은 지도를 펼치거나 국경을 금그려
전쟁을 즐겨야 할 아무런 의무가 없는
비둘기는 참말로 나의 하나만의 시민이라
꾸우 꾸우 꾸꾸꾸꾸……

— 「비둘기」에서

저 노을의 정녕 그 순수함과 아름다움을
꿈꾸는 눈동자마다 심어주고
그들의 작은 손마다 平和의 북채를 쥐어주며
자유의 종소리를 저 쬐그마한 가슴마다
잔뜩 두드려 주어야 한다네
일찍이 抒情을 짓밟아버린 어른들이여

— 「노을」에서

살육의 반인류, 반문명, 반인간적 상황에 대한 시인의 육성은 비둘기의 소리와 종소리로 그 대응책을 마련한다. 이른바 이들의 소리는 평화의 화음이다. 홍윤기 시인은 실로 소리에 민감하며, 소리로 세계를 인식하기도 하고 자신의 내면과 삶을 표현한다. 김양수는 제1시집인 「내가 처음 너에게 던진 것은」(거목, 1986)의 해설에서 홍시인의 시를 전반적으로 관통하여 흐르고 지배하고 있는 것이 소리와 그 울림이라는 것을 알 수 있다. 청각적인 음향을 통해서 우주를 깨우치려는 시심이 발동하고 있는 것이다. 그리고 그것은 아주 희열에 찬 울림이 되고 화음의 강물 소리가 되게 하고 있는 것이다.

라는 적절한 평가를 내린 바가 있다. 그렇다. 홍윤기의 시에서 이 소리는 결코 쉽게 지나쳐서는 안될 중요성이 있다. 그런데 시인은 소리에 대해 양가적인 태도를 보이고 있는데, 곧 소리에 대한 혐오증과 친화성이 그것이다. 그런데 이 둘은 시인의 모순된 태도에서 연유하는 것은 아니라, 전자의 소리의 세계를 후자의 소리의 세계로 지향하려는 욕망의 드러냄으로 보인다. 아니면,

> 초록빛 싱싱한 목소리는 황량한 들판을
> 무성하는 풀잎으로 가지런히 다스려
> 안으로 안으로 깊숙히 물결져
> 짙푸르게 넘치우는 찬란한 운하……
>
> ― 「정혈의 설화」 부분

처럼, 후자의 소리를 통해 전자의 소리가 함유하는 황폐한 세계를 치유, 재생하려는 욕망으로 보인다. 시인에게 있어 세상의 소리나 문명의 소리는 예외 없이 유쾌하지 못한 시끄러운 소리로 인식된다.

> 고함치는 명사(名士)들의/ 쉰 목소리 아랑곳없이
>
> ― 「한마디」

> 산허리 벌겋게 뭉겨내리는 轟音
>
> ― 「북한산의 비」

세상은 아득한 저쪽이라는데/ 지금도 너무 시끄럽구나
　　　　　　　　　　　　　　　　　　　　　　　─「지리산」

그 기계 요란한 소리만큼씩/ 초록 등성이 벌겋게 뭉겨져 내리고
　　　　　　　　　　　　　　　　　　　　　　　─「휴일」

시끄런 세상 저 멀리 떠민 채/ 더덩실 신명나는 춤판 벌어졌냐
　　　　　　　　　　　　　　　　　　　　　　　─「단풍아」

산밑 저쪽으로 떼지은 저 시끄러운 뭉텅이
거기 그득히 차서 들끓은 아우성소리/ 모두 산으로 올라오라 도
시여
　　　　　　　　　　　　　　　　　　　　─「겨울산에서」

버릇없이 떠들썩한 세상을/ 하나의 큰 북으로 둘러치고
　　　　　　　　　　　　　　　　　　─「아침바다 바다 바다로」

　세상과 도시의 소리는 시끄럽고 떠들썩하며, 자연을 허물어뜨리는 소리는 요란한 굉음으로 들려온다. 타락과 죄악의 도시인 소돔과 고모라에 다름 아닌, "죄악의 손"(「겨울산에서」 7행)이며, "버릇된 배반으로 아귀다툼하는 세상"(「겨울산에서」 10행)이다. 도시와 세상에 대한 시인의 인식이 이렇게 도저한 지경에 이른 데에는 그럴 연유가 있지 않을까. 이 도시는 항상 자연과 어긋나는 자리에 있다. 곧 자연을 밀어내고 파괴한 자리에 도시가 형성되어 또아리를 틀고 있는 것이다. 이곳은 인간의 탐욕과 이념, 그리고 배반이 추악한 모습으로 지르는 소리로 아수라장이 되고 있다. 이 불쾌한 소음에 대한 시인의 태도는 불신과 혐오, 그리고 거부감으로 표출되고 있는 것이다. 그러나 다른 극단에 자연과 순수 인간인 아이들의 소리가 있다. 이들의 지르는 소리는 소음이 아니라, "연초록 목소

리"와 "속살같은 풀로 솟는/ 파릇한 목소리"로 지르는 생명의 환호성이
다. 이 생명의 환호성은 「단풍」에서 절정을 이룬다.

> 기운 썩 좋은 낯 붉은 아이들
> 아우성치면서 벼랑 타고 오르는 소리
> 성대 썩 좋은 아이들
> 온통 산에 불지르는 함성이다
> 아니 온몸 속속들이
> 시뻘겋게 달아올라
> 이윽고 분출하는 화산이다
>
> 불타는 산 속에서 나도 불붙어
> 고래고래 외친다.

― 「단풍」 전문

온통 가을산을 붉게 물들이며 계절의 정점을 향하는 단풍의 영상을
'소리'라는 청각으로 영상화하는 시인의 절묘한 시재와 역동적인 시풍이
돋보이는 작품이다. 이 소리는 생명의 분출되는 점에서 압권이다. 자연과
아이, 그리고 '나'가 한데 어우러져 절정으로 치닫는다. 자연과 인간, 어
린이와 어른이 구별 없이 하나의 화음을 이루어내고 있는, 가히 소리의
절창이라 할 만하다.

이 생명의 소리의 다른 편에 절망과 나락의 황막한 죽음의 의식을 재
생시키는 평화의 소리가 있다. 이 소리들은 비둘기의 평화로운 날개짓소
리와 종소리로 울리며 인간의 실존을 버티게 한다. 그런데 홍윤기 시인
의 소리가 추구하는 상징성은 궁극적으로 '원'의 세계이다. 원은 도상적
으로 볼 때 선, 면, 각이 갖는 모순과 대립, 갈등의 지양이며, 그것의 승
화이다. 이른바 '원'의 세계는 모순 없는 공존이며 조화를 상징한다. 그
의 시에서 전쟁이 환기하는 의미는 선, 면, 각이 전치된 형상이며, 인간

과 인간의 대립과 갈등을 표상한다. 비둘기의 소리와 종소리는 둥근 원
을 그린다. 이 소리에 모가 날 리가 없다. 「頂穴의 說話」에서 시인은 종
을 해와 묶어 "부드러운 둥그라미"로 표현한다. 그럴 수밖에. 평화의 둥
근 세계를 지향하기 때문이다. 그래서 그의 소리는 평화를 꿈꿀 때 '해'
의 빛과 살을 동반하기도 하고, 그 세계를 지향하기도 한다.

> 피눈물진 열망의 목소리가 끓는가.
> 새로운 아침을 말하라, 분향(焚香)의 해바라기
> 목메인 절규여
> 저마다의 가슴에 빛나야 할 그 날의 둥근 해
>
> — 「해바라기」에서

> 꽃이 핀다. 먹빛 사멸의 어둠이 없는 항시 짙푸름으로
> 맑은 자락을 펼친 천공엔 핏빛 태양과……
> 벅찬 가슴을 부둥켜 안고 더는 견딜 수 없는
> 희열의 절정에서 드디어 종이 운다
>
> — 「신령지의 노래」에서

> 그것은 뜨거운 포옹의 숨결을 타는
> 맑디 맑은 향기의 윤기 어린 꽃으로 피고
> 보라. 우리들의 심장부에선 둥근 해가 움직인다
>
> — 「頂穴의 說話」에서

이제 인용시편들을 통해 소리의 둥근 세계는 '해'의 형상으로 구체화
된다. 해는 "새로운 아침", "짙푸른 천공", "뜨거운 포옹의 숨결"과 "꽃"
등의 시니피앙에 힘입어 의미의 확산과 집중화를 꾀한다. 「해바라기」에
서 "새로운 아침"은 전쟁의 상흔을 분향하고 평화의 새날이 밝기를 기원
하는 아침이며, 「신령지의 노래」의 "천공"은 먹빛 사멸의 어둠의 공간이
소거된 이상의 소망 공간이며, 「頂穴의 說話」의 "뜨거운 포옹의 숨결"은

갈등과 대립이 아닌, 위무와 사랑, 이해의 교감으로, 그것의 결정인 '꽃'
으로 승화됨을 뜻한다. 이 의미의 자장권 안에 '해'는 구심점으로 놓인
다. 그런데 분명 '해'는 평화의 사자이지만, 동시에 부재의 공간에서 현
존의 당위성을 부르는 법칙으로도 기능한다. 이들 시 속에 담긴 시인의
육성에서 결코 지나쳐서는 안 될 점은 시인이 지향하는 '해'의 세계가
시인의 세계만에 국한되지 않는다는 사실이다. "저마다의 가슴"과 "우리
들의 심장부"라는 시인의 언술에서 나타나는 바이지만, '나' 또는 '나만
의' 가슴에 빛나야 할 것이 아니라, "우리 모두"라는 확고한 단서를 붙이
고 있는 것이다. 이는 시인이 평소 줄기차게 의식하고 있는 화두인 시인
의 사명과 직결되어 있는 것인 바, 이른바 "공동체성"이다. 전쟁이나 외
부의 일련의 충격으로 인해 황폐해진 민족의 가슴에 밝고 건강한 세계를
북돋워 주고 싶은 것이다. 시인의 세계는 바로 동시대인의 갈증이며 샘
물일 것이다. 진부한 담론이겠지만, 시인은 홀로 걸어가되 다수의 대중을
생각하고 걱정하며 걸어가는 존재일 수밖에 없다. 이 점에서 홍윤기 시
인은 명실상부한 시인의 길을 걷고 있다고 평가할 수 있다. 이 세계가
바로 "초록빛 시"의 세계임은 더 이상 부언을 요청하지 않는다.

4. 생명의 불지름, 봄의 세계로

홍윤기 시인이 그리는 또 하나의 초록빛 시세계는 생명의 불지름 현상
이 일어나는 봄의 세계이다. 굳이 노드롭 프라이를 들먹거리지 않아도
'봄'은 생명의 불길이 타오르는 공간이다. 그런데 봄은 누구나 비슷한 시
적 함의를 떠올릴 만큼, 사실 진부하기 짝이 없는 시제이다. 그런데도 불
구하고 홍윤기 시인의 시세계를 조감하는 이 글에서 봄의 시적 의미에

천착하는 것은 그가 동경하는 세계의 담론화에 있어 절실한 한 표징으로 작용하고 있기 때문이다. 「待春頌」이라는 시를 보면, 봄은 가난과 겨울의 혹한까지도 이겨내고, 새로운 세계를 열어 주는 패러다임이 되고 있음을 알 수 있다.

> 사납고 어두웠던 겨울을/ 흠뻑 땀젖은 두 손으로
> 멀리 머얼리 떠밀어 버리고/ 우리는 파란 하늘 한복판에
> 큼직한 둥근 해를 매달았다
> 오늘 태양은 우리와 후끈한 우정(友情)을 맺고
> 우리들의 꽃밭에 정직한 사자(使者)를 보내왔다
> 그의 순수한 뜨거운 손길이
> 상처뿐인 동토(凍土)를 따사롭게 어루만져
> 이제 목타던 땅에서, 비틀렸던 손목마다
> 새잎들이 목숨의 깃발들을 나부끼기 시작했다
> 서로가 배반하지 않을 신의(信義)를 다지면서

—「봄 꽃밭에서」

이 시에서 겨울과 동토는 "목타던 땅"과 "비틀렸던 손목"의 시적 진술을 통해 죽음과 억압의 시적 공간이 된다. 굳이 이 시의 발표 연대가 유신정권의 몰락과 동시에 민주화의 바람이 거세게 불었던 1980년 5월이라는 시대적 암시를 떠올리지 않더라도 우리는 이 시가 거느리는 의미망들을 넉넉히 집어낼 수가 있다. 이제껏 봄은 봄이기를 배반해 온 터이다. 봄이 와도 진정한 의미의 생명의 봄은 아니었던 것이다. 따라서 그 봄은 배반의 세계이다. 아니다. 정확히 말해서 결코 봄이 배반한 것은 아니다. 직설적인 그의 표현을 빌면, 봄은 "구타당한 계절"이며, "상채기진 봄날"이다. (이 두 구절은 그의 다른 시인 「정원」에서 인용) 정치적 권력에 의해 무참하게 구타당한 것, 그래서 상채기가 난 세계인 것이다. 수난의

봄, 죽임을 당한 봄일 따름이다. 따라서 시인은 "봄이 온다는데, 고개도/ 내밀지 못하는 싹이여, 잎이여"(「꽃샘」)라는 표현을 통해 봄의 불모성을 절규하고 있다. "오늘 태양은 우리와 후끈한 우정을 맺고/ 우리들의 꽃밭에 정직한 사자를 보내왔다"는 진술은 생명의 꽃을 피어내야 할 햇살마저 그러지 못했다는 진술이므로, 그것은 "정직한 사자"가 아니었던 것이다. 따라서 삶의 진지한 공간이자 현장인 땅은 얼어붙은 땅, 곧 凍土이겠으며, 상처와 고통으로 얼룩진 수난의 땅이었던 것이다. 그러나 이제 생명의 순수 원형질인 새잎들은 목숨의 순연한 깃발을 나부끼기 시작한 것이다. 봄과 세계의 주체인 "새잎"은 서로 생명의 아름답고 환한 지평을 열어가게 될 것임을 축원하고 있다. "서로가 배반하지 않을 信義"란 바로 여기에서 그 결실을 맺게 된다.

도처에서 그는 죽음과 억압, 탐욕의 손길을 거부하고 부활의 꿈을 노래한다.

> 오늘은 전원에 가자
> 잎 진 가지마다 상실의 자국마다
> 목숨의 맑은 바람 불어 넣어
> 지금은 날개 부드러운 짐승들
> 그놈들 참도 고단한 휴식이구나
>
>   — 「초봄 노래」에서

> 훈향의 봄을 기다리는 황토 언덕에서
> 평화론 동면의 담설(淡雪)이 녹아 흐르면
> 따스한 입김으로 곱은 손을 펴보는
> 아아…… 해맑은 빛살로 파릇 파릇한 싹이 트고 잎으로 무성하
> 는……
> 그것은 싱싱한 바람을 들이켜 마시며 퍼져 가는 초록 들판
>
>   — 「신령지의 노래」에서

둥둥둥
탐욕의 손 얽매, 열풍에 실어 보내면
고원 드높은 곳, 새세대의 문 여는
보게나, 나목(裸木)들은 뜨거운 숨결의 행동
한 줌, 내 흙, 따사로이 움켜 쥐면
썩는 씨, 비옥한 입김으로 싱싱한 뿌리 내리고
마침내 황토 언덕에서 봄을 환호하는
연 날리던 아이들아

— 「동자(童子)들 <Ⅱ>」에서

바슐라르의 표현을 빌지 않더라도 바람은 우주의 숨이다. 이 시편들에서는 우주의 숨인 바람이 불고 있다. 숨은 유기체의 생명 원리이며 동력이다. 따라서 바람은 대지 위를 불며 목숨을 일으켜 세운다. "잎 진 가지"에, "곱은 손"에, "裸木들"에 생명의 기운을 불어 넣고 있다. 죽음과 억압의 공간에서는 숨이 꽉꽉 막힌다. 거의 질식할 지경, 곧 생명 운동의 정지 상태에 이르러게 되는 것이다. 상실과 억압, 탐욕의 손길을 물리치는 시인의 단호한 태도는 이미 그의 '산'의 시학에서 예견된 바가 있으나 봄을 환호하는 이 시편들에서 더욱 치열한 면모를 보이고 있다. 어린 존재에 대한 시인의 집중적 관심 표명은 봄과 밀접한 관련을 갖는다. 「연」, 「동자들 <Ⅰ>」, 「비」, 「穀雨」, 「그렇지 않은가」, 「단풍」, 「운동회」, 「겨울 노래」, 「수수깡 안경을 쓰고」, 「큰 딸과의 대화」, 「책을 든 그 소녀」 등 이루 헤아리기가 어려울 정도이다. 특히 「穀雨」에서는 "굳은 땅 비집고/ 눈뜨는/ 목숨들의 騷擾"에 "동리 아이들/ 와자한 소리"를 같은 계열체로 놓고 있는 데에서 어린 존재의 생명성은 선명한 빛을 발한다. 또한 「새봄 노래」에서도 "햇덩이 성급하게 걷어차며/ 들길로 세차게 뛰달려" 나가는 아이들의 동적 움직임을 통해 어린이와 봄의 생명성을 더욱 부각시키고 있다.

그의 이러한 시정신은 다음의 「새」라는 시에서 구체적으로 드러난다.

시인의 웅혼한 기상이 뜨거운 육성의 울림을 타고 흐르고 있다. 텍스트에서 동짓날의 혹한은 모든 생명 존재의 숨을 틀어막고 있다. 이 가혹한 자연 현상은 "비루한 녀석들"이라는 인간의 모습을 이루고, 이들은 서로 합성되어 불의와 억압의 지상적 한계 상황을 연출해 내고 있다. 이 지상적 한계 상황을 떨치려는 시인 정신의 치열함은 비상의 날개를 뻗쳐 쩌렁한 목소리로 신(神)을 부른다. 이 목소리는 무엇인가. 바로 봄을 부르는 노래가 아닌가. 생명, 사랑, 질서의 화신인 봄을 부르는 목소리이다. "헐벗은 나무들, 깡마른 자들을 뜨겁게 껴안는/ 큰 날갯죽지"는 봄의 동적 형상화이다. 헐벗은 나무와 깡마른 자들은 글자 그대로 소외된 존재이겠으며, 생명력이 미미한 존재가 아닌가. 이들을 위해 시인은 큰 날갯죽지를 가진 한 마리 새가 되기를 동경한다. 이 새는 시인의 정신적 분신임에 틀림없다. '헐벗고 깡마름'은 동짓날의 혹한과 비루한 녀석들 때문인데, 시인의 정신은 이들을 준엄하게 심판하고, 자연과 인간에 대해 사랑을 쏟는다. 생명존중사상의 한 단적인 표명이 아닌가.

모진 겨우내 가슴 속 깊이 눈물로 묻어둔 씨앗이
드디어 눈뜨는 아직도 눈 쌓인 저 산언덕으로 다가온 그는
꽁꽁 언 내 볼에다 따뜻한 입술 비벼주는 나의 연인이여

그렇게 뚜렷이 손짓하듯 성큼 내게 달려와
나를 거세게 껴안아주는 봄의 힘찬 팔뚝이여
이것이 봄인가, 정녕 봄은 이렇게 뜨겁기도 한 것인가.

그리하여 꽃들은 새로운 삶의 환호 소리로 떠들썩하게 웃고
웃는 자들의 봄은 잔뜩 웅크린
저마다의 뻐근한 어깨를 주물러 펴주는 것인가
— 「봄이다 봄이다」에서

봄을 맞는 경탄과 감격의 목소리가 돈호와 의문의 수사 기교, 제목의 반복 등에서 여실히 드러난다. 얼마나 강렬하고 열정적인가. 입술을 비비고, 거세게 껴안아 주며, 뻐근한 어깨를 주물러 펴주는 봄의 모습은 단순히 시인이 봄을 관념적으로 인식하고 있지 않음을 말해 준다. 오히려 실제적인 몸의 접촉으로 봄을 확인하고 있는 데에서 우리는 시인이 갈구했던 깊은 저의를 짐작할 수 있다. 그렇다면 무엇이 시인으로 하여금 이렇게 열정적인 목소리로 봄을 환호하게 하는 것일까. 모진 겨울을 체험한 자만이 봄의 참된 의미를 절감하게 마련, 홍윤기 시인도 마찬가지가 아니겠는가. "모진 겨우내" "새로운 삶의 환호 소리" "떠들썩한 웃음소리" 등의 시구절에 그 함의가 있다. "모진 겨우내"는 직설적인데 반해, 나머지 두 구절은 반어적이다. 말하자면 봄 이전의 삶은 '삶답지' 않은 치욕과 죽음의 삶이었지 않았을까. 그리고 웃음이 사라진 차가운 눈물의 삶이 아니었을까. 텍스트의 제2연의 3행은 이러한 사정을 분명히 하고 있다. 마치 봄을 난생 처음 맞이하여 느끼는 듯한 어조는 다소 과장된 듯

하지만 넉넉히 이해가 된다. 봄다운 봄을 맞아보지 못했다는 반증이기 때문이다. 새로운 삶을 기대하는 벅찬 환호와 웃음소리! 이제껏 시인이 꿈꾸었던 초록빛 생명의 세계가 봄과 더불어 만개하고 있다.

제3시집이 나온 이후 아직 홍윤기 시인의 시를 접하지 못했다. 그러나 지금도 그는 여전히 꿈을 꾸고 있을 것이다. 그는 지금 어떤 초록빛 시의 세계를 꿈꾸고 있을까. 시대는 갈수록 더 초록빛 시의 세계에서 멀어지고 있는 것이 엄정한 현실이다. 시는 늘상 시대에 반항한다. 시인은 반항하는 존재이다. 시인이 잠시 침묵하거나 모습을 감추면 그는 또 어디서 반항의 역모를 꾀하고 있지 않나 하는 혐의가 짙어진다. 그러나 그의 반항은 언제나 죽은 살 위에 차오르는 새살이다. 그렇기 때문에 반항의 역모를 꾀하는 시는, 시인은 초록빛 생명의 세계에 한 발 앞서 가 자리를 틀고 있다. 거기서 시인은 연신 역모의 손을 흔들어 그가 사랑하고 연민하는 인간들을 불러들인다. ―이른바 공동체성의 시학이다. 잠들지 않으면 꿈을 꿀 수 없듯, 시인이 시를 쓰지 않으면 반항의 초록빛 세계를 창조해 내지 못한다. 홍윤기 시인의 꿈과 초록빛 세계를 들여다보고 싶다. 나 또한 반항의 초록빛 꿈을 꾸고 싶은 때문이다

오래된 미래, 그리고 『가시연꽃』
– 이동순의 『가시연꽃』론

1.

> "20세기의 한중간에 태어나서 나는 어떤 삶을 살아왔나? 언제 어디서건 시인이 항상 잊지 말아야 할 중요 화두는 무엇일까? 가파른 시간의 험로를 살아오면서 사람들은 결코 잃어버리지 말아야 할 많은 것들을 잃어버렸다. 인간성, 고향, 생명력, 조화의 정신……본래의 모습이 손상된 이런 그리운 언어들이 내 머릿속을 주마등처럼 스쳐간다."
>
> (「시인의 말」)

20세기를 거치면서 근대 정신의 지향인 물질적 피안은 하루가 다르게 가시권내에 진입하고 있으며, 그 결과 인간의 삶은 편리함을 넘어 물질적 낙원의 절정을 향해 치닫는 후기산업사회의 급류를 타고 있다. 이에 따라 현대인은 물질 낙원의 가동축인 생산과 소비의 철저한 편향성을 기저로 의식화되고 있다. 누가 감히 이 물질 낙원의 달콤한 유혹을 물리칠 수 있으랴. 그러나 바로 이 지점이 현대 사회의 위태로운 극점으로 대두한다. 이 위기적 현황은 이미 허무적 공동화로 그 불길한 조짐을 보이며

한층 자장권을 넓혀가고 있는 현실로 나타나고 있다. 혹 우리는 이 물질
문명의 진보를 진정한 삶과 삶의 방식의 진보로 오인하고 있지나 않을
까. 역사란 인간의 삶의 생생한 증거인 것, 그렇다면 물질문명의 진보사
가 과연 인간 삶의 질적 진보와 행복의 지표일 수 있을까.

　이 질문에 대한 명쾌한 답변은 『오래된 미래』가 대신한다. 헬레나 노
르베리 호지가 쓴 이 책은 티벳트 라다크 지역의 전통적·생태적 균형과
현대산업문명에 대한 비판적 성찰을 담고 있다. 저자는 오랜 동안 전통
적 생활 문화와 풍속, 그리고 자급자족의 경제체제를 유지해 왔던 라다
크 지역이 개발되면서 서서히 붕괴되어가는 과정에 대한 안타까운 목소
리를 낸다. 인위와 문명보다는 자연의 질서에 순응하는 무공해의 인간이
무공해의 삶을 살아가는 것, 그 삶은 오래 전부터 지속되어 왔던 것이었
다. 미래의 삶은 이미 과거에 담겨 있다. 오래 전의 삶을 복구하는 것,
그것이 미래의 삶이 될 터이다. 특히 저자는 친자연적인 삶과 농업의 육
성을 통해 행복은 찾을 수 있다고 말한다.

　「시인의 말」은 『오래된 미래』의 저자 호지 여사의 전언과 상통한다.
개발 위주의 현대문명화를 지양하고, 자연과 인간이 친화적인 관계를 형
성하는 것, 그것만이 현대사회의 위기를 극복할 수 있다는 요지의 전언
이다. 이동순 시인의 진단에 따르면 지난 세기 동안 인간은 "인간성, 고
향, 생명력, 조화의 정신" 등의 본래적 모습을 상실하고 말았다. 인간과
자연의 원시적 동일성은 분리되고, 인간과 인간의 아름다운 관계는 속절
없이 무너져 단절의 앙상한 현실만 남기고 있다. 이런 잿빛 현실과 울적
한 인식을 기저로 한 이동순의 『가시연꽃』은 자연과 인간에 대한 진지한
성찰을 바탕으로 진정한 삶에 대한 시적 실천과 '오래된 미래'의 가능성
을 타진한다.

2.

인간의 욕망은 극히 폐쇄적이고 이기적이다. 자기 손아귀에 넣어서 철저히 통제하고 소유하려는 성향이 있다. 새장, 수족관 혹은 연못, 짐승우리 등은 그 욕망의 공간적 표현이다. 그 욕망의 마성은 「투망」의 담론처럼, '투망'이 함의하는 폭력성과 자기만족의 잔악한 미소로 나타난다. 이 마성의 무한 욕망이 끝내는 자연을 짓눌러 죽이리라. 세계의 비극은 이 마성의 욕망 속에 잠복되어 있다. 그런 면에서 이동순의 작은 생명 존재에 대한 성찰은 소중하다.

> 내가 기운차게/ 산길을 걸어가는 동안/ 저녁밥을 기다리던/ 수백 개의 거미줄이 나도 모르게 부서졌고/ 때마침 오솔길을 횡단해가던/ 작은 개미와/ 메뚜기 투구벌레의 어린것들은/ 내 구둣발 밑에서 죽어갔다// 내가 기운차게/ 산길을 걸어가는 동안/ 방금 지나간 두더쥐의 땅속 길을 무너뜨려/ 새끼 두더쥐로 하여금/ 방향을 잃어버리도록 만들었고/ 사람이 낸 길을 초록으로 다시 쓸어 덮으려는/ 저 잔가지들의 애타는 손짓을/ 일없이 꺾어서 무자비하게 부러뜨렸다// 내가 기운차게/ 산길을 걸어가는 동안/ 풀잎 대궁에 매달려 아침 햇살에 반짝이던/ 영롱한 이슬방울의 고고함을/ 발로 차서 덧없이 떨어뜨리고/ 산길 한복판에 온몸을 낮게 엎드려/ 고단한 날개를말리우던 잠자리의 사색을 깨워서/ 먼 공중으로 쫓아버렸다// 내가 기운차게/ 산길을 걸어가는 동안/ 이처럼 나도 모르게 저지른 불상사는/ 얼마나 많이도 있었나/ 생각해보면 한 가지의 즐거움이란/ 반드시 남의 고통을 디디고서 얻어내는 것/ 이것도 모르고 나는 산 위에 올라서/ 마냥 철없이 좋아하기만 했었던 것이다
>
> ─「내가 몰랐던 일」 전문

경험적 행위와 반성적 사유를 거쳐 시인은 "한 가지의 즐거움이란/ 반드시 남의 고통을 디디고서 얻어내는 것"이라는 명징하고 투명한 깨달음

을 얻는다. '나의 기운찬 발걸음'은 인간의 자연에 대한 우월적 행위로, 타생명 존재에 대한 교만과 무자각적 횡포의 행동 기호이다. 이 무자각적 횡포로 인해 우주의 생명 존재는 그 집을 잃고 죽어가는가 하면, 방향을 잃어버리고, 부러지고, 떨어지고, 쫓겨난다. 이 파멸 언어의 빈도는 인간의 자연에 대한 폭력과 위반이 도저한 지경에 이르고 있음을 반증한다. 인간인 '나'의 '즐거움'이 순수 자연의 울음과 고통 위에서 생성되는 것이라면, 이는 새디즘적 쾌락 추구에 다름 아니다. 이 새디즘적 쾌락 추구가 바로 인간 중심론에서 나온 큰 병통임을 시인은 깨닫고 있는 것이다.

자연생태계는 一卽多 多卽一, 곧 부분이자 전체로서 존재한다. 화엄의 세계에서 생태계의 수많은 생명 존재들은 '함께 사는 전체'로서 관계망을 이루고, 서로 돕고 비추는 그물망으로 존재한다. 따라서 모든 생명체는 높낮이가 없이 동등한 비중으로 우주적 연대를 형성하고 있다. 이동순의 시는 표나게 화엄사상을 외연에 칠바르고 있지 않지만, 암암리에 그 사상과 몸을 섞고 있다.

그의 시에서 화엄 세계를 향하는 길은, 그 진리는 아주 가까이 있다. 우리의 발밑을 조심스럽게 살피면 된다. 발밑은 단순히 '아래'의 공간을 뜻하는 것이 아니라, 자세를 낮추어 작고 여린 생명체를 섬세하게 살피고, 소중하게 인식함을 의미한다. 개미, 두더쥐와 같은 작은 동물들의 삶과 삶의 공간에 대한 세심한 인식과, 그들의 존재 방식에 대한 긍정적 탐색을 거치면 생태적 동일성은 저절로 확보되는 것이다. 자연에 대한 진정한 사랑법은 무엇일까. 이동순이 제시하는 사랑의 시적 실천은 도처에서 그들을 자유롭게 방사한다. 생명은 무엇에도 얽매이지 않는 자유를 동력으로 하기 때문이다. 「청동오리」에서, 들판에서 주워온 청동오리의 알을 병아리로 키워 가을 북녘 하늘로 날려보내면서 "모든 사랑하는 것은 이렇게/ 떠나보내는 것이라고 생각"한다. 그리고 「즐거운 일」에서, 묶인 개를 풀어주고, 그 풀린 개가 온몸으로 질주하는 것을 즐거운 일로 생각한다. 통발 주름에 끼인 어린 고기 두 마리를 보고 가슴저림을 겪다가 방생하는 일(「물 만난 고기」), 방안에 들어온 청개구리 한 마리를 잡아서 손바닥에 올려놓고 보다가 팔딱팔딱 뛰는 개구리의 심장을 느끼고 애처로움에 방문을 열어 놓아주는 일(「비오는 밤」), 낙수 물통에 빠져 허우적대는 풍뎅이 한 마리를 구해주는 일(「풍뎅이」) 등은 사랑의 실천적 형상화이다. 이렇게 보면 사랑은 생명과 생명적 존재의 아픔에 대한 인식이며, 연민의 또 다른 명명(命名)이 된다. 시인에게 그 생명의 순수한 형상이 "가장 애틋하고 눈물겨운 빛깔"(「새알」)로 인식되는 것은 그 생명 탄생이 고통과 기쁨을 아우르는 과정을 거치기도 하지만, 생명을 담보로 그것을 지켜내야 하는 처연함이 있기 때문이다.

「양말」에 이르면 시적 실천은 절정을 이룬다. 양말을 빨아 널어 두었는데 풀벌레가 겨울을 지낼 집을 양말 위에다 지어 놓았다는 것이다. 이에 대한 일반적 반응과 예상은 그 벌레의 집을 징그럽게 여기고 걷어치우는 것이다. 그런데 시인은 이 예상을 뒤엎고 뜻밖에 다음과 같은 아름다운 결심을 한다.

> 다음날 아침 출근길에
> 양말을 신으려고 무심코 벌레집을 떼어내려다가
> 작은 집 속에서 깊이 잠든
> 벌레의 겨울잠이 다칠까 염려되어
> 나는 내년 봄까지
> 그 양말을 벽에 고이 걸어두기로 했습니다
>
> — 「양말」에서

벌레의 겨울잠이 다칠까 염려되어 봄이 올 때까지 그 양말을 벽에 고이 걸어두기로 한 것이다. 좀체 결심하기 어려운 결심이다. 인간을 중심

으로 했을 때 하찮은 생명체에 불과한 벌레가, 하물며 그 벌레의 겨울잠
이 무어 그리 대수랴. 그러나 시인의 사랑에는 차별이 없다. 자칫 소재주
의에 함몰된 과잉 결심이 아닐까 하는 수상한 혐의가 들지만, 시집 도처
에 살포된 아름다운 결심의 친족들이 그 혐의를 원천 봉쇄한다. 벌레의
겨울잠을 지키려는 시인의 결심에서 따뜻한 피의 율동이 느껴진다. 그
피의 율동 속에서 풀벌레는 봄의 비상을 향한 달콤한 꿈을 꿀 것이다.

생명 존재에 대한 시적 실천은 존재의 죽음과 소멸에 대한 인식에서도
이루어진다. 먹이를 구하려다 삽살개에게 물려 죽은 까치를 구덩이를 파
고 묻어주는 일(「까치」), 이와 비슷한 시적 발상으로 검둥이에게 물어 뜯
겨 죽은 닭 한 마리를 모란 나무 옆에 묻는 일(「검둥이」), 그리고 간밤의
비바람에 하얗게 떨어져 누운 깨꽃을 보며 가슴 아프게 생각하는(「깨꽃」)
시인의 모습에서 자연과 인간은 생태적 동일성을 획득하게 된다. 이들
생명에 대한 애틋한 인식은 「고로쇠」에서 '고로쇠의 눈물'로, 「발자국」에
와서는 '애련의 흔적'으로 변주된다.

눈 쌓인 산길
그 등성이 나무숲 사이에서
나는 보았다
하얀 눈 위에 찍혀서 어디론가로 길게 이어져 있는
산짐승의 발자국들을

적막한 밤
혼자 지향없이 헤매다니던 쓸쓸한 시간들이
고달픈 자신의 몸으로
이 지상에 찍어놓은 무수한 도장을
그 애련의 흔적을

— 「발자국」 전문

시인은 눈 쌓인 나무숲 사이로 난 산짐승의 발자국에서 '애련의 혼적'을 읽는다. 적막한 밤, 산짐승들은 어디를 방황하고 있을까. 그들의 쓸쓸한 실존을 상상하는 시인은 서양의 야단스러운 동물애호가들 같지는 않다. 그들의 사랑법이 동물에게서 동물성을 박탈하는 동물의 인간화인데 반해, 시인의 사랑법은 동물들의 뜻대로 그들의 생활공간으로 돌려보내면서 그들 삶의 안위를 걱정하는 것이다. 쓸쓸한 시간과 고달픈 몸이 찍은 "애련의 혼적"은 먹이와 안식처를 찾아 지향 없이 헤매는 생존의 아픔이다. 그러기에 산짐승의 애틋한 생명은 '애련'하기만 하다.

<blockquote>
온몸이 땀으로 젖었는데도
바람 한 점 없어 나는 기어이 웃통을 벗고
산길 바위에 털썩 주저앉았다
개미가 기어오르는지
한쪽 옆구리가 몹시 가렵다
손으로 털어내었는데도 자꾸만 가렵다
무엇인가 하고 보았더니 풀이다
풀잎이 내 옆구리를 간질이고 있었던 것이다
나는 멋쩍게 웃으며
산골소년처럼 천진한 그 풀잎을
손바닥으로 쓸어주었다
</blockquote>

—「풀잎」 전문

이 시의 풀은 김수영의 '풀'과는 이복지간(異腹之間)이다. 근본이 다르고 태생이 다르다. 김수영 이래로 '풀'은 정치적 함의의 동어반복이었다. 풀은 정치성의 포로가 되어 그 무거운 함의에 시달려 지치고 피로에 절어 있다. 이동순은 풀을 해방시킨다. 풀은 오랜 동안 뒤틀린 사물성 곧 '산골소년처럼 천진한' 생명의 존재로 환원된다. 이제 풀은 더 이상 민중이니 지배담론이니 하는 이데올로기의 포로가 아니다. 순수 자연으로 돌아가 인간과 조화롭게 교감하는 천진하고 평등한 관계를 맺는다. 산골소년이 된 해맑은 풀과 인간의 대화 소통은 얼마나 은밀한가. '옆구리를 간질이는' 풀의 은근한 말 건넴에 시인은 '손바닥으로 쓸어주'는 것으로 화답할 뿐이다. 여기에 무슨 언어 장식이 더 필요한가.

'오래된 미래'의 전망은 우선 자연을 살려내는 데에서 시작되는 것이고, 그 뒤에 인간과의 친화 관계를 결연함으로써 밝게 트인다. 이 전망으로 인해 이동순의 자연사랑과 시적 실천은 합목적적 터무니를 갖는다.

3.

「시인의 말」에서 우리가 상실한 것 중의 가장 앞자리는 '인간성'이 차지한다. 이동순의 '인간성' 회복은 양친의 고독하고 어두운 삶의 심연에 대한 연민과 아픔으로 장을 연다. 그는 "일생을 오로지 어둠만 파내다 가신/ 내 어머니와 아버지"(「두더쥐」)의 삶에 대해 아픔을 느낀다. 명쾌하게 정의할 수 없는 어둠, 한 치 앞이 내다보이지 않았던 어둠이 바로 그분들의 삶이 아니었던가. 끝없는 어둠만 파내야 했던 두더쥐의 고단하고 맹목적인 삶에 다름 아니었음을 시인은 아프게 인식하고 있는 것이다. 나 이외의 모든 존재는 '너' 또는 '그'로 타자시되고 마는 메마른 근대 삶의 구조 속에서 인간 최초의 유대이자 세계 인식의 열림 장치였던 부모마저도 역시 타자로 전락해 가고 있는 딱한 현실이다.

> 아버님 돌아가신 후/ 남기신 일기장 한 권을 들고 왔다/ 모년 모
> 일 '終日 本家'/ '종일 본가'가 하루 온종일 집에만 계셨다는 이야
> 기다/ 이 '종일 본가'가/ 전체의 팔 할이 훨씬 넘는 일기장을 뒤적

이며/ 해 저문 저녁/ 침침한 눈으로 돋보기를 끼시고/ 그 날도 어제
처럼/ '종일 본가' 쓰셨을/ 아버님의 고독한 노년을 생각한다/ 나는
오늘/ 일부러 '종일 본가'를 해보며/ 일기장의 빈칸에 이런 글귀를
채워 넣던/ 아버님의 그 말할 수 없이 적적하던 심정을/ 혼자 곰곰
히 헤아려 보는 것이다

— 「아버님의 일기장」 전문

일기 내용은 팔 할이 훨씬 넘게 '終日 本家'로 덮여 있다. 하루 온종
일 집에만 있었다는 '終日 本家'는 일찍 아내와 사별하고 혼자 쓸쓸히
노년을 보내야 했던 아버지의 고독과 아픔을 표현한다. 홀로 이 세상에
남은 '침침한' 어둠과 일기장의 '빈칸'이 아버지의 '적막한' 삶이었을 것
이다. 이 산문투의 시는 '일부러 종일 본가'를 경험하는 시인의 순례를
거쳐 시적으로 변신한다. 이 순례를 통해 시인은 아버지의 고독에 동참
함으로써 그분 삶의 무거운 통증을 느끼게 되고, 주체와 타자로 구분되
던 경계 지점이 소멸되는 극적 현상에 이른다. 감동은 꾸밈없는 경험의
진실에서 담보되는 것임을 이 시는 증거하고 있다.

　시인의 경계점 소멸 노력은 비단 혈연에만 그치지 않고, 자신과 아무
런 연고도 없는 타자에게까지 확대된다.

종일 궂은 비 내린다
땅은 젖어서 질척질척하다
가도 가도 마을이 먼발치로 보이는
아득한 진창길을
한 아낙이 우산도 쓰지 않은 채
터벅거리며 간다
옆을 스치다 슬쩍 보니 그녀는 울고 있었다
비 젖은 얼굴인 줄 알았는데
한 손엔 보퉁이 들고

무엇 때문일까
나는 솟구치는 궁금증을 못 참고
자꾸만 뒤를 돌아다 보았다

— 「진창길」 전문

  굳은비, 질척질척한 진창길, 그리고 눈물은 아낙의 삶에 예사롭지 않은 변고가 있음을 예고한다. 소박? 지아비의 죽음 아니면 부모형제의 죽음? 모를 일이다. 다만 진창길과 울음은 아낙의 삶을 심상찮은 것으로 이끈다. 어쨌거나 아낙의 심상찮은 삶이 나와 무슨 상관이 있는가. 나의 아픔이 아픈 것이지, 타자의 아픔은 내 관심 밖의 일이다. 현대인의 이 무관심, 둔감함은 곧 관계 상실의 허망함이며, 현대인의 비극이 아닐 수 없다. 그러나 이동순은 '무엇 때문일까'라는 심상찮은 궁금증을 품고, '자꾸만 뒤를 돌아다' 본다. 이희중이 해설에서 '쉬운 말 타고 가는 진실'이라고 했듯이, 원래 진실은 쉽고 단순하며 명료하다. '궁금증'과 '뒤돌아봄'은 진실을 담지한 쉬우면서 생생한 언어이다. 이 진실을 담은 육성으로 인해 주체와 타자의 경계는 순식간에 소멸한다.

  진창길의 아낙에게서 눈물의 본 시인은 「그」에서 IMF의 구조조정으로 실직하고 건물 지하에서 하룻밤을 노숙하는 '그'의 한숨소리를 듣는가 하면, 「비 오는 날」에서는 늙은 악사의 구슬픈 손풍금 소리를 따라 굴곡진 삶의 회한에 동참하기도 한다. 또한 「고향집」에서 중국 상하이에서 타관살이를 하는 '고향집' 식당의 할머니가 흘리는 뜨거운 사향(思鄕)의 눈물을 채취하고, 기어이는 일제치하 고단한 식민지 백성으로서 고단한 삶을 살았던 '「백석을 찾아서」' 장춘(신경)을 탐방하기도 한다. 이들의 삶이 갖는 밑변은 서러움과 아픔, 그리고 중심에서 내동이쳐진 한쪽 귀퉁이의 소외된 삶의 모습이다. 이렇듯 성지 순례를 하듯 시인은 고통과 슬픔의 생생한 현장을 탐방한다. 여기서 잠깐 시인의 존재론에 대한 물음을 던져 보자. 도대체 무슨 업을 지녔기에 시인은 애써 이런 고단한 탐방을 하는 것일까. 옥타비오 파스(Octavio Paz)는 "시인이란 살아있고 고통받는 어떤 것에 대한 표현을 추구하는 존재"라는 말을 한 바 있다. 명쾌한 시인론이다. 고단한 인간을 위해 가시면류관을 쓰지 않을 수 없는 천명의 존재가 시인이라는 뜻이리라. 이동순이 고단한 탐방을 멈추지 않는 것은 그가 시인이기 때문이다.

나아가 이동순은 삶이 시들고 울적하기만 한 인간들에게 시적 격려를 보낸다. 「효봉스님의 법문」에서, 세상살이에 지쳐 가슴이 답답하고 울적해진 사람들에게 '힘내어라 힘내어라/ 세상살이는 다 그런 것이'라는 법문을 주어 용기를 북돋우는가 하면, 시인 자신이 투사된 '다리'를 통해 '고단한 등을 구부리고' 사람들이 '일평생 지녀온 소통의 꿈'을 위해 '고통을 견딘다.'(「다리」) 그러다가 「누룩」에 와서는 자신을 몸소 '누룩'으로 사물화시켜 사랑의 전도사로 완전 변신을 꾀한다.

> (…)
> 언젠가는 자신이
> 쓸쓸한 사람에게 찾아가 진실로 하나의 위로가 될
> 그 날을 기다리는 누룩
> 나도 이 기운 없는 세상을 위해
> 한 장의 누룩이 되고 싶다
> 세상의 앞가슴을 온통 술기운으로 벌겋게 달아오르도록 하고 싶다
>
> — 「누룩」 7-12행

쓸쓸한 사람을 위로하고, '이 기운 없는 세상'을 위해 '한 장의 누룩이 되'어, '세상의 앞가슴을 온통 술기운으로 벌겋게 달아오르도록 하고 싶다'고 한다. 바슐라르의 말을 빌리면, 술은 불타는 물이다. 불은 불순한 것을 불사르고, 물은 더러운 것을 깨끗이 씻어 정화시킨다. 불과 물의 화

학적 결합인 술의 심리학은 따라서, 위로와 '생명 기운의 불어넣음'이다. 아낙과 할머니의 눈물 속에 내장되어 있는 한과 슬픔, 서러움의 불편한 심리적 퇴적을 위로하고, 실직자의 한숨소리가 담지하는 '기운 없음'의 결핍성에 생명기운을 불어넣는다. 그것은 '벌겋게 달아오름'으로 상승작용을 일으켜, 새 삶에 대한 충동과 욕구로 충전된다. 나아가 상승의 최정점인 '향기로운 정신'으로 완성되기 위해 다음과 같이 '꿈꾼다.'

> 그 누룩과 더불어 한 방에 자면서
> 나는 누룩이 장차
> 보드라운 가루로 빻여서
> 맑은 물과 찹쌀을 따뜻하게 껴안고
> 항아리의 어둠 속에서 이불을 둘러쓰고 숨죽이며
> 하루 이틀 깊은 사색과
> 인고의 시간을 보낸 뒤에
> 드디어 향기로운 정신으로 완성될 그날의 감격을
> 아늑히 꿈꾼다.
>
> — 「누룩」 후반부

'향기로운 정신으로 완성'되기 위해서는 '하루 이틀 깊은 사색과 인고의 시간'을 거쳐야 한다. 인간의 아픈 상처에 대한 인식과 삶의 옹이를 적극적으로 껴안으려는 인고의 시간을 거친 뒤에야 '누룩'은 질료의 차원에서 '향기로운 정신'으로 급상승한다. 누룩처럼 자신을 기꺼이 버릴 각오가 되어 있을 때 인간과 세상의 상처와 옹이는 씻기고 다림질되어 황홀해지기 마련이다. 탈자아화를 거쳐 누룩으로 변신하는 시인의 몸짓에서 우리는 한없는 연민과 희생적 사랑을 읽는다. '가파른 시간의 험로'를 개척하고, '오래된 미래'의 행복을 꿈꾸는 시인의 '꿈'도 더불어 읽는다.

4.

  이동순시의 매력 밑천은 인간과 대상에 대한 긍정적 이해의 탐색이다.
그의 눈에 포착되면 모든 사물과 대상은 내밀한 의미와 가치를 지닌 인
식의 덩어리가 되고 만다. 표제시 「가시연꽃」의 '가시연꽃'은 잎만 넓적
하기만 할 뿐, 화사한 분홍 연등을 단 연꽃이 아니다. 남의 눈길을 끌만
한 매력을 갖지 못한 초라하고 못난 외양의 꽃이다. 그래서 가시연꽃은
'이 세상 모든 것이 그저 노엽고 싫게만 보'인다. 그러나 시인은 이 못난
연꽃을 그 특유의 시적 현미경으로 투시하여 넓적한 등짝에 돋아난 뽀족
가시를 발굴한다. 그 뽀족 가시로 백로는 깃을 다듬고 넓은 잎 위에서
졸음을 즐긴다. 자신의 가시와 잎이 다른 존재의 소용이 될 수 있다는
사실에 마냥 좋았다는 가시연꽃의 흐뭇한 독백을 끌어낸다. 지리멸렬하고
못난 존재의 숨은 가치를 찾아낸 것이다. 이런 투시는 '직관의 눈'으로
대상을 꿰뚫고 따뜻하게 끌어안는 마음이 아니고서는 불가능하다. 그 눈
과 마음으로 완전 무장을 한 채 인간과 자연에 대한 순례를 시작하는 것
이다. '오래된 미래'의 필요충분 조건은 인간과 자연임은 자명하다. 반도
시화, 반개발의 기치는 『가시연꽃』의 시적 공간을 도시가 아닌, 온통 시
골, 자연으로 설정해 놓았다. 삶의 행복은 절대적으로 자연 또는 시골에
서 가능하다는 내심의 완강한 몸짓으로 보인다. 아무래도 호지 여사와
암묵적 동의를 체결한 모양이다.

  이동순의 시는 건강하다. 미국의 삼림시인 소로우(H.D.thoreau)가 "문
학은 건강한 말"이라고 한 언술은 실로 적실하다. 이동순시의 '건강함'은
시의 건강함을 넘어 세계의 건강함이다. 또한 그의 시는 증오는커녕 불
평, 불만을 지리하게 늘어놓지 않는다. 아니, 그렇지 않을지도 모른다. 건
강한 세계의 읊조림은 병들어 있는 세계의 반어일 수도 있다. 병들고 타

락한 세계에 대한 도저한 절망 때문에 '오래된 미래'의 건강한 세계를
전망하는지도 모를 일이다.

봄의 생태학에 대한 보고서
- 서정춘의 『봄, 파르티잔』론

1.

　시단의 풍속도는 조급하다 못해 조루증을 드러내고 있다. 해마다 달마다 엄청나게 쏟아지는 시집으로 인해 현기증이 나고 체증이 발생한다. 하기야 시집은 시인의 집이라 했으니, 집을 만들고자 한 시인의 의욕에 공연한 심통을 부려 엇발을 내지를 하등의 이유가 없다. 그것이 자신의 우주요 세계 인식의 집이니 말이다. 다만 부실 공사를 우려하는 마음에서 췌언을 앞세우는 것이다. 이런 시단의 마당에 별종이 있다. 그 별종은 바로 서정춘이다. 그는 느려 터지다 못해 지루증도 한참 중증이다. 등단 30년이 훨씬 지난 그가 지금까지 낸 시집은 달랑 두 권이다.[1] 사건으로 치면 어안이 벙벙한 사건이다. 물경 2,30여 권을 펴내는 '내고지비'도 그렇지만, 시집에 인색한 자린고비도 사건이다. 벌린 입을 다물지 못하게 하는 엄청난 비밀의 사건들이, 상식으로는 믿기지 않는 당혹한 사건들이

---

[1] 서정춘은 1968년 『신아일보』 신춘문예에 당선되어 문단에 나온 지 28년 만인 1996년에 첫시집 『竹篇』을, 그리고 5년 뒤인 1996년에 『봄, 파르티잔』을 출간했다. 이 시집으로 그는 제3회 「박용래문학상」을 수상한 바 있다.

하루 걸러 터져 나오는 사건공화국이지만, 서정춘이 벌인 사건도 이들 사건 못지 않게 뒤통수를 치는 문제적 사건이다. 게다가 두 번 째 시집에는 말미에 으레 붙어 있는, 아니 으레 붙어 있는 것으로 공리화된 할 근사하고도 은밀한 상찬의 해설이나 발문이 없다. 메타언어를 통한 시의 근수 늘이기와 상품전략의 차원에서 시인과 출판사, 그리고 독자까지 암묵적으로 동의해 준 형식이 아니던가. 그런데 그는 침묵으로 텅 비워놓았다. 서정춘의 청이면 줄을 설 글쟁이가 수두룩하리라는 것은 알만한 사람은 다 아는 일, 그러나 그는 단호(?)했다. 시류나 풍속의 진부한 관성을 추종하지 않겠다는 의지의 표명일까. 언제가 될지 모르지만 차후 발간하게 될 시집도 또 침묵으로 텅 비워둘 것인지 자못 기대된다.

어쨌거나 그의 등단 이력에 비해 두 권의 시집은 지독한 침묵이다. 게다가 수록 시편의 상당수는 3행에서 10행에 이르는 짧은 시가 압도적이다. 몸의 길이가 짧은 시일수록 여백의 공간은 넓기 마련이다. 그 여백은 텅 비어 있는 공간이 아닐 터, 예지와 관조의 묵직한 언어가 <숨쉬고 있는> 빈 공간일 것이다. 비어 있기 때문에 가득차 있을 것이며, 침묵 또한 한없이 깊으리라. 이런 면에서 일전에 진순애가 서평제목으로 붙인 <침묵의 깊이>라는 표현은 적실하다. 그런데 지식정보화 사회라는 현대는 산문의 시대, 산문은 얼마나 말많은 형식인가. 엄청난 지식과 정보가 넘쳐나는 산문의, 이 말많음의 시대에 침묵이란 일견 기형적이다. 그러나 그렇기 때문에 침묵은 진귀하고 신선하다. 이 진귀하고 신선한 기형은 다분히 서정춘의 방법론인 듯한 데, 다음 두 편의 시가 그것을 확인해 준다.

> 1) 갑자기, 큰 물고기 한 마리가 저수지 전체를 한 번 들어올렸다가 도로 내립다칠 때는 결코 숨가쁜 잠행 끝에 한 번쯤 자기 힘을 수면 위로 뿜어 내보인 것인데 그것도 한 순간에 큰 맘 먹고 벌이는 결행 같은 일이기도 하다
>
> — 「저수지에서 생긴 일」 전문

2) 뱀은 나그네
뱀은 갈 길이 따로 없다
뱀은 자기 몸이 길이므로
그러나 자기 몸의 길이가 짧은 길을 멀리도 가는구나

— 「나그네」 전문

1)은 '잠행'과 '결행'의 인과 관계를 통해 서정춘의 '느려 터짐'과 '침묵'의 알리바이를 제공한다. '潛行'은 남모르게 숨어서 다닌다는 사전적인 풀이를 넘어 수면 위로 부상하기 위한 절호의 기회를 포착하려는 은밀하고도 치열한 모든 노력을 담지한다. 따라서 잠행은 남의 눈에 확 띄지 않는 만큼 내공을 단단히 다지는 데에는 특단의 효과가 있다. 서정춘은 '숨가쁜 잠행'을 통해 내공을 축적하여 '저수지를 한 번 들어올렸다가 도로 내립다 칠' 정도의 가공할 '결행'을 벌이는 것이다. 언뜻 보기에는 '한 순간에 큰 맘 먹고 벌이는 결행' 같지만, 실은 '숨가쁜 잠행'이 잠복해 있었다는 사실을 놓쳐서는 안 된다. 여기에 그의 '느려 터짐'의 비밀이 숨어 있다. 그 잠행에서 결행까지 가로로 길고도 오랫동안 걸쳐있는 어둠, 그것이 침묵의 비밀이다. 그리고 쉼표 하나 외에는 일체의 문장 부호가 결락되어 있는 이 시의 형식적 특징은 서정춘의 시 전반에 대한 이해를 제공한다. 서정춘의 짧은 시가, 이문재의 언급처럼 짧으면서 한없이 긴 시가 되는 사정은 엄청난 폐활량의 긴 호흡을 요구한다는 데 있다. 숨가쁜 잠행은 엄청난 폐활량의 뒷받침이 있어야 가능한 일이니 말이다. 그리고 지극히 짧은 순간의 형식으로 '결행'을 결행해야 하니 말이다.

2) 또한 단신의 짧은 시에 대한 기밀과 시인의 존재론을 누설한 듯한 언술이다. 시인은 뱀이자 나그네이다. 어디 한 곳에 정박하지 않고 새로운 곳을 찾아 미로를 헤집고 다니는 모습이 뱀과 나그네의 운명과 닮았기 때문이다. 그러니 '갈 길이 따로 (있을 턱이) 없다'. '자기 몸이 (바로) 길'이기 때문이다. 각자의 길은 이미 자기 몸 속에 있다. 몸 속에 있는

길은 각자의 세계이자 우주이다. 몸의 길이가 길다고 해서 몸 속의 길을 찾는 데 우월한 조건이 되는 것은 아니다. 오히려 팽팽한 탄력의 짧은 몸이 원행(遠行)과 심연의 천착에 동력이 되기도 한다.

　근자에 서정춘이 수상한 「박용래문학상」은 상의 임자가 적격한지 아닌지가 한참 헷갈리는 현 문학상 풍토에서 임자를 제대로 만나 안겼다는 생각이 든다. 짧은 몸의 탄력으로 독특한 자기 세계를 구축해 간 박용래 시인을 기념하기 위해 제정한 「박용래문학상」의 임자로 서정춘을 빼고서는 답이 없지 않겠는가.

2.

　서두의 1)과 2)를 하드웨어로 장착한 홈페이지 『봄, 파르티잔』의 주요 배너는 「봄, 파르티잔」이다. 이 배너를 클릭하면 하이퍼링커로 연결된 텍스트들이 잇달아 나온다. 그것의 촉발 노드(node)는 '봄'과 '파르티잔'이다. 「봄, 파르티잔」의 공간은 측량이 불가능한 지리산의 광대한 넓이만큼 넓다. 이 '넓음'의 가치 판단은 순전히 자의적인 판단인데, 「봄, 파르티잔」을 시집의 다른 텍스트를 각론으로 흡입하는 블랙홀과 같은 층위의 중요 텍스트로 읽었기 때문이다. 이참에 미리 고백해야겠다. 「봄, 파르티잔」을 주배너로 한 『봄, 파르티잔』읽기가 오독일지 모른다는 불안한 예감을 가졌지만, 끝내 유혹적인 오독의 유혹을 물리치지 못하고 이 글을 쓰게 되었음을 말이다.

　　꽃 그려 새 울려 놓고
　　지리산 골짜기로 떠났다는
　　소식

　　　　　　　　　　　　　　　　　　　－ 「봄, 파르티잔」 전문

살이란 살은 있는 대로 발라내고 뼈다귀만 남은 시, 말많음에 대한 서정춘의 준엄한 의지 표명으로 읽힌다. 시쓰기에서의 지나친 말의 성찬을 비웃는 듯한 서정춘, 그는 돌연한 데가 있다. 파르티잔이라니. 시대의 유물로 화석화되어 죽은 줄 알았더니 아직도 파르티잔인가. 엄혹한 악몽의 기억을 불러낼 요량이었던가. 그런 요량이었다면 파르티잔보다는 빨치산이 더욱 품새가 나는 명명일 터인데, 서정춘은 고집스럽게 파르티잔이라 호명했다. 서정춘의 고집은 한국의 빨치산과 유럽의 파르티잔은 원래는 한 몸덩어리의 언어이겠으나, 풍기는 의미의 분위기는 다르다는 인식에서 이해의 터무니를 갖는다. 한국의 빨치산은 피비린내가 등천을 하지 않는가. 그러나 파르티잔이라고 했을 때에는 후각적 상황이 달라진다. 유럽인의 후각이라면 모를까, 역사 경험이 다른 후각을 가진 우리로서는 파르티잔에서 피냄새는 맡기 어렵다. 오히려 음습한 어둠의 세력들에 대해 온몸으로 저항하려는 전사의 이미지가 강렬하다. 착란일까. 언어와 언어가 담지한 이념, 그리고 역사 경험의 차이 때문이리라. 모르긴 해도 파르티잔의 <피의 담론화>는 공허한 담론이 될 공산이 크리라는 판단이 든다.

하여간 유령 같은 그의 출현은 의문투성이다. 독일의 파시즘이 유럽을 점령하던 시기에 활동했던 파르티잔이 21C 현대에 느닷없이 나타남은 무엇 때문일까. 이 '느닷없음'은 불길한 조짐인 데 아무래도 심상찮은 낌새를 차리면, 그의 느닷없는 등장은 현대를 사는 우리에겐 불온한 현대사회에 대한 우회적 경고로 읽힌다. 마치 <마땅히 있어야 할 것>의 부재와 결핍, 혹은 부패에서 문학이 출정하듯 말이다. 문학은 이들과는 늘 불편한 관계에 있으니 예고없이 불시에 나타나 난리를 칠 것임은 당연하다. '파르티잔'은 이 괴팍하고 유별난 문학의 친족이 되리라. '봄' 또한 <마땅히 있어야 할 것>과는 동항렬(同行列)이 되리라. 이런 관계를 감안하면 그의 출현 동기는 가닥이 잡힌다. 길을 잘못 들어 나쁜 길을 걷고 있는 현실을 차마 그대로 두고 볼 수 없음이리라. 본질과 피상이 전도되고 있는 불온한 현실을 눈뜨고는 볼 수 없음이리라. 일상적 삶의 저열한 모습과 욕망의 소음으로 부패되고 있는 현실을 그냥 지나칠 수 없었음이리라. 거대한 자본주의의 물적 욕망에 짓눌려 인간의 본질적 지향이 실종되고 세속적 타락이 판치는 현실을 또 그대로 묵과할 수 없었음이리라. 흡사 영화 <바람난 가족> 같은 이 나쁜 현실이 <봄의 생태학>의 위기를 알리는 불길한 조짐이다. <봄의 생태학>이 위기 국면에 직면하면 파르티잔의 출정은 임박해진다.

텍스트에서 봄의 기호는 '꽃'과 '새'이다. 상징으로서의 봄은 훼손되어 건조해진 현실과 맞서는 관계에 있다. 그러나 텍스트에서 꽃은 현재 부재이다. 꽃의 부재는 봄의 부재를 이끈다. 체질적으로 부재를 못 견뎌하는 파르티잔이기에 그는 봄을 불러올 요량으로 꽃을 그린다(畵). 물론 그 꽃은 실화(實花)가 아닌, 실화를 전제로 그린 주술적 기대의 꽃이다. 일단 꽃을 그려 놓으면 '새'는 봄이 온 줄로 착란을 일으킨다. 시문맥을 그대로 따르면 화폭 위에 꽃을 그려놓고 새를 울게 한 것은 꽃 필 시기가 아니거나 아예 꽃 필 기미가 없는 것이니, 봄은 인큐베이터에 있거나 실종된 것에 다름 아니다. 그리고는 이내 '지리산 골짜기로 떠났다는/소식'을 남긴다. 하필 지리산인가. 그래도 '파르티잔'이라 했으니 생태 환경을 갖추기로는 지리산이 으뜸이며, '봄'의 서식에도 최적의 기후 조건을 담지한 공간이 지리산이기 때문이다. 그런데 '떠났다는/소식'으로 말끝을 단호히 줄이고 말았으니 파르티잔의 행방은 묘연해진다. 그의 귀환 또한 기약이 없다. 소문만 무성하고 조악스럽기 짝이 없는 삶을 피해 영영 귀환하지 않고 <봄의 생태학>만 쫓고 다닐는지 모르겠다.

3.

저! 一劃으로 켜진 성냥개비만한 것
저것이 여러 번씩 내 속눈썹 지지는 마른 번갯불이네

—「고추잠자리」 전문

‘꽃 그려 새 울려 놓고 지리산 골짜기’로 줄행랑을 친 파르티잔의 눈에 포착된 풍경은 고추잠자리다. 고추잠자리만큼 고향으로 이끄는 메신저가 있을까. 그 고추잠자리는 ‘마른 번갯불’로 ‘내 속눈썹(을) 지’진다고 했다. 속눈썹을 지질 정도이면 아주 강력한 충격이 아닐 수 없다. 고추잠자리, 혹은 고향이 충격으로 다가온 것은 의아한 일이다. 충격은 전혀 뜻밖의 풍경, 아니면 낯선 풍경에 대한 반응인데, 고향이 낯선 풍경일 리는 없다. 그렇다면 전혀 뜻밖의 풍경, 말하자면 생각지도 않았는데 난데없이 조우한 고향이라는 것이다. 무슨 사정이 틈입되어 있음은 자명한데, 그 충격의 속사정은 무엇일까. 짐작컨대, ‘가난뱅이 울아비의 작은딸’인 ‘나의 배고팠던 누님이 아이보개 떠나면서’(「봉선화」) 울던 50년대의 지독한 가난과 다음 시가 전하는 탈향의 비극적 근대사인 것으로 보인다.

길고 긴 두 줄의 강철詩를 남겼으라
기차는, 고향 역을 떠났습니다
하모니카 소리로 떠났습니다

—「전설」 전문

현대인의 비극은 고향 상실에 있다고 갈파한 헤겔식 인식에 따르면, 고향 상실은 세계 상실이나 진배없다. 고향은 ‘인간실존의 근저’이자 세계인식의 출발선이기 때문이다. ‘누님과 나’의 탈향은 실존의 근저인 고향으로부터 내동이쳐진, 곧 <추방>당한 것에 다름없다. 추방은 막 가는 언어인데, 그렇게 되면 나는 말할 것도 없고, 고향 또한 무사하지 못하게 된다. 이를테면 나의 의식에서 고향은 추방되고 마는 것이다. 하마면 '강철詩'라고 운운했으랴. 끔찍한 가난의 '강철' 같은 기억을 추방하고 싶어서임이라. 또한 탈향의 풍경을 '전설'이라고 하지 않았는가. 탈향을 전설로 받아들이면 돌아오지 않을 가능성을 내포한다. 회로(回路)가 차단되었다고나 할까. 이렇게 회로가 차단된, <추방>과 '전설'을 거느리는 고향과의 만남은 뜻밖의 만남이기에 충격이었으리라. 그러나 그 충격은 불쾌하기보다는 황홀하지 않았을까. 해후의 감격과 회로의 가능성 때문에 말이다. 해후의 감격을 담지한 황홀한 충격 아래 암암리에 '고추잠자리'를 '그린다'(「素描」). 실종된 고향의 그림일 것이다. 그런데 이 그림은 '소리도 그늘도 없'이 '너무 투명해서'(「素描」) 눈에 보이질 않을 정도이다. '소리와 그늘'은 비극적 근대사의 소리와 그늘, 곧 기차소리, 하모니카 소리가 환기하는 가혹한 추방의 '소리'이며, 그 소리 밑에 깔린 아픔과 슬픔의 칙칙한 정서적 '그늘'이다. 그러나 이제 추방의 악몽을 추방하고 난 뒤, 해후상봉하는 고향은 투명한 '푸른 고향'이 될 수밖에 없다. 근원 공간의 완전한 회복은 '투명함'과 '푸른'의 회복 여부에서 성패가 갈라진다. 「깊은 밤」의 푸른 대숲에 내린 이슬의 투명함도 여기에 연원이 있다.

대숲에 이슬 내린 소리 받아 들으니
밤중도 자궁 속 같습니다
아, 전생 같은 오늘 밤

─「깊은 밤」 전문

대숲의 이슬로 투명해진 '소리'는 '오늘 밤'과 '자궁, 전생'을 잇는 접속 코드이다. 밤은 그늘이 아니다. 어둠이다. 어둠은 근원이기 때문에 밤중은 자궁이 되고, 전생이 되는 것이다. 그러나 그곳으로 쉬이 갈 수 있

는 것은 아니다. 그곳은 '여기서부터─멀다'. '대꽃이 피는 마을까지는/ 백
년이 걸'(『竹篇』, 「竹篇1」)릴 정도로 멀어서이다. 백년의 거리는 이쪽
현실(여기)과 저쪽 현실(대꽃 피는 마을)의 엄청난 괴리감의 표현이다. 투
명과 오염, 자연과 인위, 식물성과 육식성의 대비만큼 멀기만 하다. 그렇
다고 고추잠자리와 대숲의 이슬이 있는 '푸른 고향/안풍동 풀밭'을 체념
할 수는 없는 일, 먼저 자신이 투명해지지 않으면 안 된다. 투명화의 선
결 과제는 육식성에 길들여진 폭력과 투쟁, 허위와 선정 등의 현대도시
문화적 맥락을 죽이거나 걸러내는 일이다. 하지만 육식성의 현대도시문화
적 타성에 너무 오래 버릇든 탓일까, 여하튼 하루 이틀만에 여과될 것
같지는 않다. 아무래도 '여러 십년'이 소요되어야 할 것 같다.

        여러 십년
        풀을 뜯겨
        나를 삭이고
        神처럼
        쇠방울을 흔드는
        조선 소 한 마리
        보여 주는구나

                                    ─「꿈, 안풍동詩」에서

    육식성의 카니발리즘을 씻어내기 위해 순식물성의 풀밭에서 '여러 십
년/ 풀을 뜯겨' 육식성의 '나를 삭이고', 마침내는 '神처럼/쇠방울을 흔드
는/조선 소 한 마리'의 구경(究竟)을 체험한다. 견우(見牛)의 구경은 식물
성의 근원 공간2)과 소 먹이다가 학을 타고 하늘을 날아오르던 꿈을 꿈

2) 근원 공간은 아무래도 식물성의 것이다. 안정, 평화, 휴식 등의 심리적 저변 때문
   이다. 근원 공간인 고향이 언제나 초식성의 동물인 소와 말의 등장을 요구하는
   것도 이런 맥락위에서이다. 정지용의 「향수」에서 '얼룩배기 황소'가 그렇고, 박주
   택의 「젖소」에서 '젖소'를 '물의 어머니'로 은유하여 고향의 근원성을 시화하는

던 매혹적인 유년의 추억을 살려내는 데 성공했다는 신호이다. '神처럼'
의 신비한 비유는 소 한 마리로 환유되는 고향의 靈性과 존엄의 표현인
동시에 고향의 현시에 대한 감격의 표현이다. 그만큼 견우(고향)와의 해
후는 녹록치 않은 어려움이 있었다는 반증이다. <추방>과 <해후>는
얼마나 서먹서먹한, 먼 거리인가. 견우의 풍경을 통해 서먹서먹한, 먼 거
리감이 사라지게 되면서 고향의 그림은 신속하게 다음 화면으로 이동,
구체적 질감의 세밀한 풍경을 살려낸다.

> 나는 아버지가 이끄는 말구루마 앞자리에 쭈굴쳐 타고 앉아 아버
> 지만큼 젊은 조랑말이 말꼬리를 쳐들고 내놓은 푸른 말똥에서 확
> 풍겨오는 볏짚 삭은 냄새가 좀 좋았다고 말똥이 춥고 배고픈 나에
> 게는 따뜻한 풀빵 같았다고 1951년 하필이면 어린 나의 생일날 일
> 기장에 침발린 연필 글씨로 씌어 있었다
>
> 오늘, 그 푸른 말똥이 그립다
>   ―「오늘, 그 푸른 말똥이 그립다」 전문

똥이 정말 (재생의) 똥 같았고, 그래서 똥이 (더러운) 똥으로 보이지 않
았던 시절, 시문맥을 따르면 똥이 따뜻한 풀빵으로 보이던 시절이 있었
다. 바로 고향의 신화적 모습이다. 말똥이 따뜻한 풀빵으로 전이되는 것
은 가난('춥고 배고픈') 때문일 수도 있겠고, 고향 세계의 식물적 건강함
을 나타내는 것 때문일 수도 있겠다. 그런데 1951년을 명시한 것은, 가
령 2000년이라는 계량적 시기를 염두에 두었기 때문이리라. 연속적 시간
을 불연속적 시간으로 계량화하여 구획한 것은 저쪽 현실과 이쪽 현실을
'대비'하려는 저의가 숨어있다. 그 '대비'의 알리바이는 2연에 있다. '오

것도 그런 심리의 저변에서이다. 그래서 근원 공간에서는 소와 말 같은 동물도
식물성화되고 만다.

늘, 그 푸른 말똥이 그립다'의 '오늘'에 강조점을 찍음으로써 '오늘'과 '1951년'의 저쪽 현실을 대비하고 있는 것이다. 세상에 푸른 말똥이 그립다니! '푸른 말똥'이 함의하는 세계는 어떤 세계일까. 가족의 삶의 '말구루마'를 끄는 아버지가 있고, 인간과 동물의 동화('아버지만큼 젊은 조랑말')가 이루어지며, 가난했지만 건강했던 삶이 있으며, 부자간의 동행이 있는 등의 아름다운 세목들로 채워져 있었던 세계이다.[3] 그 세목의 가치는 '일기장에 침발린 연필 글씨로 씌어'져 있는 데에서 충분히 확보되고 있지 않은가. 사라지지 않는 가치의 귀감으로 존중될 필요가 있다는 확신의 차원이다. 그러나 '오늘'은 이것의 반대 세목들로 부패되고 있는 현실임이 '―'로 잠복해 있다. 따라서 푸른 말똥이 부재하는 현실, 그러니까 지금의 똥은 (재생의) 똥 같지 않고, 그래서 똥이 (더러운) 똥 같은 시대이다. '말똥'이 더 이상 '따뜻한 풀빵'으로 전이되지 않는 '오늘'은 몰신화성의 죽음의 사회일 뿐이다. 이쯤되면 파르티잔이 추구하는 <봄의 생태학>은 자명해진다. '그 푸른 말똥'의 세계야말로 <봄의 생태학>, 곧 '마땅히 있어야 할' 세계의 전망에 다름 아닐 것이기 때문이다.

4.

세계 질서의 틀이 생산과 소비를 축으로 하는 자본주의로 재편되면서 세계의 중심 또한 도시로 이동하게 되었다. 도시는 우리에게 무엇이며,

---

3) '푸른 말똥'의 세계를 살다간 아버지는 참으로 행복하다. 현대의 아버지는 가부장적 아버지가 향유했던 권력은 차치하고, 효친(孝親)과 같은 유교적 덕목의 수혜마저도 잃어 그의 비참한 말로는 형언이 어려울 정도이니 말이다. 특히, 이성복과 김언희의 과격한 시에서 보는 것처럼 부정적 질서와 가치의 전범으로 모독되는가 하면 살해 위협까지 받아 아예 자리 보전 자체가 위태로운 아버지로 전락한 현실의 중심에 있지 않은가.

이 도시의 극에 선 지리산은 우리에게 어떤 공간적 의미를 남기고 있는
것일까. 도시는 경계를 만든다. 인위(문명)와 자연, 근대와 전통, 그리고
첨단과 원시, 부와 가난 등의 경계가 구획된다. 경계는 이분법의 굳어진
논리를 남긴다. 경계는 자기 코드에 맞지 않으면 추방을 불러온다. 도시
는 자신의 코드 안으로 편입되기를 거부하는 자연과 전통, 원시와 가난
을 변방으로 추방한다. 경계 구획을 통한 극단적 편가르기와 추방의 숙
주인 도시, 그것은 지리산의 환멸을 사지 않겠는가. 지리산은 환멸을 꿈
꾸는 이 도시의 대항체로 자처하여 우뚝 서 있다. 파르티잔은 우군의 주
둔지인 지리산을 순례하면서 문명이나 인위에 길들여지는 것, 혹은 그것
의 기준이나 잣대로 재단되는 삶의 관성에 반발한다. 문명으로 인한 비
인간화와 인위적 재단의 관성에 대한 선병질적 거부감은 특히 뱀, 도마
뱀 등의 혐오동물을 불러내는 데, 그들은 현대문명의 기본률을 위반하는
자유분방한 자연과 발랄한 생명의 원시 족속인 때문이다.

　　　슬픈 문둥이 詩人 한하운이 잘게 잘게 뛰어다닌 도마뱀을 보았다
　　면 그의 떨어져나간 발가락을 도마뱀 피붙이로 분류했을 것이다
　　　　　　　　　　　　　　　　　　　　　－「도마뱀붙이」 전문

　자연인 한하운이 문둥이였음은 사실의 범주이다. 그러나 '시인 한하운'
으로 등장하면 한하운이 문둥이라는 진술은 사실이 아닌, 유비의 범주
혹은 허구의 범주가 된다. 세상의 질서에 발맞추지 못하는 시인은 문둥
이와 하등 다를 게 없는 존재이기 때문이다. 세상은 문둥이가 살기에 불
편하듯 역시 시인이 살기에도 불편한 곳, 그래서 항용 낯설기만 하다. 지
상의 존재인 시인이 천상의 질서를 바라는 것 때문에, 아니면 천상의 존
재로서 지상의 질서를 천상의 질서로 바꾸려는 욕망 때문에 그는 경계인
이 될 수 밖에 없다. 이쪽도 저쪽도 아닌 경계에 서 있는 것이다. 그런

관계로 그는 어떤 특정한 '피붙이'로 '분류'되는 일이 없다. 어느 쪽으로도 편입될 수 없는 그의 존재론, 그래서 그는 '슬픈 문둥이 시인'이 되고 만다. 그 경계인의 슬픔은 손가락 발가락이 떨어져 나가고 몸의 부분 부분이 썩어 문드러지는 것으로 나타난다. 그것은 저주와 추방, 그리고 죽음의 확실한 지표들이다. 이렇게 됨으로써 인간 세상과는 확실하게 거래가 끊긴 셈이다. 그런데 여기서 놀라운 역전이 발생한다. 죽음의 잔해인 '발가락'이 이내 '도마뱀 피붙이'로 '분류'되는 것이다. 인간의 도마뱀화는 전락이래도 끔찍한 전락이다. 그래서 전략인가. 존재란 존재는 예외 없이 '피붙이'로 '분류'되어야 실존이 확보되는 것인데, 시인 한하운은 문둥이로 저주받아 추방됨으로써 '피붙이'와 '분류' 모두를 잃었으니, 그의 실존은 실종된 것이나 다름없다. 죽음만이 있는 인간의 피붙이로 분류되느니 차라리 '잘게 잘게 뛰어다'니는 원시 생명의 '도마뱀 피붙이'로 '분류'되기를 바라는 게 월등한 일이다. 살아있어 실종되는 실존보다는 죽어 확보되는 실존이 보다 나은 일이니, 그 전략은 한 번 감행해 볼만한 전략이다.

한때, 나는 타이프라이터를 일컬어 나의 손가락을 타닥! 타닥! 잘라
먹은 섬뜩한 괴물이라고 생각한 적이 있었고, 잘라 먹힌 나의 손가락
은 도마뱀을 좇아서 들로 산으로 달아난 것이라고 생각한 적이 있었다
　　　　　　　　　　　　　　　　　　　　　－「도마뱀을 좇아서」 전문

갈수록 상황은 더 악화되는 듯하다. '나의 손가락'이 인간 세상으로부터 추방되었음은 말할 것도 없고, 한때 인간의 천박한 하수인이었던 기계로부터도 추방되고 만다. 타이프라이터는 글자를 자판기로 치는 기계이다. 일일이 손으로 수기하던 시대가 지나고 손가락으로 글자판을 두드리면 글자가 입력되는 기계자동화의 시대에 접어 들었다. ―컴퓨터가 나온

지금은 비록 이것도 아날로그적 유물로 전락하고 말았지만. 하여튼 영혼을 표현하던 손의 수고는 종언을 고하고 말았다. 환언하면 손은 영혼 표현의 기능을 상실한 것이다. 내 '손가락을 타닥! 타닥! 잘라 먹은 섬뜩한 괴물'은 영혼 표현 기능의 박탈과 추방에 대한 가열한 인식을 드러낸 형상화이다. 기계가 몸을 대신하는 이 디지털 시대에 몸은 마뜩하게 할 일이 없어졌다. 할 일이라고는 잃어버린 몸 속의 '도마뱀'을 좇아서 들로, 산으로 다니는 일 뿐이다. 몸(손)의 추방은 몸 속의 '도마뱀'의 추방에 다름 아닐 터이니 말이다. 영혼을 표현하던 몸이 기계에 떠밀려 추방되는 비극은 참담하다 못해 '섬뜩'하다.

> 세계에서 손가락이 제일 긴 아저씨는 피아노의 거장 루빈스타인이다 너같이 짧은 손가락(그것도 손가락이라고)이 피아노를 친다고? 마치 도마뱀 대가리만 내놓은 발가락 같은 그 손가락이 피아노를 친다고? 물음표 두 개를 만들어 마누라 양쪽 귀걸이에 걸어주며 구박을 하자 건반 위에서 펄쩍 뛰어 내린 그 짧은 손가락이 아까부터 자기 발가락에 숨어 있던 도마뱀을 좇아 건반 위에 풀어놓고 그것들을 열 손가락으로 때려 죽이고 있었다
>
> 그러나 피아노는 도마뱀이 잘 친다
> —「도마뱀이 피아노를 치다」 전문

손가락의 길고 짧음을 가지고 피아노를 잘 치는지를 재단한다. 도마뱀 대가리 같은 뭉특한 손가락—그러니 꼭 발가락처럼 보인다—으로 피아노를 제대로 치겠느냐고 비아냥거린다. 물론 손가락이 길면 아무래도 뭉툭한 손가락에 비해 피아노를 잘 칠 가능성이 높다. 그러나 반드시 그런 것은 아니다. 중요한 것은 긴 손가락이 짧은 손가락보다 피아노를 잘 친다고 못 박는다는 점이다. 그것이 세상의 권력이다. 권력은 일사불란으로

기존 질서를 따를 것과 획일화를 강요한다. 천방지축을 경계하여 순치시키려 든다. 물음표(?) 두 개는 그런 권력적 세상의 편견과 편협을 드러내는 표지이다.[4] 세상 권력의 횡포는 길들여지지 않은 자유와 힘의 존재를 부정하는 데에서 확대 재생산된다. 그러나 창조의 힘은 길들여지지 않은 어둠의 힘에서 나온다. 그 힘은 외장을 가리지 않고 '숨어 있'기 마련이다. 마치 아름다운 덕성이 아름다운 얼굴만 골라 숨어있지 않고 추한 얼굴에도 숨어 있는 것처럼 말이다.[5] 이 시의 도마뱀은 볼품 없는 뭉툭한 발가락에 숨어 있다. 긴 손가락을 굳이 배제하고 발가락을 든 데에는 인위적 재단의 굳어진 구도를 혁파하려는 의도가 숨어있다. 도마뱀이 숨어 있는 곳이면 설혹 발가락이라도 상관없다는 논리에 따라 건반 위에 풀린 도마뱀을 '때려 죽이'는 원시적 폭발력이 분출된다. 결국 '피아노는 도마뱀이 잘 친다'는 마무리는 원시적 폭발력과 탄력적 생명에 대한 긍정적 확인이다. '자기 몸의 길이가 짧은 길을 멀리도 가는' 뱀도 이 탄력적 생

---

4) 그 확실한 물증은 '마누라'에서 발굴된다. 마누라는 중층적 방향에서 의미를 생산한다. 하나는 권력 담론에서이다. 권력은 다분히 거시 담론의 성향이 있으나, 이 시에서는 부부관계에서 성찰되고 있다. 그것은 실은 권력의 행사가 도처에 깔려 있음을 시사한다. 정치적 권력에서 비롯하여 의식과 사고, 그리고 창조의 영역에까지 지배 권력이 미치지 않는 곳이 없음을 반증한다. 텍스트에서의 '구박'은 심지어 창조의 영역에까지 권력의 횡포가 자행되는 것에 대한 언어도단의 사례이다. 다른 하나는 타자성의 담론인데, 남녀간의 결합을 영혼의 만남으로 보면 결혼은 내 몸의 이탈된 영혼을 찾는 의식이다. 이때 찾은 내 영혼의 주체는 아내이다. 아내는 곧 나의 <타자>인 셈이다. 이 <타자>는 내가 의식하지 못하는 전의식의 층위에 숨어서 또 다른 나로 존재한다. 의식의 층위에서는 나의 자아는 일반적으로 초자아의 위세에 휘둘리기 마련인데, 이 시의 전반부가 그렇다. 이에 반해 나의 타자, 곧 '마누라'는 나의 <초자아>의 허위의식을 파괴하려 덮치는 이드(id)의 성향이 강하기 마련, 도마뱀과 의기투합한 이 시의 후반부가 그렇다. 이 두 주체는 서로 친연성으로 맺어져 있다. 이쁜 아내와 도마뱀의 친연성이 표면화된 「도마뱀을 살려라」도 이런 맥락에서 벗어나 있지 않다.
5) 말하고 보니 이 언술도 상당한 문제를 안고 있다. 아름다움과 추함의 구분도 따지고 보면 미적 기준에 대한 권력적 준거가 행사된 것으로 보이기 때문이다.

명을 보유한 탓이다(「나그네」).

— 「도마뱀을 살려라」 전반부

주방이라는 일상 공간에서 주방기구를 두드리며 원시적 폭발력을 터뜨리는 걸출한 공연이 있다. 이름하여 '난타'이다. 일정한 타법이 없이 몸 속의 신명을 좇아 천방지축으로 마구 두드려 치는 행위 예술이다. 인간의 몸 속 깊은 곳에는 신명이 잠복해 있다. 신명은 길들여지지 않은, 전혀 낯선 힘이다. 그것을 건드려 터뜨려 줌으로써 인간은 역동적 힘을 창출한다. 그 몸 속의 낯선 신명만이 전대미문의 삶의 미학을 창출하기 마련이다. '난타'가 세계 공연의 메카인 미국의 브로드웨이까지 진출하게 되었다는 놀라운 사실은 바로 이 점 때문이리라. 텍스트의 시는 이 '난타'의 미학에 닿아 있다.

아내가 '자기 손에서 잡은 도마뱀'은 아내의 '몸' 속 깊은 곳에 숨어있는 힘의 존재이다. 그 힘, 곧 도마뱀은 원시적 폭발력을 가진 신명이다. 길들여지지 않은 낯선 힘이기에 언제 어느 곳으로 뛸지 모르는 예측불허의 존재, 그래서 도마뱀은 요리 전문가의 따분한 이론에 따라 뛰지 않는다. 스스로 만취되어 도마 위를 난타('칼질')하는 아내의 손놀림에 따라서

만 뛴다. 내가 아내의 요리에서 훌륭한 '맛'을 기대하는 까닭은 바로 이
'도마뱀'의 '뛰는 박자' 때문이다. 정전화(正典化)를 따르지 않는, '몸' 깊
은 곳에 숨은 '도마뱀'에 대한 그리움 때문이다. '맛'의 뿌리 깊은 근원
은 정전의 감옥에 갇혀 있지 않는 데에 있다. 그러나 우리 몸의 도마뱀
은 어느 샌가 정전의 감옥으로 가서 일정한 관성에 길들여져 서서히 죽
어가고 있다. 그러기에 파르티잔은 다급하고도 절박한 육성으로 '도마뱀
을 살려라!'고 외칠 수밖에 없지 않은가.

5.

지리산에는 무수한 절이 있고, 거의 모든 절이 그렇듯이 높은 곳에 있
다. 高處에 위치한 절은 크게 두 가지 공간론적 의미를 거느린다. 하나는
한참 발품을 팔아서 수직 상승해야 한다는 것이며, 다른 하나는 몸에 무
겁게 지닌 것을 버려야 한다는 것이다. 전자는 수직 상승해야 하기 때문
에 세속적 지평을 팽개치고 본질적 지향을 할 것을 요구한다. 후자는
<빈 몸>으로 만나야 할 것을 요구한다. <절>은 <빈 몸>으로 만나야
하는 어학적 터무니가 있다. '뎌르다(짧다)'에서 나온 '절'이며, '土(소유)'
가 '寸(적다)'해야 한다는 '寺'이기 때문이다. 살이란 살은 몽땅 발라내고
뼈만 남긴 서정춘의 짧은 몸의 시와는 등가적 관계에 있다. 무소유의 언
어적 실현과 본질에 대한 지향이 바로 서정춘이 노리는 과녁이리라.

　　누군가가
　　<이 강산 낙화유수 흐르는 봄에>
　　문밖 세상 나온 기념으로
　　사진이나 한 방 찍고 가자 해

사진을 찍다가 끽다거를 생각했다
그 순간의 빈 틈에
카메라의 셔터가 터지고
나도 터진다
빈 몸 터진다
<이 강산 낙화유수 흐르는 봄에>

―「낙화 시절」 전문

‘문밖 세상’은 <문안 세상>을 전제로 성립한다. 필자의 독법으로는 문은 聖과 俗의 경계로 보인다. 그래서 ‘문밖 세상’은 물적·세속적 욕망이 폭주하는 공간의 은유로 읽힌다. 사진 이야기는 그래서 자연스럽다. 사진은 문밖 세상의 실상을 있는 그대로 찍어 <남기기 때문이다>. 그러나 <문안 세상>에서 흘러나오는 듯한 ‘<이 강산 낙화유수 흐르는 봄에>’와, ‘끽다거(喫茶居)’의 空的 인식으로 인해 문밖 세계의 욕망은 잠시 지체된다. ‘그 순간의 빈 틈’에 ‘셔터가 터지고’ 내 ‘빈 몸’은 고스란히 찍힌다. <문안 세계>의 지향 코드인 ‘끽다거(喫茶居)’를 생각하고 찍힌 몸이 ‘빈 몸’이 됨은 당연한 일, ‘빈 몸’은 욕망의 일체를 버린 몸이다. ‘문밖 세상’과 <문안 세상>의 경계를 지우고 한 몸으로 합치된 ‘빈 몸’은 <문안 세계>의 聖地인 경내境內로 잠입한다.

하늘이 조용한 절 집을 굽어보시다가 댓돌 위의 고무신 한 켤레
가 구름 아래 구름보다 희지고 있는 것을 머쓱하게 엿보시었다

―「경내境內」 전문(윗점 필자)

욕망은 소란과 잡담의 속성을 지닌다. ‘절 집’은 ‘조용’하다고 했으니 욕망은 거의 거세되어 있는 듯하다. 절 집의 조용함은 ‘희지고’와 아주

절묘하게 호응한다. 욕망이 거의 거세된 것으로 보이는 이 절 집에서 아직도 남은 욕망이 있을까. 텍스트의 담론이 <절 집 댓돌 위의 고무신이 구름보다 희지고 있다>이니, 남은 욕망이라면 '고무신 한 켤레'에 혐의를 둘 수밖에 없는 노릇, 그런데 그것마저 '구름보다 희지고 있'다니 이제 욕망이라 이름할 수 있는 것은 거의 다 빠져나간 셈이다. 희짐, 곧 흰색은 무색의 색이기 때문이다.

특히 '조용한' 외 윗점을 찍은 시어들은 <욕망 거세의 강화 코드>로 기능하고 있다. '한'은 '켤레'를 수식하면서 '조용한'과 호응한다. 고무신 한 켤레의 절 집이니, 승(僧)은 물론 신도들이 북적대지 않을 것임은 짐작되고도 남는 일이다. 승과 신도들이 북적대는 절은 필시 욕망의 거품이 난무하는 곳일 터, 이런 곳일수록 절은 높고 넓고 크다. 이 욕망의 거품을 구조조정하면 고무신 한 켤레의 '조용한' 절이 될 것이다. '구름 아래 구름'은 구름도 구름 나름, 다 같은 구름이 아니라는 뜻이다. '구름 아래 구름'은 구름의 속살, 곧 무늬만 구름인 <겉구름>이 아닌 <속구름>이니 욕망의 완벽한 거세를 뜻한다. 이쯤되면 「경내」는 벗을래야 벗을 옷이 없는, 버릴래야 버릴 언어가 없는 거의 눈부신 알몸 수준이다. 그러니 '하늘'은 '머쓱하게 엿보시'는 수밖에 없다. '하늘'이 차제에 또 한 번 '머쓱하게 엿보시'게 되는 날이면 모르긴 해도 '절 집'마저 '희지'게 될 것 같은 예감이 든다.

<blockquote>

마음놓고 듣네

나 똥 떨어지는 소리

대웅전 뒤뜰에 동백나무 똥꽃 떨어지는 소리
노스님 주장자가 텅텅 바닥을 치는 소리
</blockquote>

다 떨어지고 없는 소리

— 「낙차落差—해우소에서」 전문

　욕망 거세의 프리즘은 이제 해우소를 겨냥하고 있다. 텍스트의 부제 <해우소>는 글자 그대로 근심을 버리는 곳, 근심의 발원은 욕망이니, 해우소는 그 욕망을 버림으로써 깨끗해지는 곳이다.[6] 인간의 원초적인 욕망은 성욕뿐만 아니라 식욕에도 있다. 똥은 그 욕망과 욕망의 끝을 알리는 물적 기표이다.[7] 몸 안의 욕망과 욕망의 끝은 똥이니, 노스님의 주장자 소리는 꼭 <욕망은 똥이다>는 게송으로 들린다. 이 게송은 '텅텅'과 '바닥'의 공명으로 더욱 유표화된다. 바닥은 더 이상 떨어져 내릴 데가 없는 의미의 방향으로, 그리고 '텅텅'은 바닥을 치는 의성어와 텅텅 비었다는 의미의 중층적 방향으로 열려있기 때문이다.

　'나'는 지금 절간의 '해우소'에서 똥을 누며 똥 떨어지는 소리를 '마음놓고 듣'고 있다. 몸 안의 묵은 것을 몸 밖으로 버리니, 그 버림의 소리는 솔바람 소리처럼 삽상한 소리가 아니었을까. 욕망은 한 곳에 가두어 두면 둘수록 꼭 부패하고 마는 속성이 있다. 똥을 오래 뱃속에 가두어 두면 모르긴 해도 똥이나 뱃속이나 다 같이 썩고 말 것이다. 그러니 나는 똥을 누면서 똥 떨어지는 소리를 마음놓고 듣는 것이다. 이 소리는 대웅전 뒤뜰에서 떨어지는 동백나무 똥꽃[8] 소리와 바닥을 치는 노스님 주장자 소리와 향응(響應)하여 절 안을 '텅텅' 울린다. 이 소리들은 바닥

---

6) 해우소를 달리는 '淨廊'이라고 하는 연유는 바로 여기에 있다.

7) 이 시에서 똥은 중의적이다. 먼저 <욕망>의 시적 장치로서, 식욕이라는 특정한 욕망이 아닌 욕망의 일체를 환유하는 매개 체계로 기능하는 것 하나와, 그 욕망의 끝을 알리는 계몽적 장치로서의 기능이 또 다른 하나이다.

8) 이 똥꽃은 기막힌 표현이다. 동백나무의 욕망의 절정인 동백꽃은 떨어질 때 보면 영락없는 똥의 색깔이니 말이다. 따라서 누렇게 시들어 떨어지는 동백꽃은 욕망과 욕망의 끝을 알리는 똥이다.

을 치고 텅텅 울리는 소리들이니 종국에는 한 물길로 합류하여 '다 떨어지고 없는 소리'가 되고 말리라.[9] 그래서 이 소리들은 낙차가 없다. 차제에 노스님의 주장자가 또 한 번 '텅텅 바닥을 치는' 날에는 해우소마저, 아니 절마저도 '떨어지고 없는 소리'가 될 지 모를 일이다.

> 별빛은 제일 많이 어두운 어두운 오두막 지붕 위에 뜨고
>
> 귀뚜리는 제일 많이 어두운 어두운 오두막 부엌에서 울고
>
> 철없이 늙어버린 숯빛 두 그림자, 귤빛 봉창에 비쳐지고 있었다
>
> —「성화聖畵」 전문(윗점 필자)

聖의 공간에서 '구름보다 희'진 눈부신 빛과 떨어져 없어진 소리는 각각 '별빛'과 '귀뚜리'로 육화되어, 俗의 '숯빛 두 그림자'의 삶의 질감이 되면서 놀라운 비의를 농축한 聖畵를 완성한다. 이 성화의 완성에 아주 결정적인 별빛과 귀뚜리는 빛과 어둠, 생성과 소멸, 영원과 순간, 삶과 죽음의 우주론을 이끌면서 '어두운 오두막'의 '두 그림자'를 위해 최상의 경의를 바친다. 오두막 지붕 위의 밤하늘에 떠서 휘황한 빛으로 들러리를 서고, 부엌 구석진 곳에서 혼신을 다해 울음을 연주하지 않는가. 이 행위는 노년에 대한 지극히 자연스러운 우주론적 표명이다. 자연스러움은 우주가 표명할 수 있는 최대한의 존엄의 표현인 것, 따라서 천연한 우주인 별빛의 빛남과 귀뚜리의 울음은 노년의 늙음에 대한 지극한 존엄의 부여에 다름 아니다.

그렇다면 최상의 존엄을 받는 '늙음'과, '성화'의 풍경이 되는 '늙음'의

---

9) 빛이나 소리와 같은 감각만큼 붙들어 소유할 수 없는 것이 있을까. 순식간에 사라지고 마는 감각을 붙들어 두는 이미지는 따지고 보면 일종의 소유의 틀인지도 모른다. 그래서 모든 소리는 '떨어지고 없는 소리'가 될 때 비로소 소유의 욕망으로부터 완전한 자유를 획득하게 될 터이다.

준거는 무엇일까. 이 시에서는 지나치리만큼 표나게 언어의 양감이 넘치는(윗점 참고) '오두막'과 '철없이 늙어버린'의 '철없이'가 준거로 나타난다. 그냥 오두막이 아니라, '제일 많이 어두운 어두운' 오두막, 곧 칠흑같이 맑고 투명한 어두움의 오두막이어야 하며, 노년의 '늙음' 또한 '철없'는 '늙음'이어야 한다고 대못을 박는다. 오두막과 '철없이'는 실로 절묘하게 어울린다. '철'을 사전에서 찾으면 '사리를 분별하는 지각'의 뜻, '철없다'고 하면 사리를 분별하는 지각이 없는 어리석음을 말하는데, 이 축어적 풀이를 순순히 따르면 '철없이 늙어버린 숯빛 두 그림자'는 지각이 없는 어리석은 그림자로 굳어지고 만다. 말인즉 옳다. 지각 없이 평생을 늙어 남은 것이라곤 달랑 오두막 한 채에 불과하니 '철없이 늙어버'렸다는 표현은 온당하다. 세상의 물적 욕망에 대한 지각이 없었던 결과이며, '구름보다 희지고', '텅텅 바닥을 친' '다 떨어지고 없는 소리'를 방불케 하는 <빈 몸>의 형상화이다. 따라서 '오두막'과 '철없이'는 세상 물정과 <문밖 세상>의 욕망에는 도대체가 몽매한 상태이니, '오두막'에서 '철없이 늙어버린' 늙음은 욕망의 백지이거나 욕망의 초월에 다름 아니다. 이 철없는 '늙음'이 곧 존엄의 대상이 되며, 나아가 '성화'의 숭엄한 풍경이 되는 것이다.[10]

한평생 욕망에 대한 지각이 없는 '철없음'의 세계를 살다가 '어두운 오두막' 한 채만 달랑 남긴 채 종내에 '귤빛' 후광을 쓴 한 폭 인생의 '성화'가 되는 신이한 풍경 앞에서 파르티잔은 혼몽한 채 서서 <봄의 생태학>을 거듭 확인하고 있다.

---

10) 이 시는 서정춘의 자화상으로 보인다. 육순을 넘긴 나이에 '오두막' 한 채에 상당하는 시집만 달랑 남긴 서정춘도 꼭 '철없이 늙어버린' 노년으로 보이는 것이다.

6.

　서정춘은 침묵의 시인이다. 아니, 정확히 말하면 그는 침묵할 줄 아는 시인이다. 한동안 그는 시를 쓰는 대신 돌에 심취했던 적이 있었다고 하는데, 신경림은 그것도 시공부의 일환이었다고 의미 부여를 한 바 있다. 그는 돌과 무슨 선문답을 교환했을까. 침묵을 무기로 너절한 말들이 판치는 세상을, 무절제한 시단을 통째로 전복시키려는 음모를 획책했던 것일까.

　산문의, 현대 사회의 진풍경은 가히 목불인견, 높은음자리로 불안하게 치닫는 언어와 광속으로 질주하는 언어들에서, 엄청난 정보를 소비하는 언어들에서 발견된다. 말은 <책임의 윤리>를 담보하는 것인데, 소비 시대의 말은 거품투성이니 담보 설정이 잘못돼도 한참 잘못됐다. 시단을 포함한 문학판도 예외가 아니다. 문학상에 대한 너저분한 앞말, 뒷말이 무성하게 난무한다. 자고나면 슬그머니 왔다 간 밤도둑처럼 듣도 보도 못한 시집이 홍수를 이룬다. 외국문학이론을 섭렵한 비평가들은 그 생경한 이론과 현란하고 현학적인 언어를 구사해서 특정한 작품을 공중부양시킨다. 또 비평의 권력맛을 본 비평가들은 권력의 헤게모니를 놓고 문단권력 운운하며 지루한 샅바싸움을 벌인다.[11] 이래저래 문학판은 일대 사태가 났다.

　서정춘은 이 와중에 돌처럼 서 있다. 문학판의 소란은 아랑곳 않은 채 느릿느릿한 소걸음을 걷고 있다. 이 느려터진 서정춘을 '기인(奇人) 피붙이'로 '분류'하면 어떨까. 기인이란 탐탁찮은 타자들을 신선하게 배반함

---

11) 물론 지금은 소강 상태에 들어 평온을 유지하는 듯 하지만, 그 싸움의 뇌관은 여전히 남아있어 언제 어느 쪽에서 먼저 건드리기만 하면 싸움은 재연되고야 말 것이다. 문학판의 전선은 지금 휴전 중일 뿐, 건드리면 터지는 여전히 일촉즉발의 전시 상황이다.

으로써 얻는 이름이니 그리 가당찮은 명명은 아니리라. 탐탁찮은 타자들이란 누구인가. 시단과 사회의 너절한 풍토와 관성들이다. 서정춘의 신선함, 그리고 '기인 피붙이'로 '분류'됨은 순전히 이 타자들의 부덕 때문에 얻게 된 전리품이다. (필자 또한 이 타자들처럼 그의 침묵의 밑그림을 눈치채지 못 하고 온통 공소한 말의 소음으로 덧칠을 하고 말았으니 할 말이 없다.) 이 타자들의 전복과 정화를 위해 그는 기꺼이 짧은 몸의 파르티잔이 되어 <봄의 생태학>을 순례한다. 그 순례의 보고서가 바로『봄, 파르티잔』이다. 모쪼록 시단과 사회의 맑은 몸을 위하여 그의 파르티잔과 봄이 부패하지 않고 날것 그대로의 아름답고 싱싱한 영혼으로 늘 건강하기를 바란다.

실존의 몇 가지 풍경들
– 『김명인論』

1.

작가는 불가해의 세계를 어떤 방법으로 해독하는 것일까. 그리고 해독의 과정을 거쳐 글을 쓰게 되는 힘은 어디서 나오는 것일까. 모르긴 해도 세상을 슬픔으로 해독하며, 그 힘은 슬픔이기 십상이다. 슬픔은 내밀한 자아를 파괴하려 드는 못된 세력들에게 입은 마음의 상처이며, 고질적인 병이다. 슬픔은 내면화되어 의식 속에 침잠되어 恨이 되기도 하고, 분노와 같은 정서적 과격 형태로 분출되기도 한다. 김명인 시에도 이 슬픔은 낭자하며, 그 낭자한 슬픔은 김명인의 세계 독법이자 시쓰기의 강력한 원천으로 작용하고 있다. 세계에 대한 슬픔, 인간에 대한 슬픔, 자신에 대한 슬픔, 이른바 제어할 수 없는 슬픔의 힘의 배후 지원을 받아 탄생한 것이 바로 그의 성가를 드높인 『동두천』이다. 이런 면에서 김명인 시를 거론할 때 피할 수 없는 필연적 자리는 『동두천』이다. 물론 김명인을 세간의 독서 공간에서 방방 뜨게 한 시집이기도 하지만, 그보다는 김명인의 세계 인식과 시선을 분명하게 가늠하는 자리이기 때문이다. 이 글은 『동두천』을 필두로 최근의 시집 『바다의 아코디언』에 이르는 그의 시의 궤적을 소략하게 더듬어 보는 데 바친다.

2.

> 눈물이 지키는 세상 가까이서 보았습니다.
> 저문 들녘 끝 꿈꾸어 고단한 나무들 낮게 낮게 갈앉고
> 길은, 저녁 연기로도 살얼음 얇게 펴 드리우는
> 강을 건너 공장에선 아이들이
> 한 조각 빵을 움켜쥐고 돌아오고 있었습니다.
> (…)
> 그 철조망 가에도 패랭이꽃은 왜 피는지
> 나는 아버지가 앉았던 자리에 돋은
> 궁둥이짝만한 이 땅을 포개고 앉아
> 서러운 서른 살에 아이를 낳게 되어서
> 불다 만 풀피리를 가르칩니다.
>
> — 「아우시비쯔」 부분

희한하게도 김명인 시의 삼림 지대에는 꽃이 피지 않는다. 통상 꽃은 자연의 표상이면서, 세계의 조화로운 관계, 곧 세계의 화음(和音)을 상징하는 식물적 이미지로, 인간이 가 닿고자 하는 피안의 그리움이 아닐 수 없다. 자연을 상실한, 낙원의 꿈을 상실한 현대인들의 간곡한 담론이 아니었던가. 인간이 궁극적으로 바라는 것이 분리되지 않는 삶의 총체성이라면, 그 시대의 척박하고 황량한 문학 공간에서 화조월석(花朝月夕) 운운은 엄청난 모순이며 부조리가 아닐 수 없다. 그의 '동두천' 시대가 참으로 척박했음을 반증한다. 우리 시대의 뼈아픈 상처를 고스란히 담지하고 있는 '동두천'에는 동족간의 살육 전쟁 이후 파생된 고아들, 거지들,

혼혈아들의 아픔과 슬픔이 부끄러운 흉터처럼 얼룩져 있다. 나아가 우리와 슬픔이라는 예민한 성감대를 공유하고 있는 베트남이라는 범국가적 공간이 그랬다. 이런 연유로 김명인의 시에는 화사하게 꽃이 피지 않는다. 물론 이미 오래 전 시인의 '유년의 숲' 속에서 그 '꽃대궁'은 꺾여 '눈물로 다스'려야 했던 불편했던 기억이 가라앉아 있기 때문이기도 하다. 미상불, 오규원을 비롯한 숱한 평자들의 입에서 이구동성으로 발설되던 '더러운 그리움'의 세계가 아닐 것인가.

애시당초 꽃의 시대를 살아내지 못했던 그가 「출항제」로 출향을 선언하면서 그 '더러운 그리움'의 세계는 확대된다. 일제하 문인들의 문단적 사건이었던 '폐병'과 견줄 수 있는 근대화 시대의 대거 '출향' 사태는 이미 그의 시가 거친 물결로, 황막한 사막으로 강행될 것임을 이미 예고하고 있다.

아닌게 아니라 『동두천』, 『머나먼 스와니』의 시편에는 '신음 소리'가 낭자하다. 고아가 아니면서도 가난으로 인해 고아 생활을 했던, 자욱한 안개 지역 <송천동> 바닷가에서 만났던 고아들, 거지들. 자욱한 안개와 거친 바다가 함의하는 척박하고 황량한 세계에 속절없이 내던져진 '신음 소리', 동두천에서 교사 생활을 하면서 만났던 또 '혼혈아들'의 신음소리, 월남전 전투에서 만난 월남인 유민(流民)들의 신음 소리들은 시인의 복잡하고 모순된 심리를 드러낸 '더러운 그리움'이 되고 만다. 그 삶의 치욕과 남루는 차마 기억해 내기 더럽고 추악한 것이지만, 그러나 까발리지 않을 수 없는, 기억하지 않을 수 없는, 하나하나 짚어보지 않을 수 없는 우리 시대의 뼈아픈 상처이고 옹이이다. 슬픔이나 고통은 미화되거나 존경될 수는 없지만, 살아내야 하는 운명에서 보면 강력한 '뒷힘'이 되기도 하는 까닭에서이다. 특히 김명인의 시에서 비극적 세계 인식의, 지워버리고 싶은 그 <불가해한 고통의 뿌리들>은 시의 구체성, 진정성의 차원에서 강력한 배후 지원을 받는다.

따라서 이 황폐한 시대에 꽃은 금기이다. 일찍이 아도르노가 "아우시비쯔 이후 시를 쓰는 행위는 야만스럽다. 그런데도 우리는 서정시를 쓸 수 있는가"라며 통탄하지 않았던가. 김명인에게 꽃은 위선이고 기만이다. 삶의 진정성과는 무관한 공허한 장식이다. 그래서 그는 「아우시비쯔」에서 이 '눈물이 지키는 세상'의 철조망 가에 패랭이꽃은 왜 피느냐고 묻는 것이다. 야만스러운 시대에 피는 모든 것은 아름다움이 아니라, 역시 야만이기 때문이다. 김명인의 결곡한 윤리성의 일단에 다름 아니다.

이렇게 거친 시대의 변방으로 몰린 이웃 유민들의 실존은 '그'와 '너'로 지시되는 한 개인의 차원이 아니라, '나'와 '우리'로 포괄되는 공동체의 실존이다. 그들의 가혹한 실존에서 나와 우리는 모두 가혹한 실존을 체험한다. 『동두천』에서 이들 실존의 가혹한 풍경은 시인과 그 고통의 체험이 공유되고 있다는 사실이다. 그 고통이 시인 자신의 뿌리에 닿아 있고, 그것은 자신의 주변에서 충분히 목측(目測)하는 바가 되고 있다는 알리바이, 혹은 그 고통을 함께 살아내려는 윤리적 결단이 바로 『동두천』이다.

3.

'꽃'의 세계상이 희미해진 척박한 세상에서 인간은 '떠돎'을 감행하게 되는데, 이 '떠돎'은 실존적 천착의 다른 풍경이다. 한 자리를 묵묵히 지켜 주위를 환한 그리움으로 채우는 '꽃'의 실체와는 현격한 거리에 있는 것이어서 '떠돎'의 공간적 이동 행위는 곧 고단한 영혼의 힘겨운 실존 행위가 된다. 그것은 김명인의 운명이며, 김명인 시의 운명이며, 나아가 척박한 시대의 운명으로 확대된다. 그의 떠돎은 이미 「출항제」에서 그 단초를 드러낸다.

> 차가운 눈발의 동행 속에서
> 하얗게 서려오던 유년의 숲
> 꺾어진 꽃 대궁을 끌어안고
> 그때 눈물로 다스리던 가슴이여.
> 북풍처럼 사납게 몰려 와서
> 목숨의 한 끝을 쪼아대는 이웃의 이목 속에서 피 흘리고
> 문득 생사의 늪에 앙상한 채 버려지던 지난 날,
>
> ― 「출항제」 부분

실존의 위협은 충분히 감지된다. 행복의 원형적 체험을 제공하는 유년기는 차가운 눈발 속에서 얼어붙고, 꺾어진 꽃 대궁을 안고 눈물을 흘리던, 목숨을 노리던 이웃의 이목들 속에서 생사를 장담할 수 없었던 위협적인 시대가 도사리고 있었다. 고향은 이런 냉혹한 현실이었고, "그렇게 부대껴온 시간만큼 첩첩/ 산맥으로 꽝꽝 못질해 닫아버린"(「후포 I 」) 궁벽진 폐쇄의 공간이며, "옷자락 풀어놓고 어서 떠나라고/ 해 지고 바람 불면 더욱 적막한 눈발로 재촉하"(「후포 I 」)며 끊임없이 탈향을 부추기던 공간이었다. 따라서 그의 출향은 '보이지 않는 역사의 새로운 부활'과 '물빛 푸른 어장'(「출항제」)을 위해 '태어나지 않은 역사의 새로운 잉태' 속으로 떠나는 실존적 모색의 일환이다. 그러나 그 '물빛 푸른 어장'을 찾기란 결코 쉬운 일이 아니며, 자칫 "마침내 영영 가지 못할 그곳"(「高山行」)이 될 지도 모르는 허무한 일일 수도 있다. 안개 자욱한 거친 바닷가 '송천'을 거쳐, 역사의 모순과 격랑의 공간인 '베트남'과, 우리 시대의 상처가 은폐되어 있는 '동두천'을 지나왔지만, 분명한 것은 사위는 온통 캄캄한 어둠이며 밤이라는 사실이다. '어쩌면 정거하지도 않을 기차'(「高山行」)를 무모하게 기다리고 섰는지 모른다.

안개로군, 누가 말했다. 지독한 안개야.
사방이 끊어지고 문득
되돌아보면 캄캄한 안개 바다. 바다가 안개를 펴올리는 것이 아
니라 안개가
파도를 가려놓고 있었다.
내가 홀로 웅크린 곳은 어디든지 절벽 같은 파도의 끝.
— 「안개 바다」 부분

　실존적 환경인 자욱한 안개 바다는 그 속에 희미하게 선 시인의 실존을 더욱 암담하게 한다. '사방이 끊어'진 이 '지독한 안개' 속에서 어디로 방향을 잡아 갈 수 있단 말인가. 늘 웅크린 채 세상의 비루함을 홀로 버텨온 그가 디디고 선 곳은 절망의 '절벽 같은 파도의 끝'이다. '물거품처럼 떠올랐다 꺼져'(「嶺東行脚Ⅰ」) 갈 허무적 절망은 미래마저 암담하고 불투명하게 만든다. '한 밤이 끝나고 또 어둠이'(「嶺東行脚Ⅰ」) 우리들을 어디로 이끌어갈 지 예측할 수 없는 전망 부재의 상황이다. 이러한 내면의 척박한 상황은 '荒天'(「嶺東行脚Ⅰ,Ⅳ」)에 그대로 투영되어 있다.
　이런 현실의 불순함과의 고투에서 시인은 지치고 멀미를 일으킨다. 그래서 그는 일상 탈출을 시도한다.

쪽문을 열면 더욱 쓸쓸해진 개욱 그늘과
문득 죽음과, 들풀처럼 버팅길 남은 가을과
길이 있다면, 시간 비껴
길 찾아가는 사람들 아무도 기억 못하는 두천
그런 산길에 접어들어
함께 불붙는 몸으로 저 골짜기 가득
구름 연기 첩첩 채워넣고서
— 「너와집 한 채」 부분

삶의 고투와 고단한 일상에 대한 환멸은 세상의 '시간 비껴', 아예 격절된 강원도 산골 너와집을 지향하게 한다. 그 너와집에서 시간의 '죽음'인 가을과 '함께 불붙'어 '구름 연기'로 기화되는 소멸의 꿈을 꾼다. 또한 지금까지의 살아온 삶의 자취에 대한 회의도 든다. '꿈이 흔적을 남기겠느냐, 헤매고 다니던/ 자취가 자국으로 남겠느냐'며 '저렇게 펑 뚫린 유적에 올라/ 캄캄한 미로를 더듬어 나아가다 나도 어디쯤에서/ 돌아나갈 입구를 지워버린 채'(「유적에 오르다」) 갇히고 싶어한다. 이 고절과 폐색 속에서 시인은 자신이 흩어놓은 어지러운 발자국을 챙겨 이제 '비망록'을 준비한다. 가령,

> 오랫동안 배를 저어
> 물살의 중심으로 나아갔지만, 강물은
> 금세 흐름을 바꾸어 스스로의 길을 지우고
> 어느덧 나는 내 소용돌이 안쪽으로 떠밀려 와 있다
>
> ─「침묵」 부분

고 자신의 삶의 궤적을 정리하고는, '제 안에서 들끓는 길의 침묵을/ 울면서 들어야 할 때도 있는 것'이라며 '길의 침묵'이 복화술로 던지는 내면 성찰의 소리를 듣는다. 이러한 내면 성찰은 「화엄에 오르다」에서 고스란히 뒷받침된다. 지금까지 그가 걸어온 삶의 이유는 화음 속에 얼굴을 감춘 '화엄의 화음(和音)'을 찾는 도정에 있는 것으로 판명된다. 그것은 곧 세계의 화음이며, 인간 관계의 미학이 아닐 수 없다. 왜 인간 관계의 미학인가. 화엄 때문이다. 화엄이 어떤 세계인가. 하나가 전체가 되고 전체가 하나가 되는 一卽多의 세계이다. 도대체가 분리가 불가능한 만다라의 총체적 세계와 같은 것인데, 이 화엄에 대한 자신의 깨달음을 전체 모두와 공유하자는 것, 물론 '동두천'의 시가 그랬지만, 나 혼자 잘

살겠다는 편협이 아니라 우리 모두 같이 화엄의 세계를 살자는 것이다. 이 때문에 내면 성찰은 전제 조건이 되는 것이고, 따라서 여기에는 세계와 인간에 대한 폭넓은 이해가 잠복되어 있는 것이다.

『동두천』 시절을 기억하는 독자들은 인간 현실에 대한 관심이 많이 식었다는 불만을 가질 지도 모르겠다. 그러나 그것은 모르는 소리다. 「저 등나무꽃 그늘 아래」와 같은 시를 보면, 예전의 질풍노도 같은 표현에서 한층 정제된 쪽으로 나아갔다는 것이 변화된 모습일 뿐, 그 현실에 대한 진지한 관심과 음역은 여전히 그대로이다.

4.

김명인의 최근 시집 『바다의 아코디언』은 시간의 주름에 대한 깊이 있는 천착이 돋보인다. 이제 시인도 이순의 물리적 나이에 당도했음을 반증한다. 삶과 죽음, 유한과 영원에 대한 인식은 자각적 인간이 겪을 수밖에 없는 모습일 터, 그에게도 죽음의 전조인 질병이 찾아들고, 자연과 일치하지 못 하는 마음의 무질서로 보이는 황폐함, 그리고 끝내는 피해 갈 수 없는 죽음의 속살에까지 이른다. 도대체 인간이 시간으로부터 자유롭기나 할 수 있는 일인가. 이 모든 사유가 실존적 사유의 끝이다. 언젠가는 "부유의 끝자리는 있"(「부석사」)기 마련, 그것이 시간의 힘이며 중력이다. 그래서 시간은 모든 삶을 일거에 흡입하고 마는 블랙홀이다.

'한때 질풍노도가 내 삶의 열망이었던'(「파도」) 것으로 생각했던 까닭에 고향을 박차고 나가 유목의 시간을 흘러 다니면서 온갖 생의 멀미를 겪고 난 뒤 이제는 처음 떠난 곳으로 귀환하고 있다, '바다의 아코디언'을 연주하면서.

천축 저 너머까지 갑자기 환해질 때
돌아갈 길 막막하던 고향
오늘따라 한결 또렷해진다.

　이렇게, 한때 '더러운 그리움'의 세계로 모독했던 고향으로의 귀환은 윗시 「달리아」에서 조심스럽게 모색되고 있다. 그 폐색의 고향 바다 곧 모천(母川)은 '근원이었던 싱그러움'(「순결에 대하여」)이기 때문이다.

파도는 몇 겹쯤 건반에 얹히더라도
지치거나 병들거나 늙는 법이 없어서
소리로 파이는 시간의 헛된 주름만 수시로
저의 생멸(生滅)을 거듭할 뿐.
접혔다 펼쳐지는 한순간이라면 이미
한 생애의 내력일 것이니.
추억과 고집 중 어느 것으로
저 영원을 다 켜댈 수 있겠느냐.
채석에 스몄다 빠져나가는 썰물이
오늘도 석양에 반짝거린다.
고요해지거라. 고요해지거라.
쓰려고 작정하면 어느새 바닥 드러내는
삶과 같아서 뻘 밭 위
무수한 겹주름들.
저물더라도 나머지의 음자리까지
천천히, 천천히 파도 소리가 씻어 내리니,
지워진 자취가 비로소 아득해지는
어스름 속으로
누군가 끝없이 아코디언을 펼치고 있다.
　　　　　　　　　　　　　　ㅡ「바다의 아코디언」부분

오랜 여행으로 지친 '다리 절며' 바다에 당도한다. 한때 캄캄한 벽이었던, 허기의 굴레였던,그래서 출향을 감행하지 않을 수 없었던 그 부정적 대상으로서의 바다는 '지치거나 병들거나 늙는 법이 없'는 '영원'이다. 바다가 영원한 존재인 것은 고향에 대한 무의식의 발동이다. 고향은 부정의 대상이었지만, 그러나 지우지 못할 영원한 자리로 남기 때문일 것이다. 고향을 부정하면 부정할수록 강한 무의식으로 자리를 잡는다. 그것을 깨닫는 순간 고향은 떼어낼 수 없는 영원한 그림자가 된다. 그의 바다에 대한 심상찮은 경사는 그의 뿌리 깊은 고통인 동시에 버릴 수 없는 자신의 근원임을 슬그머니 고백하는 것이나 진배 없다. 물의 무의식, 그것은 고향을 형성하는 한 부분에 대한 무의식적 드러냄이다. 따라서 물(바다)은 고향을 이루는 영원성에 대한 콤플렉스가 된다. 그가 그것을 부정하고 떠난 다음에도 그것의 가치는 그대로인데, 다만 시인의 가치 왜곡과 부정으로 인해 지극히 폄하되어 있었을 뿐이다.

고향 바다와의 화해는 이렇게 순조롭다. 아름다운 소리를 내는 아코디언으로 파도 소리를 인식하고 있지 않은가. 이제야 홀연히 깨닫는다. 바다의 영원은 한낱 개인의 '추억과 고집' 정도로는 언감생심, 감히 옆자리에 놓일 수도 없으며, 덮을 수 없는 것임을.

그리고 바다는 고향을 환유하면서 동시에 삶과 죽음의 경계로 나타난다. 따라서 바다로 귀환함으로써 죽음이 거론됨은 순조로운 시적 수순이다. 「하늘밥」에서 '순명(順命)의 자리'인 죽음을 준비하는 어머니의 모습은 장엄함을 넘어 숙연한 일이다. 하마면 장례를 두고 '해안선 가득 부서지는/ 황홀한 파도의 띠를 두르고' '석양으로 깎여서 천천히 비워지는' '큰 축제'(「바닷가의 장례」)라는 수사학을 썼으랴.

만항재 돌아 넘는데

제철에 어울리지 않게 꽃상여 한 척,
상두꾼들이 지네발로 노 젓고 간다
상엿소리도 오랜만이다, 꽃으로 만선하고선
고개 이쪽을 한사코 되돌아보는
저 상여, 숱한 파도를 헤치고 왔을
선장은 어느 분일까,
한 짐 꽃 지고 비로소 海印에 드는
거북이, 초록 물결 타고 가뭇 사라져가면
마침내 한 넋 배의 수몰,
그래도 잔영의 꽃송이 물 위로 번지는 칠월은
차창 한쪽에서도 오래 화사하다

— 「꽃상여」 전문

세상에 이렇게 아름다운 죽음이 있다니! 삶의 어두운 저편인 죽음마저도 김명인의 상상 공간에 편입되는 순간 이렇게 아름답게 육화된다. 독창적이고 섬세한 감수성이 돋보이는 언어와 표현은 '숱한 파도를 헤치고 왔을' 어떤 이의 죽음을 아름답게 조상하는 듯하다. 피안을 건너는 죽음은 상여를 '한 척'의 배로 형상화하여 '海印'의 경지에 드는 장엄하고도 엄숙한 풍경을 연출한다. 누구에게든 죽음은 멀지 않을 것이다. 두려움과 거부의 대상이었던 죽음은 여기에 와서 친화의 대상이 된다. 이런 죽음과 해후한 시인의 죽음도 모르긴 해도 '오래 화사'할 게 틀림없다. (하기야 「장엄미사」에서 시인은 '죽음의 속살' 까지도 손끝으로 만졌으니 죽음에 대한 친근함은 상상 이상이다.)

5.

김명인의 시는 황동규 시인의 지적처럼 '무겁다'. 이 가벼운 시대에 진지하고 무거운 울림을 던진다. 그의 시를 읽으면 그 무거움에 같이 가라 앉는다. 가끔 그에게서 유희를 즐기고 싶다. 가령, 「실직」에서 실직의 무거움을 해학적으로 터치하는 다음 대목처럼. "보름인데 구름에 가로 막혀/ 오늘밤은 달도 실직인가 보다." 그 암담한 실직의 무거움은 그대로 지니면서 시의 무거움의 체중을 어느 정도 상쇄하고 있지 않은가. 김명인의 무겁지 않은 웃음을 보고 싶다.

의사가 되기를 고집했던 그가 시인이 된 것은 그의 말마따나 우연이다. 그러나 필연이다. 필연은 우연의 자궁 속에서 잉태되어 태어나기 때문이다. 어쨌거나 그의 시인으로서의 우연은 필연이고 축복이다. 빠른 시일 내에 '사십 칠만 시간'의 유목 생활에 종지부를 찌고, 금의환향의 귀환을 바라는 마음이다. 아니다. 곰곰 생각해 보니 유목 생활이 더 길어야 할 것 같다. 그의 방랑이 곧 시의 방랑이니, 방랑이 끝나면 찾아오는 손님은 시의 죽음뿐, '시의 초상' 치를까 두렵다. 죄송하지만, 그의 유목 생활이 좀더 오래 지속되기를 바랄 수밖에 없다.

빙하기를 넘어서는 풍경들
- 오탁번의 『벙어리장갑』론

1.

시인은 '빙하기를 기다리'(「검버섯」)고 있다. 빙하기는 눈과 얼음으로 세상을 꽁꽁 얼어붙게 하여 절멸시킨다. 인간이 만든 사회 제도, 문화, 역사 등의 온갖 욕망의 지형도를 일거에 허무로 날려 버리고 만다. 이때 살아남을 것은 살아남고, 소멸될 것은 흔적 없이 소멸되고 만다. 그 빙하기를 기다리며 시인은 그 죽음의 결빙 속에서도 살아남을 영원성의 자질, 그의 표현에 따르면 '어떤 의미의 교감주술 무늬'와 같은 찬연한 무늬들을 노래한다.

『벙어리장갑』의 무늬들은 절멸의 시간, 그 빙하기를 넘을 수 있는 자질들이다. 모성과 부부간의 사랑, 유년 시절, 고향과 자연 등의 자질은 그런 내심의 확신성에서 나온다. 이 모든 것의 밑변은 인간과 자연에 대한 사랑이며, 한때 익숙했던 것에 대한 그리움이며 인간과 자연의 은밀한 내통이다. 이들 자질은 오래면 오랠수록 단단한 내성을 갖추고, 설사 빙하기가 도래한다 해도 오히려 더욱 단단한 생명으로 부화될 수 있는 것들이다. '태초 후 45억 년', '만 년 전 빙하기', '1억 4천 만년 전' 등의 광활한 우주적 시간대는 이런 시인 의식의 단초이다. 이들은 시인의 기억에 의존되고 있다. 그러나 그 기억들은 단순히 과거 기억의 재구에만 있는 것이 아니라, 현재의 불모성과 맞물리면서 미래의 어떤 전망과 시각을 보여 준다. 따라서 욕망이 소거된 것처럼 보이나, 현재와의 상관성에서 그 욕망은 은밀하게 은폐되어 있다. 은폐된 욕망 속의 기억은 부패되어 비루해진 현실에 대한 일종의 저항이자 아름다운 복수와 같다. 이를 위해 시인은 잡다한 기억의 창고에서 쓸만한 기억들을 선택한다. 결국 기억의 선별 작업은 시인의 치밀한 전략의 일환이다. 그렇게 배치된 『벙어리장갑』속의 기억과 욕망의 실체를 거칠게나마 한 번 까보자.

2.

　황현산은 오탁번의 4번째 시집 『겨울강』의 해설에서 "오탁번은 <성충이 되어서도 유충 시절의 기억이 또렷>한 벌레이다. 말하자면, 역사가 도달해야 할 지점에 대한 영상이 세상에 대한 자신의 최초의 기억 속에 있는 <시인>이다."라고 했는데, '역사가 도달해야 지점에 대한 영상'은 오탁번이 세상에 대해 갖는 미래적 전망과 시각을 뜻한다고 읽힌다. 말하자면 유충시절의 기억이 역사가 도달해야 할 지점에 대한 영상, 곧 영원한 미래의 영상이 된다는 인식이다. 성충은 성충의 세계를 살아가야 마땅한 일, 한데 오탁번은 성충이 되어서도 왜 성충의 세계를 살아가지 못하는 것일까. 성충이 역으로 유충 시절의 기억에 사로잡혀 있다면 성충의 세계는 현대사회의 병리적 불쾌함의 세계, 그래서 유충의 기억으로 상쇄해야 하는 절박함이 배면에 깔려 있다고 보아야 할 것 같다. 성충이 성충의 세계에 적응 능력이 떨어지는 개연성은 개별 요인과 환경 요인의 두 가지 이유 때문일 것이다. 전자는 개인에 문제가 있다는 설정이고, 후자는 주변 환경에 문제가 있다는 설정이다. 어디에 문제가 있는 것일까. 오탁번에게 문제가 있을 것이다. 시인이기 때문이다. 시인은 일급수에 사는 인간이 아닌가. 일급수가 아닌 환경에서는 버텨내기 힘든 시인의 운명 때문에 형벌을 받고 있는 것이다. 성충이 된 시인은 어떤 얼굴인가. 지금 그는 '빙하기적 현상'에 발이 푹 빠져 있다. 쉰 아홉 살 된 시인의 '살은 살색을 잃은 지 오래'(「검버섯」)일 정도로 망가져 있으며, 과도하게 술을 마셔 계단에서 떨어져 피멍이 들고 '복숭아뼈가 참혹하다'(「자화상」). 그 때문에 병원에 입원하여 죽음을 생각한다. '바지'를 '바다'라고 말하는 언어 기능상의 장애를 일으키고, '파도에 휩쓸리는 갸울은 목숨'(「죽음에 관하여」)이 되어 있는, 현실의 모서리에 치명적인 타격을 입어 만신창이가 된 모습이다. 위기에 처한 시인의 실존은 다음 시에서 압축적으로 나타난다.

> 지하철을 타면 눈을 감고
> 하모니카 부는 장님이
> 저승의 기슭에 배를 대듯
> 지하철을 밀면서 걸어가는 소리 듣는다
> 장님의 생애를 실은 배는
> 돛도 닻도 다 망가져서
> 바닷물 따라 뒤뚱거리고 있다
>
> — 「밤배」 2연

시인은 '하모니카 부는 장님'이 되어 쓸쓸한 하모니카 소리가 불러내는 죽음의 길에 들어서 있다. 장님은 시각을 잃고 청각에만 의존하는, 그래서 그가 인식하는 현실과 실존은 캄캄한 밤이고 '저승의 기슭'으로 가

는 소리를 듣는다. 그가 장님이 되어 '저승의 기슭'에 도달할 수밖에 없
는 변인적 조건은 현대문명인 '지하철'이다. 지하철은 '눈감기', 곧 '장님
되기'를 강요한다. 눈부신 이미지의 세계를 상실한 장님은 상징적인 죽음
의 실존을 뜻한다. 따라서 그가 장님이 됨은 죽음과 마찬가지, 그의 생애
는 '돛도 닻도 다 망가져서' 언제 파선이 될 지도 모르는 위기에 처해
있다. 이 위기는 건조한 언어와 문체, 그리고 맥이 풀린 듯한 어조의 조
력을 받아 고조된다. '걸어가는 소리(만) 듣는', 곧 시계(視界) 제로의 장
님에서 탈주하는 길은 그 눈부신 이미지의 세계, 곧 순연한 어린 시절의
시각을 회복하는 것 외에 달리 방책이 없다. 어린이/어른은 삶/저승에 대
응하며, 이 대응은 시각의 회복/장님의 관계를 성립시킨다. 이 소실된 시
각의 회복을 위해 시인은 타임캡슐을 타고 '시속 100킬로미터'(「초등학교
동창회」)의 속도로 시계를 돌려 눈부신 유영을 시작한다.

　　반구대 암각화를 보려고 시속 100킬로미터로 달려갔네 창녕에서
밀양 지나 경주 쪽으로 핸들 꺾어 바위 위에 고래 그림 그려놓은
선사시대의 옛 동무들을 찾아갔네 이젠 얼굴 다 잊어버렸지만 광대
뼈 툭 튀어나오고 뻐드렁니가 누렇던 그 옛날의 동무들을 찾아서
규정속도 무시하고 선사시대로 달려가는 내 자동차가 타임캡슐처럼
눈부셨네

　　엑셀레이터 밟으며 생각해 보았네 마분지 공책에 몽당 연필로 괴
발개발 숙제한 다음자리 바위에서 멱감던 내 동무들 생각났네 냇가
자라바위에 '김순자 바보' '이영순 바보' '윤준열과 염미자 얼레꼴
레' 써놓고는 그 옆에 걔네들 얼굴 호박처럼 크게 그려놓고 냅다
달려가서 물속으로 뛰어들던 아기 고래보다 더 작은 옛 동무들의
알몸이 떠올랐네
— 「초등학교 동창회」 1, 2연

시인은 아주 마음이 급하다. 잠시 쉬어가는 대목(쉼표의 표지)도 없이 규정속도를 무시한 채 달려간다. '선사시대의 옛 동무'를 찾아가는 한없이 '눈부'신 마음 때문이다. 오탁번의 고향은 충북 제천이지, 반구대 암각화가 있는 경주 방면이 아니다. 선사시대의 그림인 반구대 암각화와 시인의 어린 시절은 신화적 시간대로 시간의 퇴적과 추억의 단층이며, 눈부신 시각의 세계로 존재한다. 따라서 실제 고향과는 상관없이 그곳에는 초등학교 동창들이 있다. 그의 유년은 '선사시대'이며, 그의 유년의 디테일은 '반구대 암각화'이다. 반구대 암각화의 벽면에는 광대뼈 튀어나오고 뻐드렁니가 누렇던 평범하고 못난이 동무들이 있고, '바보' '얼레꼴레'하는 천진성이 있으며, 알몸이 눈부시기만 한 유토피아가 있다. 알몸의 유토피아, 그곳의 '시계는 불알도 바늘도 다 튼튼하시다/ 아이들의 몸도 다 또랑또랑하다'(「河童」). 원시적 건강과 무공해의 인간들이야말로 유년의 가장 확실한 담보물이다. 이렇게 어린 시절은 돌연 잠에서 깨어난다. 깨어난 유년이 시키는 대로 그는 충실히 그리기만 하면 된다. "꿈나라의 마을에도/눈이 내리고/밤마실 나온 호랑이가/달디단 곶감이 겁이 나서/어흥어흥 헛기침을 하"는 설화적 공간의 설정을 통해 민족의 토테미즘적 정서와 결부된 순결한 세계를 그려내고 있는 '「눈내리는 마을」'을 하얗게 데생(dessin)한다.

쥐불놀이 하다가 눈썹 태우고
시래기죽 먹고 잠든 겨울밤
쥐불연기에 수염을 그슬린 쥐들이
눈썹 태운 나와 더 놀고 싶다는 듯
쥐오줌자국 난 천장을 밤새 달렸다
씨옥수수 갉아먹던 생쥐들도
이불 속까지 기어 들어와

내 어린 발가락을 자꾸 깨물었다
고드름이 제 무게에 툭툭 떨어지는
아침이 밝아오면
일곱 문 반 내 고무신에
봉숭아씨처럼 예쁜
쥐똥만 남겨놓고 숨어버렸다

―「쥐」 전문

불결한 환경의 대주주격인 쥐가 '천장을 밤새 달'리는 데에도 고양이가 없다. 고양이를 놓아 쥐를 잡기는커녕 징그럽게 '이불 속까지 기어 들어와/내 어린 발가락을 자꾸 깨물'어도 그냥 그대로 둔다. 인간과 쥐의 이상한 친화 관계가 작위적인 추억 만들기 때문이 아닌가 하는 혐의가 들긴 하나, 이승훈의 말대로 <사납지 않고 사디즘도 없고 무엇보다 증오가 없어서 좋다>. 시퍼런 칼날을 세워 상대방을 겨누고 증오하고 사디즘으로 날을 지새우는, 현대의 말기적 병리 현상이 벌어지는 현 세태와 매우 불편한 관계임이 암암리에 분비된다. '봉숭아씨처럼 예쁜/쥐똥'과 같은 식물적 변주와 "된장독에 쉬 슬어놓은 파리와 거미줄 쳐놓고 먹이를 기다리는 왕거미까지도 다 사랑하고 싶다"(「사랑하고 싶은 날」)는 언술에 이르면 장님으로서의 오탁번은 대낮의 눈부신 시각을 회복한 것이나 진배없다.

3.

성충이 된 시인 오탁번에게 고향은 어떤 의미일까. 어린 시절과 함께 그토록 천착한 고향은 '지하철'의 차고 건조한 현대사회에 가장 강력하게 대항할 수 있는, 가장 확실하게 응징할 수 있는 세계로 나타난다. 그의 시에서 고향은 투명한 맑은 빛과 출산 또는 잉태의 풍경을 동시에 갖춘다. 건조한 현대문명의 전방위에 걸친 요격에도 고향은 요지부동, 더럽혀지지도, 흉하게 뒤틀려 불임(不姙)이 되지도 않을 것임은 확실하다.

제천군 백운면 평동리 장터
비바람에 그냥 젖는
바깥 세상 겨우 내다보이는
가게의 금 간 유리창에
흰 종이가 ☆☆☆☆모양으로
오종종 붙어 있다

천둥산 그림자 일렁이는 앞개울에는
모래빛 모래무지 한 마리가
한사코 모랫바닥에 숨는다
꼬리에 알 가득 밴 여울목의 가재는
무지개빛 수염을 한껏 치켜들고
물속에 비친
천둥산 이마를 간지럽힌다

— 「고향」 전문

'바깥 세상 겨우 내다보이는' 시인의 고향은 '금간 유리창'처럼 누추하지만, 바깥 세상이 겨우 내다보이는 만큼 바깥 세상의 소란과 잡답, 그리고 그 더러움은 여간해서 고향을 덮치지 못할 것 같다. 우리가 태어나 자란 고향은 태고부터 지금까지 정중동(靜中動)이다. 모래무지와 가재의 정중동은 고향의 투명함과 다산성을 입증하는 일급 전사이다. 말할 것 없이 그들은 일급수의 청정구역이 아니면 살지 않는다. 특히 '꼬리에 알 가득 밴 여울목의 가재'는 고향의 다산성을 입증하는 확실한 보증수표이다. 오늘날의 고향은 현대문명에 의해 사망선고를 받아 소외와 쇠락의 죽은 몸이 되고 있지만, 오탁번의 고향은 '청개구리의 젖은 눈알과/알밴 메뚜기의 볼때기'(「사랑하고 싶은 날」)가 있는 무공해의 투명 공간이며, '땅 밑으로 천년의 뿌리를 꽝꽝 내'린 '동구 밖 느티나무'(「태초 후 45억 년」)처럼 천년의 튼실한 뿌리를 내려 꽝꽝 살아 있는 생물이다. 그 생물 은 뿌리가 살아있어 부단히 생명을 잉태하고 출산하는 부산한 몸짓으로 꿈틀댄다. "작은고모 뱃속에서는/바깥 세상에 무슨 일 났나 하고/번데기 꼬추 하나 꼼지락거린다"(「태초 후 45억 년」). 비단 인간만이 생명을 잉태 하고 출산하는 것이 아니다. 자연은 더 질기고 오랜 생명이다.

> 앵두나무 꽃그늘에서
> 벌떼들이 닝닝 날면
> 앵두가 다람다람 열리고
> 앞산의 다래나무가
> 호랑나비 날갯짓에 꽃술을 털면
> 아기 다래가 앙글앙글 웃는다
>
> — 「사랑하고 싶은 날」 1연

　봄의 은밀한, 그러나 화려한 출산의 풍경이 펼쳐지고 있다. 이 출산의 풍경은 '태초 후 45억 년쯤 지난 어느 날'에도 여전한 일이다. 그 사이 에 빙하기가 닥쳐 절멸될 것은 절멸될 것이고, 살아남을 것들은 살아남 을 것이다. 이 자연의 억센 생명력에 대한 자신감이 그로 하여금 빙하기 를 기다리게 하는 것이다. '알밴 메뚜기의 볼때기'(「사랑하고 싶은 날」)가 있고, 물풀 사이로 숨는 '산란하는 붕어'(「우포늪」)와 알 낳느라 몸을 떨 며 피 흘리는 '붕어들'(「봄」)이 있으며, '첫새끼 낳은/알몸이 고운 암고 래'(「아기고래」)가 있다는 믿음 때문이다. 이들이 있는 한 고향은, 자연은 또 다시 빙하기가 닥쳐도 살아남을 생물적 공간이다. 출산과 잉태의 생 명력은 비단 인간과 자연뿐만 아니라, 사물에게도 부여된다. 물론 그 사물들은 인간의 삶과 운명을 같이해 온 시간의 오랜 켜들이다.

> 할머니의 들숨으로
> 어머니의 날숨으로
> 알맞게 익어가는
> 우리 집 간장과 된장
>
> 배불러 친정에 온 고모 같은
> 막 달거리 시작한 누나 같은
> 장독대의 크고 작은 독들이
> 햇살미역 감고 있다
>
> — 「장독대」 전문

장독대는 할머니, 어머니, 고모, 누나의 고유한 생활 영역이다. 이 시에서 '간장과 된장'은 가족공동체에 대한 사랑의 환유이다. 잉태한 고모, 막 달거리를 시작한, 그래서 생식 능력을 갖춘 누나와 동일시되는 장독대의 독은 한 가족의 연면한 역사에 대한 이해를 끌어낸다. 간단없는 지속성, 그것의 생물적 범주인 잉태와 출산은 '햇살미역'의 세례를 받는 미적 층위로 승격된다. 인간의 삶에 있어서 그것은 '사랑'의 거룩한 형상이 되기 때문이다.

4.

그래서 오탁번은 확신하는 듯하다. "만 년 전 빙하기 때/마주 보고 서 있던 수은행나무는/얼음 속에 갇혀 숨을 거두고/불같은 사랑 혼자 꿈꾸며 뛰어난 상상력으로 빙하기를 견딘"(「은행나무」) 은행나무처럼, 불같이 뜨거운 사랑만이 빙하기를 넘을 수 있음을 말이다. 일상적 삶을 지배하는 원천이 바로 사랑이며, 특히 사랑의 몸통에 해당하는 성은 인간간의 소통 구조의 중요한 한 형식으로 작용한다. 현대에 와서 사랑은 사이버 공간에서 뿐 아니라, 거리 곳곳에 넘쳐나고 있다. 그러나 정작 사랑은 실종되어 있거나 결빙되어 화석이 된 시대, 진열대에 널린 상품처럼 눈요깃거리에 불과한 사랑의 시대, 이른바 <사랑의 빙하기>를 현대는 살고 있는 것이다. 그래서 그는 "빙하기가 다시 오면/나의 사랑은/무슨 나무로 살아남아서/절멸의 시간을 넘어서고 있을까"(「은행나무」)라고 하면서 '광(光)케이블 다 끊어'(「사랑의 잠」)진 현대인의 사랑에 대해 반성적 시각을 드러내고 있다.

> 빙하가 긴 잠에서 깨어나
> 지구의 결빙을 음모할 때도
> 서걱이는 갈대밭 물녘
> 눈도 못 뜬 새끼들에게
> 어미새가 토해 주는 사랑이
> 불잉걸보다 뜨겁다
>
> — 「새」 2연

　결빙되지 않을 사랑의 앞자리는 모성의 사랑에 양보해야 마땅하다. '지구의 결빙을 음모'하는 '빙하' 앞에서도 어미새의 사랑은 '불잉걸보다 뜨겁다'고 하지 않는가. 그 사랑은 불잉걸이 되어 결빙의 차가움에 대비되면서 빙하기를 뛰어넘는다. 빙하의 거대한 음모도 이 모성 앞에서는 부복하지 않을 수 없는 일이다. "나의 시는/ (중략) /초등학교 습자시간/족제비털 붓끝에/서투른 궁서체로 피어나던/어머니 어머니"(「시」)에서 보듯, 시인은 자신의 시가 바로 어머니임을 안다. 자신의 기투(企投)인 시의 원천이 바로 어머니의 사랑임을 알기 때문이다. '벙어리장갑'의 세계상은 어머니의 치세 아래 보호된 유토피아의 세계상에서 한 치도 떨어져 있지 않다.

오탁번은 성을 자유롭게 풀어놓는다. 속된 표현을 쓰자면, 그는 성을 아주 까발린다. 선정적으로 까발리는 것이 아니라, 동화적 시각으로 까발린다. 가령, "내 잠지가 아빠 잠지보다 더 커져서/ (중략) /내 이야기를 들은 엄마가 호호호 웃는다/ ―네 색시한테 매일 따스운 밥 얻어 먹겠네"(「잠지」), "아침이 되면 아빠가 싱긋벙긋 웃는다/―엄마가 동생공장공장장인 걸 몰라?(「엄마」)"와 같이 말이다. 그래서 그 성은 전혀 음험하지 않으며, 오히려 성의 세계가 갖는 음담으로서의 가식과 은폐의 형상을 깨부순다. 따라서 그의 시에서 성은 금기의 대상이 아니라, 사랑의 숭고함과 성스러움을 수행하면서 음담의 소지를 차단하고 그 혐의에서 완전히 벗어난다. 가령, 「카마수트라의 힌두 사내」에서, '인도 대륙의 잘생긴 여인을/망태에 죄다 담고나 싶은' '메기수염을 한 힌두의 사내'와 막내아들 만들던 아버지와 어머니는 대조된다. 힌두 사내가 질탕한 성유희를 벌이는 음화(淫畵)의 주인공이라면, 아버지 어머니는 자식 생산을 위한 통과 의례를 벌이는 성스러움의 주인공이다. 여기에 음담이 끼어들 틈이 있을 리 없다. 오히려 음담의 혐의가 농후한 힌두 사내의 성유희가 아버지 어머니의 성스러운 행위 앞에서 일순간에 추락하고 만다.

부부간의 사랑은 ―적어도 오탁번의 세대에서는 드러내 놓고 하는 사랑타령은 아니다. '밑줄 그을 만한 뜨거운 사랑'(「철새」)은 없을지 모르나, 속으로 타는 뜨거운 내연성(內燃性)은 있다. '다음 생에서 또 만나'기를 기원하는 정도이면 이보다 더 뜨겁게 내연하는 사랑놀이가 또 있을까.

수수밭 김매던 계집이 솔개그늘에서 쉬고 있는데 마침 굴비장수

가 지나갔다
　　-굴비 사려, 굴비! 아주머니, 굴비 사요
　　-사고 싶어도 돈이 없어요
　　메기수염을 한 굴비장수는
　　뙤약볕 들녘을 획 둘러보았다
　　-그거 한 번 하면 한 마리 주겠소
　　가난한 계집은 잠시 생각에 잠겼다
　　품 팔러 간 사내의 얼굴이 떠올랐다

　　저녁 밥상에 굴비 한 마리가 올랐다
　　-웬 굴비여?
　　계집은 수수밭 고랑에서 굴비 잡은 이야기를 했다
　　사내는 굴비를 맛있게 먹고 나서 말했다
　　-앞으로는 절대 하지 마!
　　수수밭 이랑에는 수수 이삭 아직 패지도 않았지만
　　소쩍새가 목이 쉬는 새벽녘까지
　　사내와 계집은
　　풍년을 기원하며 수수방아를 찧었다

　　며칠 후 굴비장수가 다시 마을에 나타났다
　　그날 저녁 밥상에 굴비 한 마리가 또 올랐다
　　-또 웬 굴비여?
　　계집이 굴비를 발려주며 말했다
　　-앞으로는 안 했어요
　　사내는 계집을 끌어안고 목이 메었다
　　개똥벌레들이 밤새도록
　　사랑의 등 깜박이며 날아다니고
　　베짱이들도 밤이슬 마시며 노래 불렀다
— 「굴비」 전문

서사적 구성에 서정적 풍경을 단 이 작품에서 시는 역시 감동의 문학임이 입증된다. 언어의 사용, 곧 '그거 한 번' '수수방아' '앞으로는(계집의 말)' 등의 언어는 성 담론이 분명하다. 그러나 음담으로서의 선정성은 단호히 배격되어 있다. 오히려 '목이 메임'과 같은 구절이 훨씬 힘센 언어로 작용한다. 계집이 굴비장수에게 몸을 준 것은 가난과 지아비에 대한 사랑이 원인이다. 가난과 사랑은 비례 관계이다. 가난은 사랑을 더욱 견고하게 한다. 물질의 결여가 사랑을 완성시킬 때 사랑이지, 물질의 결여로 인해 깨어지는 사랑은 사랑이 아니다. 사랑에 물질이 매개되면 음욕이 되어 결국 사랑은 파탄으로 끝난다. 물질이 고갈되면 사랑 역시 고갈되어 끝장을 보기 때문이다. 이 시의 핵심은 사내의 '앞으로는'에 대해 계집이 이 말을 어떻게 받아들였는가 하는 점이다. 사실 이 점에 대해서는 의문점이 풀리지 않는다. 사내의 의중인 시간의 '앞'을 계집은 그렇게 받아들이지 않았음은 분명하다. 알아듣지 못하고 했을 수도 있고, 알아들었지만 다른 뜻으로 받아들였다는 것으로 위장했을 수도 있다. 모르고 했다면 모자람이 되나, 알고도 그렇게 했다면 이는 사랑을 위한 경건한 희생이 된다. 그러나 문맥만으로 보아서는 계집의 태도는 확연하지 않다. 1연에서 '그거 한 번 하면 한 마리 주겠'다는 굴비장수의 제안에 그녀는 품 팔러 나간 사내의 얼굴을 떠올린다. 윤리(정조)를 먼저 생각했던 것인데, 사내를 생각하곤 그 윤리에 대해 눈감았으리라는 추측이 가능하다. 그러나 이 대목만으로 그쪽으로 단정짓기는 어렵다. 보통 사유를 가진 아낙네이면 십중팔구 그 일(훼절)은 숨길 것이다. 그런데 2연의 '굴비 잡은 이야기'를 사내에게 그대로 실토하는 것을 보면 꼭 그것도 아니다. 떳떳하지 못한 행동에 대한 최소한의 도덕적 판단이 결여되어 있는 듯한 인상을 주기 때문이다. 실상 이 시에서 계집의 태도에 대한 논리적 접근은 무의미하다. 계집의 사내에 대한 사랑은 세속적 판독을 초월해 있다는 게 아주 적확한 표현이다. 계집의 사랑에 대해 최상의 찬가를 바치는 개똥벌레의 화려한 불빛과 베짱이의 노래는 감동의 오르가즘이다.

현대의 부부 관계는 심상치 않다. 여기저기 깨지는 소리가 요란하다. 가난 때문에 깨지고, 바람나서 깨지고, 성격 달라 깨지고, 질그릇 박살나듯 깨지는 소리가 사방을 울린다. 초강력 본드를 써도 그 깨어짐을 어찌 막을 수 없는 기막힌 시대를 현대인은 살고 있다. 일전에 방영된 『바람난 가족』의 불량한 현실은 이미 목전에 바싹 다가와서 그 사악한 혀를 날름거리고 있다.

5.

자연과학의 차원인 빙하기가 아니라도 지금 현실은 인간이 만들어 내는 '빙하기적 현상'에 의해 매몰되고 있다. '대나무를 기르는 사람이/영대쪽같지 않고/난을 기르는 사람이/난커녕 잡초되어 살아가는'(「우화의 꿈」), <-답지 않은> 비루한 세태이기 때문이다. 그래서 오탁번은 한 마리 '매미'가 되어 <매미답게> 우주가 떠나가도록 울고 싶은 것이다. 그 매미다운 사유와 결단의 무늬가 바로 『벙어리장갑』이다. 이 속에는 엄혹한 빙하기를 넘어서는 눈부신, 그러면서 따뜻한 체온의 풍경들이 '앵두가 다람다람 열리'(「사랑하고 싶은 날」)듯 달려 있다.

전반적으로 『벙어리장갑』은 시인의 동화적 전략이 가동되고 있으며, '시란 모름지기 어린이의 시선으로 돌아가는 것'이란 시인 자신의 만년(晚年) 시론을 적극 실천하고 있다. 어린이의 시각은 세계의 불온함과 불순함, 대상의 왜곡에 대한 방법론적 방어기제의 성격을 띠는 것이고, 때문에 그의 시는 무공해의 천진한 시가 되고 있다. 그러나 왠지 불안하고 조마조마하다. 오탁번의 시적 전략은 어느 정도 먹혀 들어갈 수 있을 것

인가. 거세게 몰아치는 빙하 현상의 냉기류로부터 '벙어리장갑' 속의 풍
경들을 다치지 않게 지켜낼 수 있을까. 부디 오탁번의 전략이 성공하여
빙하기를 맞는 풍경들이 여전히 그 풍경 그대로를 지킬 수 있으면 하는
바람뿐이다. 다음 시에서의 세계가 본색 그대로를 '그냥 그대로' 지켜내
듯 말이다.

> 가지색 가지가 탐스러운 가지밭 고랑에
> 쥐색 들쥐가 재빠르다
> 밤색 밤이 떨어지는 밤나무 수펑에는
> 다람쥐 무늬 다람쥐가 잽싸다
> 하늘색 하늘은
> 은하수 흰 눈썹 그냥 그대로
> 하늘이다!
>
> — 「검버섯」 2연

금색빛 붓꽃의 담론들
– 강희근의 '사이버 메타시'를 읽고

1.

　문학의 죽음에 대한 풍문이 분분하다. 디지털 시대의 현대성이 가공할 위력으로 재래의 문학 공간을 위협하고 있기 때문이다. 탈문학적 상황의 그 비극적 징후는 이미 눈앞의 현실로 확연하게 나타나고 있다. 특히 사이버 매체의 대표 주자격인 인터넷은 현대인의 생활에 침투하여 생활 전반을 철저히 장악하고 삶과 사유의 방식까지 예속하고 있어 그 자장권에서 놓여나기란 불가능한 일이다. 전방위에 걸쳐 맹렬한 공격을 가하고 있는 이들 첨단 매체로부터 문학은, 재래의 낡은 문학의 운명은 어떻게 될 것인가. 난 모로쇠로 계속 간다면 모르긴 해도 문학적 헤게모니를 지키기란 어려울 것이라는 비극적 전망이 지배적이다.

　'위기가 기회'라는 말이 있듯이, 재래의 문학은 그 보수적 기득권을 버리고 문학 공간의 지평을 확대한다면 오히려 호기로 작용할 전망도 없지 않다. 이연결 주연의 영화 '태극권'을 전략적으로 이용해 보지 않으랴. 상대방의 힘을 역이용하여 자신의 무술을 탄력적으로 배가시키는 태극권을 문학적 전략으로 삼는다면, 디지털 시대의 독자에게 익숙한 영역이 되어 현대문화매체의 당당한 한 패러다임으로 자리잡을 수 있다는 말이다.

최근 강희근 시인은 그 전략의 일환으로 자신의 홈 사이버공간 (cyber-space)에 들어온 손님들의 시를 받고서 그 시에 대한 시쓰기를 시도한 바 있다. '시에 대한 시쓰기'는 전문용어로는 메타시(meta-poetry)라고 일컫는데, 현대시의 새로운 가능성으로 등장하고 있는, 일반 독자들에게는 다소 낯선 형태이다. 문학이 삶을 반영하는 것이라는 명제 아래, 메타시는 자기 반영성의 시쓰기라는 미학적 범주가 되는 것이다. 어쩌면 독자의 입장에서는 반가운 일이 될 지도 모른다. 자기 반영성이 되면 독자는 작가의 글쓰기에 대한 모든 정보를 얻을 수 있을 뿐 아니라, 작가의 창작에 참여할 수 있는 일정 지분을 갖기 때문이다. 이러한 메타언어적 글쓰기는 비단 시장르 뿐만이 아니라, 소설, 비평 분야에서도 맹렬하게 선을 보이고 있는 현실이다.

강희근의 메타시는 메타시의 엄격한 미학적 범주에서 약간 방향을 틀어 자유롭게 움직이고 있다. 물론 그의 시도 대상 텍스트에 대한 시쓰기임은 분명하나, 자신의 말대로 '대상으로 삼은 시의 규범은 웬만하면 따라가지 않는다'는 원칙을 세워 놓고 있어, 대상 텍스트와는 무관하게 시는 움직이고 있는 것이다. 오히려 그의 시는 대상 텍스트의 시적 사유를 확장, 심화시켜 새로운 시쓰기를 감행함으로써 시쓰기의 전범을 보여주고 있는 형태로 나타나거나, 혹은 시란 이렇게 쓰는 것이라는 창작론을 한 수 가르치고 있다는 인상을 지울 수 없다. 따라서 대부분 그의 시는 자기반영성의 메타시이기보다는 '화답시'로 보는 게 타당하다. 화답시의 특징은 받은 시의 한 구절이나 내용 혹은 제목을 차용하는 데, 간혹 내용이 닮을 수도 있으나 전혀 닮지 않을 수도 있는 것이다. 아주 엷은 형태의 패러디라고 할까.

강희근의 이런 메타시는 현재 우리 시단에서는 아주 드문 일이다. 일부에서는 '탈문학적' 위반 행위라고 딴지를 걸 개연성을 배제할 수는 없으나, 현재 돌아가는 문학 판도를 보면 물정 모르는 소리가 아닐 수 없다. 문자를 통한 독자와의 소통이 끊어져 '문학의 죽음'이라는 악몽이 덮쳐드는 이 난국에 영상과 음악 매체를 활용한 사이버 문학 공간 개설은 군색한 문학 활로를 타진해 볼 수 있는 용기 있는 결단이라고 생각된다.

2.

그간 연재된 80여 편의 시(2004.6월호−2005.9월호까지 『語文學』에 연재)를 거칠게 검독한 결과, 강희근시의 트레이드 마크인 섬세한 언어 감각과 감수성, 표현의 세공이 복원되고 있다는 판단이 선다. 한때 발간했던 『화계리』를 보면 역사 담론의 수행에 충실하다보니 사실 언어에 대한 밀도나 긴장이 해이해진 감이 없지 않았다. 이번 연재시에서는 그 부분에 대한 반성을 기초로 강희근 본래의 열정으로 돌아간 흔적이 역력했다.

강희근의 시문법은, 물론 초기부터 그러했지만, 시의 안팎에서 독특한 내공 체계를 이루고 있어 시 해독에 만만찮은 어려움이 도사리고 있다. 그의 시적 사유는 오랜 동안 숙성되어 발효된 것이기 때문에 상당한 공력을 들여 집중적 독서를 하지 않고서는 그의 정서나 사유를 따라가기란 아주 힘에 부치는 일이 되어, 결국에는 요령부득이 되고 만다. 대다수의 시인들은, −그들 특유의 고약한 심보이겠지만, 자신이 생산한 텍스트의 해독을 위해 독자들에게 사유의 진지한 공정을 거칠 것을 요구한다. 강희근 시인 또한 감동과 사유를 공유한다는 차원에서 독자들의 헌신적 삼투 노력을 기대하고 있다.

　그의 시적 담론은 아주 풍성한 방향으로 열려 있다. 자연을 소재로 하
지만 자연과 인간을 한데 눙쳐 자연과 인간의 경계를 무화시키고 자연을
통해 역사 지평을 전망하는 담론이 있는가 하면, 일상의 풍경을 통해 성
찰과 반성적 사유를 동반한 잠언적 담론, 기억의 풍경에 대한 담론이 있
다. 이는 그의 시적 사유나 관심이 사적 층위의 회로에만 편향된 것이
아니라 공론화를 겨냥한 것임을 입증한다. 이들 담론을 수행하는 시인의
시쓰기의 내적 규율은 다음 시에서 제시된다.

　　　　붓꽃으로 글을 쓴다
　　　　입술에 묻어 있는 머리낱 같은 추억을
　　　　쓰지 않고
　　　　꽃잎 사이 드러내 보이는 꽃씨, 꽃씨에 찍는
　　　　분 같은 마음을 쓴다
　　　　난 모양 곧아서 휘이는 잎
　　　　치고 친 다음에 남아도는 향기를
　　　　쓰지 않고
　　　　허공에 드러내는 이마 같은 잎끝, 잎끝에 돋는
　　　　물끼 같은 마음을 쓴다
　　　　꽃으로 가는 마음은 언제나 산지사방
　　　　갈래져 가는데
　　　　오늘은 붓꽃으로 글을 쓴다
　　　　꽃대처럼 하나로 밀고 밀어올리는 한 떨기
　　　　속내
　　　　금색깔 붓꽃으로 사연을 쓴다

　　　　　　　　　　　　　　　　　　　　　　　－「붓꽃」 전문

　글(시)을 쓴다는데 그 필기구는 붓이 아니라, 난데없는 붓꽃이다. 꽃으

로 글(시)을 쓰면 어떤 글이 나오는 것일까. 원형적 상징 개념으로 본다면, 꽃은 생명과 순수, 그리고 진실의 윤리적 가치 표상이 아닐 것인가. 그 덕목을 드러내어 밝히는 방향으로 글(시)을 쓰겠다는 태도 표명이리라. 그러니 '입술에 묻어 있는 머리날 같은 추억'이나 '치고 친 다음에 남아도는 향기'와 같은 감각적이고 가변적인 현상 기술은 단호히 거부하고, '꽃씨에 찍는 분 같'고, '이마 같은 잎끝, 잎 끝에 돋는 물끼 같은' '마음'을, 그리고 '꽃대처럼 하나로 밀고 밀어올리는 한 떨기/속내'를 쓰겠다는 것이다. 혹 '산지사방/갈래져가는' 마음이 돌발적으로 나타날 가능성도 배제하지 못하지만, 그러나 단호하게 '오늘은 붓꽃으로 글을 쓴다'는 의지를 표명한다. 마음이란, 분명히 말하지만 머리가 아니다, 차갑게 분석하는 이성이 아니라는 말이다. 이성에 기대는 쪽이면 칼 같은 준거에 따라 생명, 순수, 진실은 증발되고 과학적으로 낱낱이 해부되어 차갑게 굳은 형해(形骸)만 남을 뿐이다. '월매의 (웅숭깊은) 마음'(「월매의 마음」)을 읽어내고, '점심을 가슴으로'(「점심 혼자 드는 사람」) 든다고까지 한 시인이고 보면, 이런 그를 꼭 규정한다면 차라리 따뜻한 이지의 속류라고 하겠다. 다시, 마음이란 이성적 잣대로는 들이댈 수 없는 내밀한 순수와 진실을, 속내란 '꽃대처럼 하나로 밀어올'린다는 수식을 받아, 순수와 진실을 향해 느리지만 줄기찬 실천적 의지를 말하는 것이다. 그래서 그는 '허리가 말이고/허리가 풍경'(「노자와 함께」)이라는 잠언을 보내지 않았을까. 그의 시적 논리에 따르면, 허리는 '기나긴 부드러움/아니면 무위(無爲)'이기 때문이다. 이 시는 부드러움과 무위, 그리고 느림의 미학을 기반으로 인간과 세계의 '속내'와 '사연'을 풀어가겠다는 의지의 강력한 표명이다. 그래서 이 시는 부드럽고 강하다. (서정과 의지의, 이 외유내강의 이원성이 서정시의 본질이 아니겠는가.) 이 부드러움과 강함의 시적 실천이 담론 전체를 일관하는 원칙이 되고 있다. 바야흐로 '금색깔 붓꽃'

으로 쓰는 '사연'의 담론이 시작되는 것이다.

    3.

    먼저 자연에 대한 그의 담론으로 들어가 보자. 강희근의 시세계에서
자연은 주 메뉴로 등장한다. 흔히 질주하는 속도의 문명과 외부의 불순
변인, 가볍게 들려지는 문화 등에 대한 안티테제로 기능하는 자연은 그
의 등단작인 「산에 가서」부터 줄기차게 등장하는 것인데, 문제는 그가
자연을 상찬의 경물(景物)로 인식하지 않는다는 점이다. 한때 현대적 언
어 감각으로 비틀어 버리는 바람에 전통적 자연은 홀연 사라지고 만 그
런 파격적 자연을 창조했던 강희근의 자연은 연재시에서는 아주 온건하
게 나타난다. 하지만 여전히 그의 자연은 박목월의 자연처럼 인간이 배
제된 자연이 아니라, 인간과 자연이 서로 뒤엉켜 있어 따로 떼어냈을 경
우 불구가 되고 마는 자웅동체의 자연을 구축하고 있다. 그것은 특히 자
연의 인간화에서 확증되는 것인데, 자연이 인간이고 인간이 자연인 경계
몽환의 상태가 바로 강희근의 자연이다. 이는 강희근의 생태 환경, 곧 수
려한 지리산 자락에서 태어나 성장한 환경 유전과, 그로 인한 인간과 자
연의 교감이라는 투명한 세계 인식의 층위에서 찾을 수 있다.

        나이 스물을 넘어 내 오른 산길은
        내 키에 몇 자는 넉넉히도 더 자란
        솔숲에 나 있었다.

        어느 해 여름이던가,
        소고삐 쥔 손의 땀만큼 씹어낸 망개 열매
        신물이

이 길가 산풀에 취한 내 어린 미소의 보조개
에 괴어서,

해 기운 오후에 이미 하늘 구름에
가 영 안오는
맘의 한 술잔에 가득 가득히 넘친 때 있었나니.

내려다보아, 매가 도는 허공의 길 멀리에
때 알아, 배먹은 새댁의 앞치마 두르듯
연기가 산빛 응달 가장자리에 초가를 덮을 때
또 내려가곤 했던 그 산길은
내 키에 몇 자는 넉넉히도 더 자란
솔숲에 나 있었다.
　　　　　─「산에 가서」(1965. 서울신문 신춘문예 당선작) 전문

　이 시는 그의 등단작인데, 초창기 자연의 모습을 가늠케 한다. 시를 이끄는 주요 화소는 '오르다/내려가다'와 같은 행위 동작어인 바, '오르다'의 보어는 '산'이고, '내려가다'는 '사람 동네'이다. 이때 '산'은 분명하게 인간과 대립되는 상방 공간이 되는 데 반해, 인간은 하방 공간이 된다. 이 시의 경험으로 보아 화자는 산 위의 '하늘 구름'에 온통 마음이 쏠려 있었던 것으로 보인다. 산은 높은 만큼 세계에 대한 조망이 가능한 공간이다. 그런데 시인은 나이 '스물이 넘어' 오른다. 스물의 나이는 새로운 세계에 대한 인식과 욕망이 넘쳐나는, 그래서 일종의 입사식(入社式)의 단계로 유추된다. 입사식에 따른 인식과 욕망은 '산'이라는 상방 공간과 '하늘 구름'이라는 상방 공간의 운동성으로 나타나지 않았을까. 그런데 이미 그 오래 전부터 그러한 징후는 조짐을 보이고 있다. '이 길가 산풀에 취한 내 어린 미소의 보조개'가 그 징후적 증거인데, 산에 와서 '산풀에 취'하고 이내 번지는 '내 어린 미소의 보조개'는 산이 지닌

공간적 의미를 분명하게 한다. 새로운 세계에 대한 파우스트적 관심이 승한 청년기 시인의 내면 풍경이 아닐 수 없다. 아무튼 그는 '오르다'와 '내리다'의 중간에 처해 있었지만, 하산도 거부감 없이 자연스럽게 이루어진다. 이유는 '배먹은 새댁의 앞치마 두르듯/연기가 산빛 응달 가장자리에 초가를 덮'는 결코 폐기할 수 없는 인간의 풍경 때문이다. 여기서 그는 삶과 자연의 경계에 대한 어떤 철학을 얻어낸 것 같다. 가령, 「두난리」에서

> 그래서 나는 (산중에서) 내려오고 (시골장에서)올라오는 난리 중간에 자리 잡은 우리집이 좋아서 꿈에서도 무엇이든 중요한 건 중간에 놓고 볼 일이라는 생각을 했습니다.
>
> ※(   ) 안은 필자 주

와 같은 구절은 조화와 중용의 미덕 혹은 자연과 인간(세계)에 대한 형평의 논리를 표명한 것이다. 물론 이 미덕 혹은 논리는 이후 강희근 시를 이루는 중추가 된다. 이처럼 초기의 자연은 고향과 다른 새로운 세계에 대한 욕망의 기호로 나타났던 것으로 판독되는데, 하지만 고향을 깨는 그런 과격성을 띤 것은 아니었다. 그러나 언제든지 자연이, 혹은 고향이 정상 궤도를 이탈한 가능성은 잔존해 있었던 것이다.

연재시에서 자연(산)은 '모성'(「덕유산 휴게소에서」)의 모습으로, 혹은 '창세기의 지질紙質은 낡고 헤졌으나/ 바닥 바닥 생명의 팔랑개비'(「늪 읽기」) 도는 원초적 생명의 세계인 '창세기'적 공간(늪)으로 나타나기도 한다. 또한 자연은 불변의 항상성(恒常性)과 겹치면서 고향이 갖는 생명의 원시성과 지속성을 드러내기도 하는데, 다음 시가 그런 경우이다.

> 운명처럼 강은 제가 고를 수 있는

것 노래밖에 없다
(…)
바람이 와 소꿉놀이하는 것도
이 시골내기 수줍은 강과는 관계가 없고
도깨비를
솔거가 그린 솔처럼 벼랑에 붙어
사는 전설도
배먹어 보지 못한 새댁 같은 강에게는
많이 무겁다
— 「엄천강 풍경」에서

엄천강은 시인의 고향 마을을 휘돌아 흐르는 강 이름이다. 강의 운명은 '노래밖에 없다'고 했다. 강이 부르는 노래는 소리내며 흘러가는 흐름이니, 그 노래, 그 흐름은 아주 오랜 전부터 아주 오랜 뒤까지 강물이 바닥을 드러내고 마르지 않는 한 지속될 것이다. 물은 고향을 형성하는 물질적 상상력으로 인간의 무의식을 지배한다. 그리고 물(고향)은 여성성이다. 위에 언급한 「늪 읽기」도 그렇지만, 이 시의 강 역시 숫기 없는 '수줍은 강'이며, '새댁 같은 강' 같은 여성성이다. 혹은 「바다, 한 시간 쯤」에서, '바다는 이제 꿈을 깨고 나오는 병아리'와 '그냥 아무렇지도 않은 겨울나기의 손등이 튼/애인의 젖두덩 젖어오는 가슴이리라'로 바다를 시화한 것도 자연(바다)을 여성성으로 인식한 경우이다. 강희근은 심지어 산마저 여성성으로 인식하는데, 가령 다음의 경우이다.

모성과 같은 산수리취 고사리 취나물…
— 「덕유산 휴게소에서」

한번은 어머니가 보퉁이에 산중을 싸갖고 와 부려놓는 난리였고
(…) 개미초 미역초 두릅 취나물 구무니남루 개발딱주 더덕 자불쑥

— 「두 난리」

이러한 무의식은 자연 곧 고향이 생명의 근원이며 원시적 순연의 공간임을 입증하는 것이다. 이 엄천강은 '시골내기', 혹은 '배먹어 보지 못한' 등의 구절로 보아 아예 도시 근대화의 세례는 조금치도 받지 않은 채로 남아 있다. 더욱이 현대인이 가볍게 일소에 부치고 마는 도깨비 전설도 새댁 같은 엄천강은 '무겁'게 받아들이는 순진한 믿음을 보이지 않는가. 그런데 이 「엄천강 풍경」은 고향 회귀를 위한 단순한 회고가 아니다. 현대의 병폐를 치유할 수 있는 기제로서 발견된 세계로 기능하는 듯하다. 「산에 가서」의 '산'에서 발견한 새로운 세계 인식을 시인은 지금 고향의 엄천강에서 발견하는 듯한데 아이러니적 발견이 아닐 수 없다. 고장난 제어장치로 질주하고, 시도 때도 없이 가볍게 변하고 팽개치고 코드에 따라 패를 가르고 하는 이 세태에 대해 시인은 엄천강과 덕천강의 '느림의 미학'(「편지글」)을 용맹정진의 화두로 던진다.

이런 무게 있는 자연이 무게 있는 역사 담론을 수행하기에는 꼭 안성맞춤이다.

<blockquote>
역사의 물굽이가 밀물에 엎히기 시작하면
엎혔다가 흔들리기 시작하면
안으로 흐르는 통곡 비로소 들리는 것을
사람아, 안으로 살아 죽지 못하는 소리들
비로소 들리는 것을, 피는 것을…
</blockquote>

— 「억새꽃 바다」에서

산굼부리 아래 광활한 바다처럼 핀 억새꽃을 보고 시인은 '이는 꽃피는 것이 아니다, 집단의 표정인 시위'라고 규정하고 '넓어서 닿지 못하는 설움'과 '닿을 수 없는 열망'이라고 판독한다. 나아가 '역사의 물굽이'에 따른 '통곡'으로 사유를 확장한다. 억새꽃은 무엇이며, 억새꽃의 설움과 열망, 통곡은 또 무엇일까. 집단이고 다수라고 했으니, 억새꽃은 민중일 개연성이 높으며, 따라서 억새꽃의 설움과 열망, 통곡의 디테일은 분리에 대한 설움과 통합의 열망, 그에 대한 절망일 것이다. 따라서 '안으로 살아 죽지 못하는 소리', 그것은 바로 억새꽃의 비애이자 한이 된다. 비단 억새꽃만이 아니다. 이 역할 수행을 위해 '거림골 단풍'도 동참 대기 중이다. '전쟁 때 죽은 사람들의 피, 피 중에서 소리치고 싶은 것들'은 '뻘 겅빛깔'(「거림골 단풍」)이 되어 우는 단풍이 '한'의 프로젝트 출연을 대기하고 있는 것이다. 억새꽃이나 단풍과 같은 미시적 세계를 통한 역사 지향의 거대 담론을 이끌어내고 있는 시편들이다.

국토의 남단 제주도 산굼부리에 억새꽃이 핀다면, 국토의 북쪽 끝 백두산 천지에는 두엄꽃이 핀다. (두엄꽃은 도대체 어떤 꽃일까. 식물학사전을 뒤져봐도 없는 꽃인데, 참, 시인들은 세상에 없는 식물도 만들어내는 신통방통한 재주를 가졌다. 그러므로 경배한다.) '세월 바라보면 두엄이 보인다/천지(天池) 바라보면 두엄꽃이 보인다'(「산굼부리」)고 했는데, 이 두엄꽃은 이순갑 시인의 시에서는 '절망이 쟁여지면/두엄이다/두엄에 눈물 섞으면/희거나 붉은/두엄꽃 핀다/동이(東夷)의 피가 돌면/봉두난발 일어서는/만세가'(「두엄꽃」) 되는 그런 통일의 절망과 열망을 담고 있는 꽃이다. 없는 꽃을 만듦은 무에서 유를 창조하는 것인데, 통일도 그렇게 간주하고 본 것일까. 절망이 쟁여지고 눈물이 섞여 그것이 두엄이 되면 언젠가는 두엄꽃이 피고 봉두난발 일어서는 만세가 울리리라. 그런 믿음이면 종내 '두엄꽃'은 어김없이 피어나리라. 통일에 대한 비원의 눈물은 다음 시에서 절정을 이룬다. 「거림골」 단풍에서 분열의 피를 묻혔던 단풍은 이 시에 와서는 눈물겨운 통합의 단풍으로 실현되고 있다.

가을엔 천지가 하나로 단풍이다
올 가을
하나가 될 것들만 단풍으로 들여보내고 싶다

눈물을 짜내고도 언제나 눈물인 겨레
단풍으로 들여보내고 싶다

들어가서도 눈물인지 아닌지
첫날밤 문구멍으로 들여다보듯이
들여다보고 싶다

— 「올 가을」 전문

4.

　다음에는 일상의 풍경에 대한 담론으로 들어가 보자. 인간은 철저히 일상의 실타래에 묶여 있다. 일상의 일과는 사람마다 편차는 있겠지만, 아침에 일어나 밥 먹고 출근하고, 사람들과 만나 이야기 나누고, 책 읽고, 잠자는 것들에서 크게 벗어나지 않는다. 그러다가 쉬는 날이면 신앙 생활하고, 연극, 음악, 영화 등의 문화 생활 누리고, 그러다가 하루 가고 이틀 가고 아주 익숙했던 풍경들이 하루아침에 사라지는 것 보면서 나이 먹어 늙는다. 이 모든 것들은 우리네 일상을 칭칭 동여매고 있는 일종의 끈이고 실이다. 일상은 사소하고 범상한 반복이기 때문에 피로는 거듭 쌓이고, 사람들로 하여금 비일상으로의 일탈의 꿈을 꾸게 한다. 그러나 이 일상의 끈을 끊는 순간 우리의 존재는 사라지게 되어 있다. 다만 적당히 감고 풀고 하는 요령 행위만이 우리의 존재를 지속하게 해 준다. 그러니 일상은 버릴 수 없는 애물단지가 아니라, 같이 뒹굴고 더불어 껴안고 가야할 사랑의 대상일 수밖에 없다.

　이런 우연한 조합 같은 일상을 지적 투시를 통해 잘 들여다보면, 그
속에는 삶의 정교한 문법과 잠언들이 오롯이 은폐되어 있음을 발견할 수
있다. 강희근은 이것을 유적 발굴하듯이 질 좋은 잠언의 프리즘으로 풀
어내고 있는 것이다. 그의 참신한 잠언들은 삶을 덮고 있는 누추한 흙더
미를 털어내고 빛살의 의미를 보내고 있다.

　　1) 퇴근은 실타래 실풀기이다

— 「퇴근길」

　　2) 사람은 냄새 한 통 만들어 지니고
　　　풀 풀 풀어내면서 다닌다

— 「냄새 한 통」

　　3) 책 한 권은 한 마지기 논이다

— 「책」

　　4) 허리가 말이고/ 허리가 풍경이다

— 「노자와 함께」

　　5) 이동하는 것은 다 유배다

— 「이동하는 것은」

　　6) 나는 실풀어내는 고치
　　　수십 수백 수천의 실 풀어내는

— 「실풀기」

　　7) 나이는 허무가 아니다 연줄이다

— 「나이」

얼핏 손에 잡히는 대로 골라본 잠언 담론들인데, 사유의 깊이가 손끝에 닿는 순간 감전을 일으킨다. 1)의 시는 하루의 일과를 직장에서 보내고 집으로 돌아가는 도정을 그려낸 작품인데, 일상에 파묻혀 있는 자신의 상황을 실에 묶여 있었던 것으로 간주하고 퇴근을 실타래 실풀기로 본 것은 아주 독특한 발상이 아닐 수 없다. 하루의 일상을 충실히 이행한 이만이 실풀기를 노래할 수 있지 않을까.

2)에서는 사람에게는 각기 자기 냄새가 있다는 것이다. '자갈밭에서 수명을 다하는' 냄새가 있는가 하면, '꽃대 같은데 앉아서 꽃 하나 피워내'는 냄새도 있다. 어떤 냄새로, 어디에서 자리를 틀고 풍기며 살아야 할까, 그에 대한 진지한 성찰과 반성적 사유를 촉구하는 메시지를 담고 있다.

3)에서 책 한 권이 한 마지기 논이라는 그의 말에 전적으로 동의한다. 그리고 '책은 책꽂이에서는 묵정논'이라는 그의 다른 규정에도 동의한다. 혹 책을 묵정논으로 썩히고 있지는 않은가, 각기 주변을 살펴볼 일이다.

4)는 해독의 어려움을 지닌 잠언이 아닐 수 없는데, 노자는 '도를 도라고 했을 때, 이미 도는 없다'는 논지의 전언을 보낸 바가 있지 않은가. 虛張聲勢, 巧言令色 등은 노자의 입장에서 본다면 '죽은 말'이겠다. 시인은 '노자와 함께 허리로 말하'고자 한다. 허리는 '부드러움/ 아니면 무위(無爲)'이기 때문이다. 날카롭게 각진 모(方)이거나 억지가 아니라, 부드러움과 무위가 말이고 풍경이 되어야 한다는 뜻이다. 허리가 말이 되고 풍경이 되는 말과 풍경은 어떤 풍경일까.

5)는 대단한 아포리즘이다. '이동하는 것은 다 유배'란다. 하늘에서 지상으로 내리는 비도, 하나가 이동하여 다른 하나가 되는 이별도, 바다에가 깊숙이 몸을 섞는 강물도 다 이동하는 것이니 유배이다. 유배는 무엇인가. 지금 이곳을 지키지 못하고 흔들리며 떠나야 하는 고통이다. 과연

우리는 지켜야 할 것 제대로 지키며 살고 있기나 한가. 흔들려서는 안
될 정체성마저 혹 고뇌 없이 뭉개고 있지나 않은가. 유배의 고통은 다
이동에서 나온다.

6)은 강희근의 시론에 해당하는 아포리즘이다. 사람은 풀어낸 자신의
실로써 세계의 무수한 타자와 관계를 맺으며 살아간다. 이 타자는 비단
인간만이 아니다. 자연도, 사물도, 관념도 타자의 범주에 들어있다. 그
중 시인은 '사람에게 가는 실'이 제일 많으며, 또한 '잘 끊기지 않는다'
고 생각한다. 물론 '산책길로 가는 게 제일 질기'다고 하면서도 그렇게
말한다. 그것은 인간에 대한 사랑이 가장 높음을 말하는 것이다.

7)은 시인의 원숙한 연륜을 예단케 하는 잠언이다. 나이 드는 게 허무
가 아니라, 팽팽한 긴장의 연줄이란다. 사뭇 체중이 확 풀리는 듯한 후련
한 느낌인데, 필자도 세상일에 무력감과 허무를 느끼는 나이에 접어들었
기 때문일까. 나이를 먹는다는 것은 소망이 줄어 들어가는 단계인데, 난
데없이 이렇게 충격 요법을 써서 뒤집는다. '우리의 소망 푸른 하늘로 띄
워 올리는/세월 버티는 줄이다'고 말이다. 이 시는 좀더 전면적으로 살펴
볼 필요가 있다.

> 나이는 늙음이 아니다 연줄이다
> 하늘 가까이 다가가는 길이 밝고
> 가늘지만
> 발밑에 멀어지는 것들은 이슬뿐
> 반짝거리는 것들은 모두 아름다운 것이 아니다
>
> 아 연자새에서 줄이 풀려 나간다
> 팽팽하다
> 바람과 새 이리 저리 날아다니며 아는 척
> 해오지만
> 연줄은 한 번도 풀이 죽지 않았다

길가는 사람을 잡고 물어 봐도 나이는 늙음이다. 그런데 그는 나이는 늙음이 아니란다. 뻔한 상식 논리를 전적으로 부정하고, 언필칭 나이는 연줄이고 '하늘 가까이 가는 길'이란다. 말장난이거나 궤변이 아니다. 천상병이 죽음을 하늘로 돌아가는 것이라고 했으니, 강희근의 '나이'는 연줄이 되어 '하늘 가까이 가는 것'이다. 그러니 '발밑에 떨어지는 것들은 이슬'이 될 밖에, 또 그러니 허무로 추락하는 것은 나이가 아니라 오히려 투명한 듯 이내 사라지는 '이슬'이 될 밖에. 잠시 반짝거리는 것들이 아름다운 것이 될 턱이 있겠는가. (그러면 진정 아름다운 것은 뭐냐는 필자의 가상 질문에 대해 강희근은 박우담 시인이 쓴 「수중 발레리나」에 대한 화답시인 「선덕여왕, 박경리, 그리고 우담」이라는 시를 전범으로 내놓는다. 거지에게 장신구 금팔찌를 풀어준 선덕여왕, 자신을 스토커하던 또 개에게 앵무새란 이름을 지어주고 또 시까지 써준 박경리, 그리고 진주 중앙시장에서 좌판을 끌며 장사하던 하반신 장애인에게 시를 써 준 박우담 같은 이들의 행위가 오랜 동안 진정한 아름다움이 됨을 강조한다. 그들의 행위 앞에서는 밤하늘의 별들도 기가 팍 죽어 반짝이 버튼을 눌러 별빛을 끈다고 하지 않는가. 감동의 예민한 성감대를 자극하여 온 이 감동의 오르가즘! 사람이 별보다, 꽃보다 아름다울 수 있는 이유이다.) 뒤집기에 아주 능한 강희근 특단의 아포리즘이 아닐 수 없다. 아, 그러니 나이가 든다는 것은 탄력이 떨어지는 것이 아니라, 삶과의 긴장에서 오히려 더 '팽팽하다'. 그러므로 '바람과 새'에게서도 '풀이 죽'는 일은 없을 것이다. '나이는 연줄'이라는, 이미 수년 전에 갑(甲)을 돈 시인의 이 당당한 자기 선언은 비장하면서도 아름답다.

나이에 대한 이런 당당한 '연줄論'을 가지고 조선 음식의 오랜 역사성을 지닌 간장, 된장론을 거론함은 아주 자연스럽다. 자신의 영혼에서 나온 '나의 시와 산문'이 '나와 남이 만드는 생활 속으로 들어'가는 것이 이내 한국인의 입맛을 돋우는 간장과 된장이 된다는 「된장論」은 민중의 정서와 세계관과 유리되지 않고, 일상적 삶의 아름다운 문법을 찾아 '핏줄같이 한 뜻으로' 가겠다는 향후 자신의 창작론의 향방을 드러낸다. 향후 나타날 그의 일상에 대한 직관과 사유의 깊이는 또 얼마나 깊이를 더해 만남을 충동질할까.

5.

이제 마지막으로 기억의 현상학이 만드는 담론으로 들어가자. 성 오거스틴의 말대로 '기억의 힘은 위대하다.' 그러나 기억이 단순하게 과거를 되살려내어 그 과거를 미화하는 데에만 전력을 탕진한다면, 그 기억은 과거와 더불어 타락과 추문화의 길을 걷게 되고 말 것이다. 그러나 자아와 세계의 긴장 속에서 적절한 거리 조정을 통해 어떤 역할을 하게 된다면, 그 기억은 과거와 더불어 재생산의 방식으로 의미화될 것임에 틀림없다. 살아온 과거의 집적이 현재를 규정하는 것이고, 나아가 미래까지 연결된다는 층위에서 보면 기억은 좀더 현재, 미래와 생산적인 관계를 맺을 필요가 있다.

강희근의 기억은 대상에 대한 그리움의 기억이다. 그의 그리움은 '그리움에서 나서 그리움에 가 죽'지만 '그리움에서 다시' 태어나는 영생불사의 그리움이다. 모르긴 해도 그가 시를 쓰는 한, 이 그리움의 기억은 '닳은 신발소리를 내'면서 달려오고 있을 '닳지 않는 기억'(「남문산역에서」)이 될 것임은 자명한 이치이다. 따라서 그의 기억의 지층에는 언제 어디서건 불러낼 수 있는 다양한 추억의 풍경들이 옹기종기 살을 맞대고 살고 있다.

연대기적 기억의 순번상 가장 먼저 불려나오는 기억은 시인이 어린 나이에 경험했던 전쟁의 공포에 대한 기억이다. 그의 말대로 '오십 번을 울'(「거림골 단풍」)었지만, 아직도 '그 여름이 오면' 공포의 기억인 '학질(이) 돌아다니'는 것이다. 그런데 아이러니하게도 '학질'과 함께 '접시꽃 부읽게' 피는 '꽃기별 한 접시'의 기억도 온다고 한다. 한 곳에 집중하지 않는 유년 특유의 천진성 때문일까. 아닐 것이다. 학질로 붉그스름하게 된 모습을 붉은 접시꽃과 동시에 배치함으로써 전쟁의 공포를 더욱 가중시키는 것일 게다. 따라서 학질/꽃의 대응적 배치는 비극적 구도이다. 따라서 그의 유년의 기억 혹은 추억은 유년기의 행복보다는 오히려 고통의 뿌리에 닿아 있다. 「철봉대」에서 시인은 '어느 학년짜리 철봉대에도 내 추억은/없다'고 선언하면서 '추억이 없는 추억'을 노래한다. '턱걸이 두서너 개로 만들어지는 추억'이기 때문에 '좌절이거나 무능'을 느꼈을 법도 하다. 그 나이로서는 개연성 있는 타당한 고통이다. 그러나 이 시의 핵심은 이 고통의 드러냄에 있지 않고, 시의 후반부에 나오는 '추억이 없는 내 키높이 철봉대 바라보고/추억이 없는 추억 달래어/노래 부르게 해 볼까'에 있다. 곧 '추억(고통)의 달램'이다. 그 추억을 달래는 데 성공하면, 그 여세를 몰아 '내 이웃 친구 어머니의 부황 뜬 얼굴빛'과 '고물로 돌아나는 케케한 군내'와 '보리고개 같은 허기'(「거리빵」)와 같은 고통의 달램에도 성공하게 된다. 그 성공에 대한 인센티브로 '추억보다 신나는 노래'(「철봉대」)와, '거리빵'이 부상으로 주어지는 것이다.

여든 네 살
어머니의 기억은 일생이 없다
첫째가 꼴찌되고

꼴찌가 첫째되는 반전의 드라마나 위기
절정이 없다
첫째가 첫째로서 인생을 마치는 언어
몇분짜리 일막에 스크린이 끊기는
스크린이 돌자마자
새로운 줄거리 시작되는
시작되다가 끝나는 어머니의 기억 풍경

— 「기억 풍경」에서

아직도 시인의 어머니는 살아 계신가. 이 시는 어머니에 대한 기억이
아니라, 어머니의 기억 풍경에 대한 시이다. 어머니의 기억에는 왜 일생
이 없다고 한 것일까. 사람의 일생에는 '반전의 드라마나 위기/절정'이
있기 마련인데, 그것이 없다는 것에서 일생이 없는 것이다. 그러나 그럴
턱이 있는가. '여든 네 살'의 파란만장에 어찌 '반전과 위기, 절정'과 같
은 생의 굽이와 굴곡이 없겠는가. 시적 진술에 따르면, 그 이유는 첫째,
'몇분짜리 일막에 스크린이 끊기는/스크린이 돌자마자/새로운 줄거리 시
작되는/시작되다가 끝나는 어머니의 기억'에 문제가 있다. 둘째, '풍경이
풍경을 지우고/풍경은 언제나 낯'선 방식으로 기억을 풀어내는 어머니의
담화술 때문이다. 그러나 어머니의 사랑의 문법은 얼마나 위대한가.

큰 것이 작은 걸 물어뜯거나
진리가 비진리를 내리치거나
옳은 게 옳지 않은 걸 보따리로 덮는
그 시간이 허락되지 않는 완벽한 민주주의
아니면 완결의 아나키즘

— 「기억 풍경」에서

어머니의 문법에는 큰 것이 작은 것을 침해하고, 진리가 비진리를 모

욕하고, 옳은 것이 옳지 않은 것을 덮는 일이 없다. 그래서 '완벽한 민주주의'가 되는 것이고, 기왕의 이분법을 탈피, 그 경계를 허물어버리는 데에서 '완결의 아나키즘'이 되는 것이다. 어머니의 사랑 문법이 어디 이뿐이랴. 시인이 비웃을지 모르지만, '지상의 위대한 가이아, 완벽한 평등주의'를 하나 더 보탠다.

시인의 그리움은 '종지기 접시 같은 시만 돌아다니는/시대'에 대한 안타까움으로 둔탁한 울림을 던지는 작고(作故) 시인들을 향하기도 한다.

> 종지기 접시 같은 시만 돌아다니는
> 시대
> 청마의 '식목제'를 읽는다
>
> 대형 주발周鉢이다
> 굴러도 떨어져도 둔탁,
> 사랑방 큰 기침소리 붙들고 놓지 않는
> 둔탁이다
>
> 소리 끝
> 끄트머리
> 이제 막 달려와 숨가쁜 산맥들이 신발을 털고
> 산맥을 물살로 따라온 강물도 여기
> 다달아
> 바지 끝동 조용 조용히 턴다
>
> 아, 이 근방 사구沙丘에서
> 종지기 접시 같은 시들이 시를 읽을까
> 머리와 가슴으로 '식목제'를 읽을까
> ── 「청마의 '식목제'를 읽는다」 전문

사람이 만드는 말은 악성 '박테리아'가 되어 창궐하고, 또한 '몸뚱어리 가벼운 옷차림'으로 다니면서 명색은 자칭 '문화'를 이룬다.(「말」) 그리고 '느끼한 초전동 쓰레기' 같은 시를 쓰면서도 '반성을 반성하지 않는' 철면피 시인이 문학판을 네 활개를 치고 활보한다.(「반성」) 이런 젠장, 우리의 문화지대는 그야말로 '沙丘'판이다! 정녕, '찬물, 세수하고 있는가'(「실풀기」)라는 칼 같은 질문을 던져도 공산의 메아리가 되어 돌아오는 이런 너절하고 반성기 없는 세태에 '대형 주발' 같은 '둔탁'한 시를 쓰는 시인이 그리운 것이다. 벽초 홍명희(「생가」), 동기 이경순(「시인의 집에 갔을 때」), 미당 서정주(「참다가」), 박재삼(「공원에서」) 등의 시인들이 그들이다. 이들 시의 '둔탁한 소리' 앞에서 '숨가쁜 산맥들이 신발을 털고', 강물이 다달아 '바지 끝동 조용 조용히' 털 듯이 그렇게 모자를 벗고 경배를 올려야 마땅한 일인데, '대형 주발' 시인을 놓고 한 줌도 안 되는 '종지기 접시'들이 이러쿵저러쿵 입방아를 찧고 있는 이 불량기 있는 세태에 대해 시인은 '참다가 참다가' 결국 분노를 이기지 못하고 지상(紙上)을 통해 최후통첩을 발송하고 있다.

아, 내가 눈물로 있는 동안
아무도 나를 막대기 같은 걸로 건드리지 마라
세상 국화가 국화로 깨어있는 동안
아무도 가슴 한 바닥 입술로 물거나
건드리지 마라

— 「참다가」에서

세 치 혀로 시인을 건드리거나 막대기로 집적대지 말아야 한다. 지금 시인의 상태는 '눈물로 있'기 때문이다. '참다가' 언젠가 그의 눈물이 폭발하면 원인 제공과 그에 따른 책임 소재는 모두 '종지기 접시'에게 있

다. 그리움의 위력은 시효가 없다. 그리움의 촉수가 닿으면 시인의 '눈
물'은 언제든 즉각 효력 발동 중이니, 시인의 통첩에 동참하는 뜻으로
'종지기 접시'들의 접근을 일체 금지한다!

6.

　시인이든 누구든 나이가 들수록 열정과 긴장이 먼저 죽는다. 그러나
강희근 시인은 갑년을 한참 넘겼는데도 오히려 팽팽한 연줄을 달아 올리
고 있다. 대다수의 시인들은 인터넷 매체에 대한 적응력이 한참 떨어지
다 보니 사이버 문학은 아예 언감생심, 엄두도 내지 못하는 상황이다. 강
희근 시인의 발빠름은 바로 여기에서 나타나는데, 그 역시 인터넷 문화
에 그다지 익숙하지 않았던 인터넷 문맹이었던 점을 감안한다면, 사이버
공간을 통한 문학적 복음 전파는 고투의 결실이 아닐 수 없다. 그런 면
에서 보수주의 문학인들이 지금 뒷방으로 물러앉은 마당에 그의 메타시
시도는 신선한 충격이다. 배면엔 문학을 사수하려는 그의 눈물겨운 몸부
림이 실루엣으로 비쳐 보이기도 한다. 사실 문학의 주형화는 없는 것이
다. 시대가 변하면 삶의 방식도 따라 변하는 것이고, 삶의 방식의 문화적
기호인 문학예술 또한 부응해서 변천해 온 것이 아닌가. 다만 지금까지
의 변화가 점진적인 것이었다면, 지금부터는 그 변화가 지나치게 빠른
급물살을 타고 있다는 점이 다른 것인데, 그렇기 때문에 여차하고 방심
했다간 살아남을 수 없게 된다. 살아남는 것만이 모든 것이 아니다. 어떻
게 어떤 모습으로 살아남느냐가 문제이다. 누추하게 뒷방으로 물러나도
명맥은 유지하는 것이니 살아남는 것이 아니냐고 한다면 물론 아니다.
그것은 죽은 목숨이거나 살아있는 죽음일 뿐이다. '사랑방 큰 기침소리'

(「청마의 ‘식목제’를 읽는다」) 울리는 그런 당당하고 아름다운 모습으로 남아야 하지 않겠는가. 강희근의 시는 사랑방을 내주지 않으려는 사랑방 주인의 당당한 오만이 서린 기침소리들이다.

지금 시인은 아주 건강하다. 그의 그리움도 건강하고, 그의 슬픔과 눈물도 건강하다. 그의 자연도, 역사를 보는 눈도 건강하다. 아직은 건강에 별 탈이 없다. 앞으로도 물론 건강해야 한다. 건강해야 할 마땅한 이유가 있다. 금색빛 붓꽃의 사연들이 지금 ‘언제 호명하여 원고지 칸 안에 불러 들일지/발 동동거리며 기다’(「시인의 집에 갔을 때」)리고 있기 때문이다.

뜨거운 인두로 지져대는
- <김남호의 소시집> 산책

1.

  김남호는 엄청난 시적 변신을 감행했다. 포스트 시대의 논리가 낳은 산물인 포스트 시의 혐의가 역력한 시편이 최근 발표되었기 때문이다. 『현대시학』(2006. 6월호)에 소시집 형식으로 발표된 10편의 시를 보면 아주 단단하게 결심한 듯한 마음의 일단을 훔쳐볼 수 있다. 따분한 서정시로는 포스트 시대를 감당해내지 못하리라는 불안감 때문이었을까, 구체적 현실은 거세되는 대신 추상적 현실만이 전면화되어 정치한 독서가 아니고서는 메타적 사유는커녕 의미 해독조차 힘에 부치는 포스트 시가 매 편에 포진해 있다. 독자를 심하게 괴롭힐 것 같다.

  이 시편에 대한 즉각적인 반응은 同誌 7월호에 터져 나왔다. 평론가 오태호가 쓴 글인 「소통 불능의 <황당한 무의식> 풍경」이 그것인데, 이글에서 오태호의 확고한 지론은 대화성이다. 문학 작품이란 독자와의 대화를 통해 존재한다는 큰 전제를 걸고 김남호 시읽기를 시작했으나, 기대한 바의 원만한 대화 관계를 형성하지 못해 시종 괴롭고 불편한 시읽기로 마감된 듯하다. 황당한 무의식의 시, 정신병 환자의 말, 소통 단절 등 좀 심하다 싶을 정도의 과민하고 가혹한 검열을 거쳐 최종적으로 "김남호의 시는 아직 시가 아니다."고 잠정 결론을 내리고 있다. 이 글을 읽으면서 문득 전대미문의 「烏瞰圖」(『조선중앙일보』1934.7.24─8.8)를 연재하다가 독자들의 비난과 항의를 받고 연재 중단이라는 파문을 일으켰던 이상의 뜨악한 표정과, 연재 중단을 선언하면서 내뱉은 작가의 말이 생각난다. "왜 미쳤다고들 그러는지 대체 우리는 남보다 數十年씩 떨어져도 마음놓고 지낼 作定이냐." 그렇게 말한 '이상'이 지금 살아 돌아온다 해도 '소통 가능 문학'으로 완전 복권이 되리라고 장담하기 어렵다. 그는 여전히 몰이해의 <소통 불능> 대상 0순위로 거론되고 있기 때문이다. 이런 마당에 김남호 운운은 재언(再言)이 불필(不必)한 사안이니 유탄으로부터 다치지 않게 괄호를 친다.

다시, 오태호의 진단은 소통이 되지 않는다는 것이다. 부언하자면 <시인 자신만의 말>만 지껄이고 있다는 것이다. 이상 역시 그랬다. 심지어는 미쳤다고들 했다. 김남호 시의 화자 또한 정신병 환자라는 불의의 치명타를 맞았다. 오태호의 다소 공격적인 글을 보면서 특정 문학 경향에 대한 편협성이 작용하고 있지 않나, 나아가 그렇게 공격적인 것은 또 하나의 억압이 아닌가, 김현은 문학은 억압하지 않는 것이라고 했는데, 문학 형식 또한 억압되지 않는 것이 아닌가. 김남호의 시를 문학적 출구의 다양한 가능성의 하나로 받아들일 수 있어야 하지 않겠는가. 옹호도 아니고 변호도 아니다. 다만 세계를 관찰하는 방식으로서의 문학적 숨통을 좀 과감하게, 다채롭게 틔워 놓자는 차원에서 하는 말이다. 여차하면 지져대는 뜨거운 인두로 무장한 김남호 시의 지형도가 버거운 무게로 다가서지만, 그의 시의 낯선 풍경에 대한 고통과 행복의 이중적 자리에 서서 산만한 산책을 시작해 본다.

2.

한때 서정시로서 세계와 회감하기도 하고 들쑤셔대기도 했던 시인이 표변한 데에는 내막이 있을 법도 한데, 개인적인 이유에서건 문학적인 이유에서건 하루아침에 이런 인식 변화가 생겨난 것은 아닌 듯하다.

> 사막에도 피는 꽃이 있었다
> 그들은 거기가 사막인 줄 몰랐거나
> 자신이 꽃인 줄 모르는 것들이었다
> 그래서 사막의 꽃들은 지는 법을 배우지 못했다
> 꽃이 지지 않는 사막의 낚시질은 지루했다
>
> ―「끝이 휘어진 기억」 부분

시인의 내부에 지루했던 사막의 기억이 있었다. 그래서 그 기억은 '끝이 휘어진 기억'이다. 땅이 죽으면 사막이 되는데, 사막에는 괴괴한 죽음만이 살기 마련, 그런데 이 세상의 하데스인 사막에도 꽃이 핀다는 사실, 게다가 그 꽃은 지는 법을 배우지 못해 지지 않는 현상은 놀라운 모순이 아닐 수 없다. 분명 그 세계는 악몽의 세계일 것이다. 시인은 '거기가 사막인 줄 몰랐거나/ 자신이 꽃인 줄 모르는 것', 이 둘 중의 하나 때문일 것이라고 해몽하지만, 어느 쪽이든 가당치 않다. 당대의 황당한 현실에 대한 알레고리로, 환유로 읽힌다. 시인은 이 땅의 현실에서 죽음, 혹은 죽음의 징후를 읽어내고 있다. 사막화를 확대하고 있는 이 세계는, 그래서 '괴물'이나 진배없다. 이 괴물의 세계에 대한 대항세력으로는 서정시는 곤란하다는 생각, 따라서 괴물의 시로 무장하고 직접 사막으로 뛰어들어 사막을 폭로하겠다는 그런 테러리스트적인 저의가 바닥에 깔려 있는 것으로 보인다. 질 들뢰즈식의 유목주의(nomadism)가 실현되는 것 같은 느낌인데, 유목주의는 한 곳에 머무르지 않는 삶의 흐름대로 기존의 굳어진 가치와 삶의 방식을 맹종하지 않는다. 오히려 척박한 불모지를 찾아다니며 그곳에 들어가 변환시키고는 빠져 나오는, 이른바 '끊임없는 탈주의 영구 혁명'이 바로 유목적 삶이다.

이 유목주의를 성공적으로 이끌기 위해서는 형식적 방법의 과감한 혁명이 먼저 이루어져야 하는 것이 전제이다. 그러다 보니 시인 자신에게도 낯선 형식이었을 해체 전략으로, 인과성 배제, 언어에 대한 테러, 죽음, 환상 혹은 황당, 엽기, 개인적 은어(隱語) 등의 키워드를 앞세우고 자신을 해체했을 것이다. 아도르노의 표현대로라면, 스스로 파괴 그 자체가 되거나 파괴의 징후가 되어 굳어진 관념의 우상을 파괴하려 들었다고 하겠다.

벌레 먹은 사과 한 개 떨어진다
이제 온전히 벌레의 것이다
누구에게도 사과할 필요는 없다
버러지 같은 놈들이 지구를 돌리고 있다

식육점 주인은 죽은 돼지의
불알과 쓸개를 나란히 내걸어 놓고
불알 없는 쓸개와 쓸개 없는 불알의
대차대조표를 만들고 있다

지구를 한 바퀴 다 돌리려면 아직도
삼겹살 열두 판은 더 구워야 한다

뭉텅뭉텅 썩은 사과를 낳은 여학생들이
산부인과에서 쏟아져 나온다
산후에는 돼지족발 같은 게 좋대요!

돼지족 같은 게 자꾸 치마 밑으로 발을 밀어 넣고 있어요
치마 밑으로 풋사과 떨어지는 소리가 난다
뉴튼은 오늘도
저놈의 풋사과 때문에 잠들지 못한다
지구가 사과나무 아래서 오리걸음으로 돌고 있다
— 「뉴튼에게 경의를 표함」 전문

이 시는 세 개의 텍스트로 구성되어 있다. 뉴튼, 살바도르 달리의 조각품인 「뉴튼에게 경의를 표함」, 그리고 이들을 원텍스트로 한 김남호의 시, 이렇게 모두 셋이다. 말하자면 이 시는 시적 효과를 배가하기 위한 방법적 전략으로 다른 텍스트를 동원한 것이다. 포스트모더니즘의 대표 아이콘인 패러디는 창조의 신화가 사라진 <포스트 시대>의 문화 현상, 곧 베껴서 새롭게 만드는 후기산업사회의 재생산 방식에 맞서 대응하는 적의한 방식이라고 할 수 있다. 그런데 대개의 패러디는 같은 장르의 선행 텍스트를 빌려와서 비판적 거리를 형성하거나, 자기 반영을 꾀하는 것이 일반이지만, 다른 예술 장르와의 교유를 갖기도 한다. 이 시는 예술의 다른 형식인 조각품에서 빌려온 것으로 일반의 경우보다 자유와 개방의 폭을 한층 넓혀내고 있다. 이 사실은 시인이 문학의 헤게모니를 과감하게 버리고, 조각, 만화, 미술 등의 예술 장르와 상호텍스트적인 관계를 맺어 세계를 읽어내겠다는 진지한 의지의 표명이다.

패러디의 요체는 대화에 있다. 현안에 대해 대화를 나누면서 같이 고민해 보자는 심리가 내부의 밑바닥에 깔려 있다. 이때 두 대화자는 타자가 아니다. ‘나’로서의 ‘너’이며, ‘너’로서의 ‘나’가 된다. 따라서 서로는 서로의 분신으로 공동 현안에 대해 힘 있는 화살이 되어 과녁을 향해 힘차게 날아가 꽂힐 수 있게 되는 것이다. 이른바 독자 노선의 해체이자 공동 전선의 구축이다. 이런 논리적 거점을 기반으로 한 패러디는 김춘

수, 황지우, 이성복 이후 일군의 작가들이 잉용하면서 꽤 쏠쏠한 재미를 보았던 문학적 <전략>이다. 혹 벌써 써먹었던 것이어서 신선도가 떨어져 자칫 에피고넨의 운명으로 떨어지게 될 우려가 전혀 없지도 않다. 짜장 김남호 문학 자산을 증식해 줄 상장 주식이 될지, 아니면 김남호 문학의 부담이 될지는 전적으로 그의 용병술에 달린 문제이다.

이 세 개의 텍스트를 관통하는 개념은 '사과'이다. 뉴튼의 과학적 담론으로서의 사과, 사과를 들고 선 뉴튼을 조각한 달리의 조각상, 그리고 김남호의 시에서의 사과이다. 김남호가 빌려온 것은 '사과'와 조각상의 제목이지만, 우리는 뉴튼의 사과와 달리의 작품에 대한 스키마를 고려해 달라는 시인의 암묵적 요청을 알고 있다. 뉴튼의 사과와 달리의 작품은 김남호의 이 시에 어떻게 스며들고 있는 것일까. 장담할 수는 없으나, 그 차용물이 지속적으로 갖는 <현재적 의미>의 작용이리라. 이 시에서 뉴튼의 사과는 붉게 잘 익은, 온전한 세계의 담론이다. 그런데 이 담론의 세계는 심하게 훼손되어 있다. 벌레가 먹고, 썩고, 채 여물지도 않은 채 떨어지는 풋사과로 추문화되어 전락한다. 뉴튼의 손을 벗어난 사과는 '버러지 같은 놈들'의 수중에 떨어졌다. 그 담론 훼손은 달리의 조각상에서도 재연된다. 달리의 조각에서 뉴튼은 공허하게 다가온다. 얼굴과 가슴이 뻥 뚫린, 지워진 뉴튼의 조각상은 달랑 손에 든 사과만 각인되어 남는다. 그래 놓고 갖다 붙인 제명은 '뉴튼에 대한 경의를 표함'이지만, '경의의 표함'이 아니라 '모독의 표함'으로 읽혀진다. (달리의 조각상에 대한 이상한 독서이다.) 인력의 법칙을 발견한 것은 뉴튼의 머리이며 가슴인데, 그것을 지워버렸다는 것은 '뉴튼 지우기'라고 할 밖에. 뉴튼이 지워지면 뉴튼의 사과는 '벌레 먹은 사과'로 타락하고 추문화된다. 이 시에서 빌려오기의 용처는 여기까지이다. 그 나머지는 순전히 김남호의 메타적 상상력에 의해 움직이고 있다.

뉴튼의 사과를 꼭지점으로 해서 두 텍스트의 공유 지점이 되고 있는 '현재의 의미'는 무엇인가. '버러지 같은 놈들이 지구를 돌리고 있'는 이 세계의 위악적 포즈이다. 식육점 주인은 '버러지 같은 놈'의 대명사격이고, 대차대조표는 그 버러지 인간의 뚜렷한 물증 격이다. 지구의 운행 법칙에 관한 뉴튼의 사유는 그 본질을 잃고 기껏 '삼겹살 열두 판'과 동격으로 처리되면서 천박한 욕망과 뒤섞이고 만다. 이 썩은 현실은 4연의 '뭉텅뭉텅 썩은 사과를 낳은 여학생들'에 이르면 언어도단에 이른다. 뉴튼이 '벌레 먹은, 썩은 풋사과'가 연신 떨어져 내리는 이런 꼴을 보고 편안히 잠드는 게 이상한 일일 게다. 그렇다. 썩은 사과로 인해 벌레가 들끓고 악취가 진동하는 지구는 버러지들에 의해 무단 접수되었다. 그 결과, 순식간에 힘이 빠져 창백해진 지구는 '사과나무 아래서 오리걸음으로 돌고 있는' 망측한 모습으로 치욕을 당하고 있는 것이다. 우리 시대의 칙칙한 풍경이며 음화이다.

「다다익선」도 전위예술가인 백남준의 작품 「다다익선」(1988년 作)에서 제목을 빌려온 시이다. 백남준의 작품은 10월 3일 개천절을 기념하기 위해 1003개의 TV 모니터를 다슬기 모양의 건축 형식으로 만든 예술품이다. 매스커뮤니케이션의 구성 원리를 은유적으로 표현한 것이라고 하지만, 현대사회의 소통 구조의 방식, 그러니까 통일성, 총체성이 없는 시대의 삶의 압축도가 아닌가 생각된다.

이 시는 각기 채널 번호처럼 보이는 숫자를 매겨 시의 연을 구획하고 있다. 오태호는 <인과성을 철저하게 배제한 채 무의식의 언어로 형상화된 시>라고 했지만, 그것은 시청자가 자신의 기호 채널을 선택한 데에서 귀결된 자연스러운 현상이다. 지상파방송 외 케이블방송은 손가락이 모자랄 정도가 개국 숫자가 많다. 쇼핑몰, 코미디, 무협영화, 종교, 낚시, 바둑 등등, 이 방송 채널 간에는 최소한의 인과성도 없다. 채널 고유의 정보를 제공하기 위해 다른 채널과 공조하는 일은 없다. 독자 노선이 뚜렷할수록, 그러니까 인과성이 배제될수록 케이블 방송은 성공하게 되어 있다. 성공의 바로미터는 물론 기업 이윤이다. 달라야 된다는 것은 같지 않아야 된다는 것이다. 비슷하거나 같으면 무조건 살아남기 힘들게 되어 있다. 차이가 아니라 차별되는 것, 그것이 후기산업사회의 모습이다.

5개의 모니터를 통해 도대체 현실인지 가상인지가 구분되지 않는 상황을 제시한다. 그리고는 '백남준의 <다다익선>입니다/ 어느 비디오의 체위를 원하십니까?'고 뜬금없이 묻고 있다. 이 질문을 통해서 1-5까지는 '비디오의 체위', 곧 다양한 수신 채널임이 판명된다. 따라서 이 시의 각 연은 인과성과는 철저히 거리를 두고 있다. 오로지 '비디오의 체위' 만큼이나 다양한 수신 채널을 자신의 기호에 따라 선택해서 기호를 충족시키면 되는 것이다. 다음 장면은 '비디오 체위' 중의 하나이다.

> 모래시계의 태엽을 감자
> 다시 앵무새가 뻐꾸기처럼 운다

초현실의 세계로 보이는 듯한 장면인데, 인간 사회의 허망함과 무의미함을 환기하는 모래시계의 태엽을 감자, 앵무새는 뻐꾸기처럼 운다. 모래시계에 태엽이 있다고? 이것이 비현실(가상)이면, 다음 구절 또한 비현실(가상)이다. 앵무새는 앵무새로 울어야 하는데, 뻐꾸기처럼 운다? 제 목소리를 빼앗긴 시대, 개체적 동일성이 파괴되는 현실, 그래서 이 시대는 허망하고 허위적이며 황당하다.

이렇게 전자매체는 인간세계의 파편화를 보여준다. 어디에도 하나로 모이게 하는 동일한 접점은 존재하지 않는다. 자기만의 기호 세계 안에서 각기 따로 놀면 된다. 그것이 현대인의 삶의 진정성이다. 따로 노는 마당에 대화적 관계가 있을 리 없다. 이 시 또한 대화의 부재 현상을 드러낸다. 그것은 이 시의 각 연이 서로 다른 목소리를 내고 있는 데에서 극화된다. 1에서 5까지의 장면들은 각기 독립적이고 불연속이다. 일관성이 없는 불연속적 장면들을 모자이크식으로 처리한 것이 이 시의 형식이 던지는 메시지이다.

「죽은 고양이 사용설명서」는 사이먼 본드의 풍자 카툰집을 모델로 하여 재생산한 시이다. 물론 이 카툰집과 김남호의 시는 제목만 같을 뿐, 전혀 다른 내용을 다루고 있다. 패러디시의 생명인 반복과 차이를 충실히 이행하고 있는 셈이다. 따라서 김남호는 원텍스트의 해독자이면서 동시에 패러디 텍스트의 새로운 약호자가 되어 원전과는 다른 미적 가치를 지닌 텍스트를 생산해내고 있다.

스포츠 용품으로 쓴다

고양이를 잘 뭉쳐서 투포환 대용으로 쓰고 꼬리를 잡고 테니스 라켓으로 쓰고 고양이 썰매로 만들고 수영할 때 구명조끼로 아령으로 역기로 야구 배트로 권투글러브로 보올링 공으로 건강한 신체에 위험한 정신 고양이가 도망가고 쥐가 무서워서 도망가고 이건 도망이 아냐 조깅이라구 고양이는 조깅처럼 도망가고 쓰레기통 뒤로 도망가고 쥐가 안 쫓아오는데도 도망가고

— 「죽은 고양이 사용설명서」 부분

현실적으로 아주 새디스틱한 일이 벌어지고 있다. 현대 사회의 엽기적 풍경을 음산하게, 혹은 엽기에 편승해서 더욱 엽기적으로 그려낸다. "고통스러운 세계를 부정할 수 있는 것은 고통스러운 세계를 통해서이다."고 한 김현 어법을 빌려와서 말하자면, 황당한 엽기적 세계를 부정할 수 있는 것은 황당한 엽기적 세계를 통해서이다. 이 시는 그런 방식으로 '참여하고 그리고는 치고 빠져 나오기'라는 포스트 시의 역할을 빈틈없이 수

행한다.

한때는 봄의 전령에 진력했던 고양이(이장희의 「봄은 고양이로다」) 가 사이먼 본드와 김남호에게 와서는 죽은 뒤의 재활용품으로 사용되고 있다. 죽음도 재활용되는 엽기의 시대, 죽음이 영면(永眠)이라는 말은 적어도 여기에 와서는 해체되어 죽은 말이다. 고양이는 투포환, 테니스 라켓, 아령, 역기, 권투 글러브, 보올링 공 등의 스포츠 용품으로 재활용되어 '건강한 신체'에 기여하고 있다. <건강한 신체에 건강한 정신>이라는 고전적(?) 구호를 이 시는 전혀 고려하고 있지 않다. '건강한 신체'를 위해 죽어서도 시신을 기증한(?) 고양이지만, '위험한 정신'만이 도사리고 있다. 고양이가 도대체 쥐가 무서워서 도망가는 판인데, '도망'을 인정하지 않고 '조깅이라구'하면서 되레 너스레를 뜬다. '고양이'로 환유되는 <모든 정신>들이 이렇게 뒤집힌 채 돌아간다. 바야흐로 '건강한 신체에 위험한 정신'의 위기적 실상이다. 인용 구절에 이어지는 '또는 거꾸로 눕혀서 토스트 접시로 쓴다'고 할 지경이면 시인이 어떤 끔찍한 상황으로 독자를 유인하려 들지 아연해진다.

이렇게 김남호는 사이먼 본드와 반복된, 그러나 다른 대화를 나누고 있다. 뒤틀린 현대사회에 대한 동일한 인식을 기반으로, 본드와는 다른 관점과 방식, 내용의 현실을 이야기하고 있다. "신이 창조한 것 중에 끈의 노예로 만들 수 없는 것이 딱 한 가지 있다. 그것은 고양이다."(마크 트웨인)라고 했지만, 죽은 고양이마저 자본주의적 욕망의 '노예'로 만든 상황, 그 죽음마저도 겁탈해서 상업적으로 재활용하는 이 무섭고 '위험한 정신'의 행태에 대해 경고음을 발신하고 있다.

이런 엽기와 병치되고 있는 문화 현상은 '플래시 몹' 현상이다. 플래시 몹은 이메일이나 휴대폰을 통해 불특정 다수의 군중들에게 전자 메시지를 보내서 황당한 행동을 하게 하는 행위를 일컫는다.

> 1
> 한 컵의 물로 세수를 하고
> 한 컵의 물로 뒷물을 하고
> 한 컵의 물로 뱃놀이를 할 것
>
> 그러나 낚시질은 하지 말 것
>
> 임신한 개를 몰고 나와
> 노란 중앙분리선 위에서 하얗게 흘레를
> 붙일 것
>
> 신음소리는
> 반 컵 이상 흘리지 말 것
>
> 불자동차보다 빨리 사다리를 오르고
> 사다리보다 빨리 지퍼를 내리고
> 지퍼보다 빨리 부활할 것
>
> 적당할 때 죽을 것
>
> ―「플래시 몹·4」 부분

제목의 전언대로 비현실의 황당한 해프닝이 벌어지고 있다. 타성적인 일상의 풍경은 전면 해체되고 추상적 현실만이 전면화되어 있다. 이 시의 의미 단락은 3개로, 1,2연, 3,4연, 5,6연이 서로 묶이면서 병치된다. 이에 대한 화자의 반응은 '바람이 분다/ 죽어야겠다//(중략)// 바람이 불지 않는다/ 그러면,/더 빨리 죽어야겠다'고 죽음에 대한 결연한 의지를 표명한다. 이 부분은 폴 발레리의 시 <해변의 묘지>의 한 구절인 '바람이 분다/ 살아봐야겠다'를 변형시킨 것으로 짐작되는데, 우연의 일치인지 시인이 의식하고 썼는지는 확인하기 어려우나, 발레리의 바람은 인간 삶에 활력을 불어넣는 요소로 생동하는 삶, 곧 끈질긴 생명력을 환기하는데, 김남호는 '살아봐야겠다'가 아니고 '죽어야겠다'고 죽음을 벼르고 있다. 원전을 뒤집어 놓고 있어 독자의 기대지평을 철저히 위반하고 있다.

이 위반과 전복은 어디에서 연유되었는가. 위 따옴 부분에서 그 단서를 수색할 수밖에 없다. 그러나 각 의미 단락간의 거리가 워낙 넓어 연결 고리를 발견하기란 여간 고역이 아니다. 이런 특징 하나가 눈에 들어온다. 각 의미단락의 앞부분은 뒷부분에 의해 부정된다는 것이다. 그러니까 앞부분이 '~할 것'이라는 어법이면, 뒷부분은 갑작스런 반전이 일어나 '~말 것, 죽을 것'과 같은 부정의 어법으로 넘어간다. 어조는 간명하고 단호하다. 그리고 각 의미단락은 상식과 정상에 대한 전복이 과잉과 과장을 통해 생생하게 그려진다. 가령, 한 컵의 물로 세수와 뒷물과 뱃놀이를 하고, 임신한 개를 몰고 나와 흘레를 붙이며, 오로지 3번의 '빨리'를 중심으로 조여지는 풍경 등은 일반 상식과 정상적 사고에 뒤통수를 치며 철저히 이반하고 있는 것이다. 이 지점까지가 이해의 끝이다. 약호자와 해독자 간의 원만한 합의가 어려울 것이라는 전망이다. 개인적 은어(隱語)의 도저한 형태라고나 할까. 시인은 자신이 쓴 詩話에서, 자신의 시를 '고문'으로 명명한다. 이런 시대를 살아가는 것이 고문이라는 뜻이리라. 고민하지 않고 살아가는 것은 허용되어 있지 않다. 그 고민은 그래서 고문이다. 김남호의 시를 읽는 일은 아주 고통스러운 고문이다. 읽는

자가 고문이라고 느꼈을 때, 그것을 쓴 시인은 얼마나 고문이었을까. 김남호는 이 세계를 살아가는 고민과 고문을 시쓰기와 시읽기의 고문으로 치환하여, 자신이 겪는 고문을 독자들에게도 물려서 고통의 공유를 꾀하려는 의도를 지니고 있는 것 같다. 우리 모두 입을 모아 '죽어야겠다'를 합창해야 할 것 같다. 아주 고약한 해체 전략이다.

또 하나의 「플래시 몹·1」에는 <콩나물 기르기>라는 부제가 붙어있다. 부제의 역할은 큰 제목을 보완하는 데 있는데, 우리가 알기로 콩나물은 시루에 넣어 물을 주어 기르는 것이고, 양이 엄청 많고, 길이의 차이 말고는 생긴 모양이 분간할 수 없을 정도로 거의 같다. 이런 선지식을 가지고 보면 큰 제목과 환유적 연관성, 곧 '불특정 다수'라는 동일 조건이 발견된다. 동일성을 찾을 수 없고 파편화되어 있다는 점이 그것이다. 동일성에 대한 과감한 해체이다.

> 바둑이는 머리에 커다란 점이 있어서 철수이고
> 거북이는 그림을 잘 그려서 영희이고
> 기린은 자주 아파서 민호이다
>
> 큰흰줄표범나비는 달려도 넘어지지 않으니 구름이고
> 소나무는 말뚝을 먹고 있으니 염소이고
> 까치는 입천장에 별이 떴으므로 기러기다
>
> 피노키오는 아비를 죽이고 노래를 부르니 세르게이 부브카이고
> 돈키호테는 낚시 바늘을 물고 물로 뛰어드니 광개토대왕이고
> 9는 머리에 커다란 구멍이 있으니 철수가 아니다
>
> ―「플래시 몹·1」 전문

이 시에서 시어 하나하나의 내적 의미는 전혀 무의미하다. 따라서 내

적 연관성이 있을 리 없다. 바둑이가 철수가 되는 것은 '머리에 커다란 점'이라는 환유적 접점이 있기는 하나, 그것에 머리를 싸매고 연결 접점을 찾으려 덤비는 것은 헛된 일이고, 역시 시인이 노리는 것도 그게 아닐 것이다.

1연의 경우, 자연(바둑이, 거북이, 기린)이 인간으로, 2연에서는 자연이 자연으로, 3연에서는 인간이 인간으로 동일시된다. 그러니 9는 철수가 될 수 없다. 따라서 이들은 특별한 의미를 수행하기 위해 선택된 것이 아니라 개성이나 자율성이 실종된 채 존재하는 인간 군상, 혹은 세계의 모습을 드러내는 방편으로 자의적으로 선택되었을 것이다. 그림을 잘 그린다는 조건에서 거북이가 영희와 동일시되는 것과 동시에 유사성에 기초한 동일성의 시학은 여지없이 파괴되고 만다. 상징이 아닌, 변별성으로서의 기호인 언어로만 존재할 뿐이며. 언어란 규정될 수도, 확정될 수 없다는 인식이 깔려 있다. 그리고 인간과 세계의 깊이 없음, 말하자면 인간은 사고하고 사색하고 심오한 사상과 질서를 가진 특징적 존재라는 '깊이'를 상실하고 있다. 단지 '머리의 커다란 점'과 같은 변별적 특징 하나만 있으면, 철수가 되고 마는 것이다. 이런 논리는 끝까지 적용되고 있다. 따라서 본질적 차이는 없다. 현상적 차이만 존재할 뿐이다.

오태호는 <그래서 어떻다는 말인가>라고 질문하고 있다. 그 물음은 황당하기 짝이 없다는 심중의 표현인데, 김남호의 뜻은 황당하게 돌아가고 있는 포스트 시대의 담론을 황당한 그대로 들려주겠다는 것이다. 흔히 대화의 룰은 논리를 통해 이루어지기도 하지만, 비논리적일 수도 있다. 상대방이 답답한 상황을 말할 경우, 그 속에는 이미 논리가 결여되어 있다고 보아야 한다. 물론 듣는이가 한없이 답답하겠지만 그냥 들어달라는 뜻이다. 이때에는 <그래서?>라는 논리로 치면서 말문을 봉쇄할 것이 아니라, 조용히(마음에 들지 않겠지만) 들어줄 때 비로소 대화가 성립되는 것이다. 지금 김남호와 대화를 나누고 있는 누구든 곤혹스럽기는 마찬가지다. 하지만 이미 김남호의 시와 친교를 가진 이상, 그와 계속 대화를 나누어야 한다.

> 지각 있으신 분들이
> 저렇게 세발자전거를 타시고 기찻길에서 과속을 하시면
> 과속으로 간이역에 붙잡히셔서 소풍을 끝내시는 날까지
> 지각하시면
>
> 아시겠지만, 소풍은
>
> 동풍이 되기도 하고, 서풍이 되기고 하고, 삭풍이 되기도 하고,
> 일진광풍이 되기도 하고, 미풍에 장풍이 되기도 하는데, 야! 나는
> 권총에 맞고 싶은데 너는 장풍만 쏘면 어떡해, 제가 쏜 장풍에 춘
> 향 아씨가 타고 계신 그네는 북쪽에서 남쪽으로 쏠아지시는데,
>
> 춘풍 맞으신 와사풍이 춘향 아씨 쪽으로 쏠려 가시는데,
> 대추나무에 박히신 도끼자루가 아직도 부들부들 떠시는데,
> 콘돔을 엄지발가락에 끼우시고 풍단을 하시는데,
> ― 「그러게 말씀입니다」 부분

계속해서 확정된 언어 세계와 인식의 권위가 전복되고 있는 현실이다. 지각(知覺)에서 지각(遲刻)으로, 소풍이 동풍에서 시작하여 춘풍을 거쳐 장풍, 와사풍으로 한 마당 질펀한 말장난을 벌이며 놀다가 종내는 '위험한 정신'의 '풍단'(열병으로서의 風丹? 화투의 풍단?)으로 급전직하 추락하고 만다. '아시겠지만, 소풍은'이라고 하면 독자는 시인이 천상병의 '소풍'에 대해 말을 거는 것으로 착각한다. (독자 희롱에다가 모독이다.) 그러나 계기적 독서가 다음 연으로 진행되면서 독자는 시인이 자신들의 기

대지평을 위반했음을 지각하게 된다. 의뭉스럽게 김남호는 뻔히 그것을 알고 있으면서 독자들의 '소풍'을 철저히 해체해 버린다. '소풍 끝내는 날'은 하늘의 부름에 따라 돌아가는 죽음의 그 날이다. 그런 엄숙한 풍경의 소풍이 위 따옴 부분에서 철저히 도마 위에 올려져 난도질되면서 물리적 시간의 축적 속에 구축된 그 절대적 사유의 세계는 급격하게 흔들리면서 와해되고 해체된다. 삶과 죽음을 긍정적으로 투시한 인식론이 천상병의 형이상학이라면, 김남호는 그것에 대한 반작용으로 외람된 철거 작업을 감행하여 한 줌 먼지처럼 가볍게 날려 버린다. 정전의 '아름다운 이 세상 소풍 끝내는 날'은 이 시의 마지막에서 결국 '지긋지긋한 소풍'이 되고, 그 소풍 끝냈다고 쉽게 돌아가시지도 않는다고 끝까지 전복의 끈을 놓치지 않는다. 낡은 구조물을 철거, 폐허로 만들고 그 위에 새로운 용도의 구조물을 건축하려는, 해체와 구축의 이중성에서 오는 쾌감을 김남호는 즐기는 듯하다.

> 피임약을 달랬는데 손거울을 준다
> 이 약방은 아직도 개기일식 중이다
>
> 쌍화탕과 십전대보탕과 용봉탕과 보신탕 사이

벗나무였는데 사과꽃이 핀다 사과꽃 그늘을 **무심히 지나친다** 사과꽃이 피었는데 석류꽃이 진다 석류꽃 사이를 **무심히 지나친다** 석류꽃이 졌는데 뱀딸기가 열린다 뱀과 딸기 사이를 **무심히 지나친다** 뱀이 찢어진 콘돔을 빠져나와 돌 틈 새로 사라진다 **무심히**

> 윈도우를 닫는다
> — 「사이, 봄날」 전문

'피임약을 달랬는데 손거울을 준다'니, 말귀 어두운 사오정도 아니고, 이거, 의사소통체계에 심각한 분열이 일어나고 있는 게 아닌가. 그 분열의 배후는 '개기일식'으로 암유되고 있다. 그것은 '사이', 곧 두 언어의 분열된 틈새이다. 그 틈새는 2연의 '사이'로 발전하고, 따라서 3연의 봄의 신호 체계도 혼선이 일어, 엉망이다. 벚나무에는 벚꽃이 피어야 하는데 엉뚱하게 사과꽃이 피고, 그 이후도 마찬가지다. 그래서 그 '사이'를 '무심히 지나친다'. 아무래도 화자의 언어감각과 시각에 문제가 발생한 것 같다. 언어에 대한 혼란에 이어 봄 풍경에 대한 몽환적 착시가 나타난 것이다. 언어가 분열을 일으키면, 언어를 기호로 하는 사물 또한 분열되는 것이고, 나아가 자연 또한 분열을 피할 수 없다. 이 시에서 인간과 인간의 분열은 언어의 혼란에서 나타나고, 인간과 세계 혹은 자연 또한 현격한 분열이 발생했으니, '윈도우를 닫는' 화자의 행위에서 그 분열은 극점에 달한다. 뱀딸기는 뱀딸기로 쓰이는 것이지 뱀과 딸기로 분리되어서는 안 된다. 이것은 언어가 사회적 합의 아래 성립되는 것임을 알려준다. 그런데 그 합의를 깬 화자의 자의로 인해 뱀과 딸기는 분리되고 언어 기호 체계는 전반적으로 부정되고 만다. 언어는 이렇게 위반되었다. 그러나 그 '사이'에서 화자는 한없이 자유 무애하다. 위반하기 전에 걸리는 게 있는 것이지, 위반하고 난 뒤는 걸리는 게 없는 법이다. 그래서 화자는 계속 '무심히 지나친다'. 걸리는 게 없으니 각주를 주렁주렁 달고 있는 시까지 자유 무애하게 내놓는다.

> 내가 입술을 둥글게
> 총구처럼 내밀었을 때
> 너는 총구를 둥글게
> 입술처럼 내밀었지
> ─「한 발의 총성과 네 개의 각주」 부분

이 시는 위 따옴 부분에 대한 4개의 각주를 달고 있는 논문형태의 시이다. 각주가 4개인 것은 4개의 다른 주석을 달았다는 뜻이다. 각주란 본문의 내용을 충실하게 뒷받침하거나 보완하는 논리적 방식이다. 따라서 각주는 본문에 해당되는 위 따옴 부분의 입술과 총구의 관계를 인지 형태로 친절하게 서술해야 마땅하다. 그러나 전혀 친절하지 않다. 이 각주란 것이 맹랑하게 돌아다니고 있는 것이다. 본문에 대한 조력자의 역할을 수행하기는커녕 '날 잡아봐라'하며 발 빠르게 달아나고 있는 식이다. (발 빠르게 달아나는 놈을 잡으려니 머리에 쥐가 난다.) 머리를 쥐어뜯은 결과, 주1, 2는 이렇게 주석을 달아본다. <칼과 총만이 사람을 죽이는 시대가 아니다. 입술이 총구가 되는 세상, '쇠가 아니라도 녹이 스는 것'처럼 말이다. 그렇다. 흉기는 칼이나 총만이 아니다. 말이 흉기가 되어 사람을 죽이는 것이다. 그 말은 녹이 슬기도 하지만, 그 말이 남긴 아픔의 여진은 그대로 지속된다.> 언어에는 음험한 권력 혹은 폭력, 광기가 도사리고 있는데, 그것은 충분히 폭력적이어서 사람의 정신을 죽이기도 한다. 따라서 김남호는 언어를 전복시켜 언어의 폭력성을 방기하고 폭로한다. (이 즈음해서 복화술로 시인의 웃음소리가 들린다. 어디서 그 따위 주석을 달고 있느냐, 메타적으로 놀아도 제대로 놀아야지 하는 식의 웃음소리인 것 같은데, 모르겠다. 배 째라.)

그런데 문제는 주3과 4에 있다. 흡사 무당의 방언 같기도 한 이 언어들은 불규칙적으로 아주 심하게 돌아다니고 있어, 손에 닿을 만하면 순식간에 꼬리를 사리고 빠져나간다. 시인이 이렇게 사족을 단 적이 있다. "나의 시는 남들이 알아들어도 안 되고, 남들이 못 알아들어도 안 된다."(『시인의 詩話』) 이 언술에서 위안을 얻는다. 못 알아들어도 안 된다고 했지만, 알아들어도 안 된다고 했기 때문에, 알아차리지 못 하고 있는 것에 대해 시인은 면죄부를 주고 있는 것이다.

　　네가 녹슨 총이라고 하자 나는 녹슬지 않은 총알이라고 하자 네
가 과녁이라고 하자 나는 과녁 앞을 막 지나가는 한 마리 똥파리라
고 하자 똥을 고향으로 둔, 똥에서 온, 편지 끝마다 'from 똥'이라
고 쓰는 수구초심의 똥파리라고 하자 너는 똥구멍이라고 하자 나는
다만 열려버린 괄약근 앞에서 깔깔깔 웃고 있는 어떤 틀니의 산화
와 환원에 대해서 말하고 싶었을 뿐이라고 하자
— 「한 발의 총성과 네 개의 각주」 주3

　　주1,2에 대한 언급에서 나는 언어에는 일단의 폭력과 광기가 도사리고 있다고 했다. 그리고는 그것의 폭력을 폭로한다고 했다. 그런데 주3에 와서는 역으로 그 폭력을 이용하여 해체의 대상에 폭력을 가한다. 포스트 시는 폭력으로써 폭력을 제거하는 이런 모순의 형태를 통해 목적을 달성하는 괴물이다. 따옴 부분에서 '너'와 '나'는 서로 겉돌면서 대립을 지속한다. 녹슨 총/녹슬지 않은 총알, 과녁/똥파리, 똥구멍/(깔깔깔 웃고 있는) 틀니 등의 대응 화소들은 대립·병치된다. 각각의 두 화소들은 어떠한 합의점도 기대할 수 없다. 다만 전자('너')는 녹슨 총-과녁-똥구멍으로 연결되면서 효용성이 저하되고('녹슨 총'), 겨냥해서 괴멸시켜야 하고('과녁'), 나의 조소('깔깔깔')를 받는 대상('똥구멍')으로 희화화되는 데 반해, 후자('나')는 여전히 효용 가치가 생생('녹슬지 않은 총알')하고, 대상을 겨냥해서 희롱하고 조소하는('똥파리', '틀니') 존재로 나타난다. 말하자면 전자를 해체, 말소 처리하는 방향으로 성립되는 의미소를 추출해 볼 수 있다. 이런 해독이 가능하다면 주4도 실마리가 보인다. 죽임/죽어버림, 죽음/부활, 오발/불발의 관계가 도출되는 것이다. 따라서 무슨 무당의 방언 같았던 각주는 무책임하게 돌아다닌 것이 아니라, 본문을 보좌하는 역할을 충실히 이행하고 있는 것으로 판명된다.

4.

    따라서 이 세계는 우선 카운셀러가 필요하다. 「카운셀러」에서 이 세계는 '서서히 균열이 가는' 세계이다. 세계의 구조는 애시당초 '균열'이 있다. 아이에서 어른으로 성장하면 그에 따라 아이도 '균열'이 가게 되어 있다. 균열의 이 세계에서 그래도 믿음의 환상과 신화를 보유하고 있었던 대상은 '아이'였는데, 이런!, 이 아이마저 '하품'을 해대고 있는 나른하고, 늙은이처럼 활기가 빠져버린 권태로운 존재로 나타난다. 게다가 아이의 입에서는 귀뚜라미가 튀어나오고, 화자는 개미 한 마리까지 마신다. 곤충과 인간의 이 기괴한 동거는 무엇을 환기하는 것일까. 하룻밤 자고 일어나니 커다란 벌레가 되어 있었다는 그레고르 잠자(카프카의 「변신」)가 되지 않은 것은 천만다행이지만, 심상찮은 문제를 안고 있는 동거 현상이다. 곤충은 인간 내면의 한 구석에 도사린 어둠의 무의식이다. 인간 소외라는 실존 문제일 수도 있고, 거대한 세계를 의식한 자아 위축감일 수도 있으리라. 곤충의 실존은 내면에 도사린 현실로서, 인간의 불안이고 균열이며, 부정적 세계 속의 인간 조건을 환기한다. 이런 균열과 불안의 내면 현실에서 이것을 극복할 만한 다른 전망은 폐색되어 있는 것일까.

>   서서히 균열이 가는 그 아이의 흰자위에서 언뜻 미시시피 강이 보였으나 굳이 말해주지는 않는다 언젠가 그 아이 스스로 강을 볼 수 있는 날이 있을 것이다
>
>   물론 그때는 지독한 건기 아니면 우기여서 강과 가로등이 구분되지 않겠지만, 그렇다고 미리 흔들의자를 내어놓을 필요는 없으리라
> — 「카운셀러」 부분

미시시피 강이 보인다는 진술은 촉촉한 세계의 전망으로 보이는데, 그

러나 그것마저 '언뜻' 보였으므로 그리 호락호락하지는 않을 것 같은 예감이다. 여기서 언어에 대한 사시적(斜視的) 경험 하나를 고백해야겠다. 시니피앙에 대한 착란인데, 희한하게도 내 언어 감각은 '미시시피'라는 시니피앙에서 '부시시, 혹은 피시시'를 연상, 그것들에 집착하는 경험을 가졌다. (시인도 언어 놀이를 통해 재미를 톡톡히 보았으니, 이런 사시적인 나를 이해해야 한다. 안 좋은 추억을 끄집어내서 미안하지만, 그도 한때「고추잠자리를 위한 오디세이」에서 극심한 사시로 인해 무지 방황을 하지 않았던가.) 매무새가 단정하지 못한 상태가 '부시시'한 것이고, 아주 싱겁고 힘없이 꺼지는 상태가 '피시시'한 것인데, 그렇게 되면 '미시시피강' 역시 흐트러지고 어수선하며 힘없이 꺼지는 듯한 세계를 연상하게 해서, 뒷맛이 영 별로이다. 게다가 '지독한 건기 아니면 우기'와 같은, 세계의 무의미를 조장할 불길한 이상 징후마저 예상되고 있어 떨떠름하다. 그래서 그의 카운셀러는 늘 이렇게 지루하게 끝난다. '이번에는 내가 그 아이 입으로 두꺼비를 넣어줄 차례다'. 상담자이든 피상담자이든 누가 누구를 상담할 위치에 있지도 않고, 모두가 상담이 필요한 존재들이며, 그러나 상담해 봐야 무위하다. 귀뚜라미가 튀어나오는 아이나, 개미를 먹는 '나'나 분열의 징후가 미만해 있으며, '위험한 정신'의 소유자들이다. 정상이 아닌 것이 정상이며, 비뚤어지게 선 것이 바르게 선 것이 되는 우리 세계의 뒤틀린 실재이다.

그런 의미에서 죽음은 사유할 만한 가치가 있는 대안적 실천이다. 모든 허위적이고 무의미한 장치를 제거하는 한편, 그것을 넘어설 수 있는 방편으로 죽음/죽임만한 약발이 없기 때문이다. 비단 그것에만 그치는 것은 아니다. 상징으로서의 죽음 제의는 선험적으로 정해진 어떤 단계를 반드시 거치는 것이고, 또 그 거친다는 것은 극복의 방식이거나 아니면 좌절의 형식이거나 간에 그 단계를 넘어선다는 묵계가 있다. 따라서 죽음은 이전 세계와의 결별이면서 새로운 세계로의 창조적 나아감이라는 변증법적 형식이라고 볼 수 있다. 분열과 균열의 이 뒤틀린 세계를 뒤엎을 수 있는 창조적 모색으로서 죽음은 사유의 가치가 있는 것이다.

> 가능하면 먼 쪽 산허리부터 더듬어 오는 것이 좋다
> 이 건널목 신호등은 아무것도 지켜주지 않는다
> 길게 혀를 빼문 칸나가 철길을 따라 줄지어 서 있다
> 혓바닥에서 혓바닥으로 사뿐히 건너가는 나비떼—
> 새벽마다 외눈이지옥사촌나비를 한 움큼씩 뱉어내는 노인들
> 들숨과 날숨이 부딪칠 때마다 날개가 덜컹거린다
> 枕木에서 싹이 나려면 아직 멀었는데
> 목 맬 가지부터 찾는 것은 산림보호법에 걸릴까?
> 　　　　　　　　　　　　　　—「외눈이지옥사촌나비」 전문

세계의 무의미와 허무는 노인을 통해서일 때 가장 강력한 호소력이 있다. 이 시에서 노인은 삶의 지혜를 집적한 아름다운 선지자가 아니다. 아이 적부터 '서서히 균열이 가'(「카운셀러」)다가 노인이 되면 그 균열은 어느 정도가 될지 생각해 보자. 따라서 노인은 세계의 완벽한 균열을 의미한다. '들숨과 날숨이 부딪칠 때마다 날개가 덜컹거'릴 정도로 노인의 생명에는 균열이 생겨 있다. 따라서 노인은 이름도 음산한 '외눈이지옥사촌나비'와 함께 죽음이 노리는 최적의 먹이감이 되는 타자이다. '나' 속의 '또 다른 나'로서의 부정적 타자이기도 하고, 뒤틀린 사회의 타성적이고 건조한 타자이기도 하다. 해체 대상 서열 0순위이다. 그런 으스스한 살기 때문에 철길은 늘 검은 죽음의 그림자가 괴괴하게 숨어 있다. 물론 목숨 담보의 '건널목 신호등은 아무것도 지켜'줄 수 없다. 지켜 주어서도 안 된다. 죽음, 혹은 그것의 해체는 필연적이기 때문이다. 이런 독서 과정으로 보면 철길의 칸나-나비떼-노인들로 이어지는 파노라마적 이미지가

'목 맬 가지'로 연결됨은 시적 전개 과정상 아주 인과적이다. 그것은 자살목이 아닌가. 자살은 세계의 무의미를 부정하는 자신의 해체 행위이면서 세계의 무의미를 부수는 행위이다. 해체되기를 기다려 해체되는 것보다 스스로 해체되는 것이 더욱 폭발적이다. 그런 면에서 자살은 타살보다 폭발력이 강하다. 고로 죽음/죽임 이상의 강력한 해체는 없다.

> 註4
> 이것을 죽였는데 저것이 죽어버린
> 저것이 죽었는데 이것이 부활하는
> 오발이었는데 불발보다 치명적인
>
> ―「한 발의 총성과 네 개의 각주」 부분

　죽임의 대상인 이것/저것의 정체는 무엇일까. 시인은 일언반구도 암시를 주지 않는데, 죽이는 주체는 누구이며, 죽어야 하는 대상은 누구일까. 그가 선문답식이면 나 역시 선문답식으로 들이댈 밖에, 죽임의 주체는 화자일 것이며, 죽음의 대상은 <모든 죽어야 하는 가짜 우상들>일 것이다. 그러나 죽은 것은 이내 부활한다. 죽음은 부재이나 현존의 것이기도 하기 때문이다. 따라서 그 죽음은 언제나 부활할 수 있다. 악령적인 것은 더욱 그렇다. 그러니 절대 불발은 안 된다. 물론 오발은 불발보다는 치명적이긴 하나, 확실하게 사살해서 숨통을 끊어놓아야 하리라. 그래서 시인 김남호는 요즈음 살의가 번득인다. 눈에 불을 켜고 죽일 대상을 색출 중이다. 근사한 물건이 물려들어 전면 해체-구축되기를 바란다.

5.

　김남호 시의 문은 굳게 닫혀 있다. 그러나 그 문은 저절로 열리지는 않을 것이다. 그 문은 '뜨거운 인두'로 닫혔으니, 누군가의 <뜨거운 인두로 지져서> 열어야 한다. 그러나 얼마나 고온으로 뜨겁게 지져댄 것인지 고비가 첩첩이다. 무슨 억하심정으로 그는 이렇게 힘든 고비를 준비한 것일까. 강은교 시인은 오늘의 시들이 죽는 이유 중의 하나로 시가 주는 공간의 협소함과 지나치게 드러나 있음을 꼽고 있다. 시가 살기 위해서는 판에 박은 현실의 모든 것을 떠남으로써 자유에 이른다는 莊子式 예술 논리에 김남호 시의 이유가 있는 것이리라. 지배문학의 논리를 따르지 않고 소수의 문학을 위해 과감히 자신의 틀을 깨고 나온 그가 이카루스처럼 날다가 언젠가는 지중해 푸른 바다에 풍덩 빠져 죽을지 모른다. 혹은 평생을 질 들뢰즈의 유목민이 되어 유배의 길을 떠다닐지 모른다. 그리고 시간의 일상에 안주하다 보면 틀을 깬 그 틀에 자신이 도로 감금되는 경우가 있다. 어떠한 틀도 인정하지 않는 것이 해체의 룰이라는 사실을 김남호는 잘 알고 있고, 또한 (이게 악담이 될까), 이 해체의 룰을 따라 가다가 중도에 돌아오는 법도 없을 것 같다.

　시란 자신의 출생 비밀을 간파하고 자신의 알몸뚱이와 진한 경험을 한 이를 만나서야 비로소 시가 된다. 사랑 이전에는 모든 여인들이 음욕의 대상에 불과했듯이 말이다. '벌겋게 달아올라, 지질 것을 찾아 핏발 서는 인두'로서의 김남호의 시는 여전히 나에겐 캄캄한 '새벽(김남호식 표현으로 '새로운 벽')'이고, 그의 시의 뜨거운 알몸을 포옹해 보기는커녕 그의 시 의 밀림 속에서 내내 링반데룽 현상에 시달렸다. 그의 사유화된 사유와 언어를 따라잡지 못한 탓이다. 따라서 그의 시가 시가 되고 안 되고의 문제는 그에게 달린 것이 아니라, 그의 사유를 따라잡는 우리의 메타

적 사유 능력에 달려 있다. 원시인이 그린 소나 말 등의 동굴 벽화가 예
술로 인지된 것은 원시 고대인의 눈이 아니라, 그것이 예술임을 인지한
자에 의해서이지 않은가. 그러니 나 역시 오태호의 말에 전적으로 동의
한다. '김남호의 시는 아직 시가 아니다.'

3부

이효석의 「메밀꽃 필 무렵」 다시 읽기

1. 비평적 독서와 해석

문학 작품은 비밀스러운 괄호 속에 들어 있다. 괄호 속의 의미를 찾기 위해 독자는 독서 행위를 한다. 그리고 문학 작품은 독일의 문예학자 야우스의 견해대로 불확정성의 존재태이다. 이 말은 문학 작품은 작가의 손에서 이미 끝나 있는 확정적 존재가 아니라, 독자의 독서 행위에 의해서 그 의미가 채워지고 확정된다는 뜻이다. 독서 행위는 작가의 의도만을 찾는 데 있지 않다. 독자의 상상적 이해와 해석이 더해져 작품은 독서 지평을 확대하게 된다. 이른바 수동적 독서를 할 것이 아니라, 능동적, 창조적 독서를 해야 하는 것이다. 이를 위해 독자는 한 편의 작품을 꼼꼼하게 읽는 훈련을 해야 한다.

평론은 이러한 기저 위에서 시작된다. 많은 독서 행위가 이루어진 작품이라 하더라도 꼼꼼한 독법에 의해 미처 발견하지 못한 새로운 부분도 찾게 되고, 잘못 이해된 혹은 잘못 해석된 부분도 찾게 된다. 평론은 현미경과 망원경을 동시에 보유해야 할 수 있는 장르이다. 미세하게 천착할 것과 멀리서 조감해야 할 것을 구분하여 통합적 해석을 가해야 한다.

이를 비평적 독서라 한다.

이 글은 이효석의 「메밀꽃 필 무렵」을 텍스트로 하여 정밀한 독서 행위가 이루어지지 않아 해석이 누락되었거나 소홀히 처리되어 온 항목에 대한 비평적 독서를 통해 해석의 지평을 넓히는데 뜻이 있다.

2. 비평적 독서의 실제

이효석의 「메밀꽃 필 무렵」은 한국소설 문학사에 확고하게 자리매김된 작품이다. 현재 고등학교 교과서에 실려 향수되고 있을 정도로 폭넓은 독자층을 확보하고 있는 작품으로, 전문적 독자(문학연구가, 평론가 등)와 일반 독자들에게 많이 거론되어 왔다. 그런데 필자는 여기서 작품을 대하는 나쁜 태도를 하나 지적해야겠다. 그것은 바로 권위 있는 문학이론가나 평론가의 해석을 맹목적으로 추수·수용하는 태도이다. 문학 작품은 누구에게나 공평하게 열려 있다. 말하자면 작품 감상과 해석에 있어 어느 누구의 권위도 권위일 수 없으며, 따라서 비평적 권력을 행사할 수 없다는 것이다. 필자의 독서와 해석도 역시 이에서 자유로울 수 없음은 물론이다. 어쨌든 이 소설의 독서 주체는 필자인 만큼, 필자의 눈에 잡힌 의미망을 펼쳐 보기로 한다.

1) 제목과 '메밀꽃'

소설이나 시에서 제목은 얼굴이다. 그 얼굴은 그 사람의 모든 것을 드러낸다는 상징성을 갖는다. 그런 만큼 제목 「메밀꽃 필 무렵」은 주목을 요하며, 특히 메밀꽃은 이 작품의 주요 제재로서 인물, 사건, 배경 등의 구조를 유기적으로 연결하는 기능을 한다. 제목은 '~무렵'의 형태로 끝나 있다. 이 구문은 과거를 포함한 미래형의 시제 형태이다. 자연 그 다음에는 어떤 상황이 뒤따를 것임을 예비한다. 여기서 독자는 상상적 여운을 갖게 되고 사건의 추이에 대한 일말의 궁금증을 품는 것이다. 메밀꽃 필 무렵에 어떤 일이 일어났으며, 또 어떤 일이 일어난다는 것일까. 이 작품은 이 메밀꽃을 동심원으로 하여 어떤 사건이 일어났고, 일어나고, 일어나게 되는 것이다. 과거와 현재, 현재와 미래, 과거와 미래를 지속적으로 묶어 주는 기능적 매체가 바로 이 메밀꽃이 되는 것이다. 그러면 여기서 메밀꽃이 갖는 기호적 의미를 살펴보자. 이 작품에서 메밀꽃은 딱 두 장면에서 나타난다.

    ⅰ) 산허리는 온통 메밀밭이어서 피기 시작한 꽃이 소금을 뿌린 듯이 흐뭇한 달빛에 숨이 막힐 지경이다. 붉은 대궁이 향기같이 애잔하고 나귀들의 걸음도 시원하다. 길이 좁은 까닭에 세 사람은 나귀를 타고 외줄로 늘어섰다. 방울 소리가 시원스럽게 딸랑딸랑 메밀밭께로 흘러간다.

    ⅱ) 장 선 꼭 이런 날 밤이었네. 객주집 토방이란 무더워서 잠이 들어야지. 밤중은 돼서 혼자 일어나 개울가에 목욕하러 나갔지. 봉평은 지금이나 그제나 마찬가지나 보이는 곳마다 메밀밭이어서 개울가가 어디 없이 하얀 꽃이야. 돌밭에 벗어도 좋을 것 을, 달이 너무도 밝은 까닭에 옷을 벗으러 물방앗간으로 들어가지 않았나. 이상한 일도 많지. 거기서 난데없는 성서방네 처녀와 마주쳤단 말이네. 봉평서야 제일가는 일색이었지.

ⅰ)의 메밀꽃은 떠돌이(장돌뱅이)의 삶, ⅱ)의 메밀꽃은 인간의 아름다운 인연 맺기와 직결되어 있다. 그런데 주목을 요하는 것은 이 메밀꽃이 두 인용글의 시간적 배경인 '밤'의 시간대에 걸쳐있다는 사실이다. 대체로 밤은 낮의 시간대와는 대척지점에 놓이는데, 낮의 시간이 갖는 상황

과는 단절되면서 새로운 상황을 만들어낸다는 데 그 중요한 의미가 있
다. 허생원이 장돌뱅이라는 점을 감안한다면, 허생원의 '낮'은 열등한 자
의식과 고단한 현실을 표상한다. 따라서 밤은 낮과는 길항(拮抗)하면서
자기 세계를 회복하는 단계로 들어선다. 말하자면, 다음 장으로 가기 위
해서는 밤길을 걸어야 하는데, 그 길에서 만날 수 있는 메밀꽃이라는 사
실은 허생원의 삶을 상징하기도 하고, 메밀꽃을 만나는 그 지점이 바로
자연과 인간의 경계가 소멸되거나 무화되는, 이른바 정서적 융합이 이루
는 지점이라는 사실은 메밀꽃이 실상은 이중적 삶의 암시가 되고 있는
것이다.

먼저, 메밀꽃은 성처녀와 허생원이 정분을 맺었다는 인연을 간직한다.
메밀꽃이 꽃이라는 점을 감안하면, 꽃은 일반적으로 여성적 이미지 혹은
여성의 성적 이미지이다. '하얀'과 '애잔한 붉은 꽃대궁'으로 수식되는 메
밀꽃은 허생원의 머리 속에 깊게 각인된 성처녀의 이미지이다. 봉평장에
서 대화장까지 가는 길에 흐드러지게 피어 있는 메밀꽃은 허생원으로 하
여금 그 인연을 추억하게 하는 매개체가 된다. 그 길을 갈 때마다 여지
없이 허생원은 성처녀와의 얽힌 일을 떠올린다. 따라서 메밀꽃은 인간의
아름다운 인연과 운명을 상징하는 제재가 아닐 수 없다. 또한 이러한 인
연과 운명의 상징인 메밀꽃이 흐드러지게 필 때, 허생원이 자신의 아들
로 예견되는 동이와 만나게 되는 것도 아름다운 인연의 재현과 결합에
대한 상징적 암시가 되는 것이다.

두 번째, 메밀꽃의 일차적 정보를 배제할 수 없다. 메밀꽃은 장미와
같은 완상용의 꽃이 아닌, 실생활 곧 인간의 식생활과 밀접하게 관련되
어 있는 꽃이라는 점과, 강원도 산간 지방의 척박한 땅에서 자란다는 생
육 환경, 그리고 벼나 보리가 주작물임에 반해 메밀은 일종의 비상 작물
로서 간혹 일부 농가에서 먼저 심은 농작물이 흉작일 경우, 대체 작물로

심은 작물이라는 점 등은 아주 중요한 정보가 된다. 이 정보들은 등장
인물의 삶과 밀접하게 관련을 맺고 있는바, 비정착성·비중심성의 소외된
삶과 척박하고 험난한 삶을 표상한다. 사회 금기를 위반한 데 따른 운명
적 처분과 겹쳐지는 부분이기도 한데, 허생원과 동이의 떠돌이의 삶, 그
리고 순탄하지 못한 성처녀의 결혼 생활 등이 그것이다. 그러나 이러한
응보 뒤에는 그들의 만남이 기약된다. 해마다 피는 메밀꽃의 질기디 질
긴 생명력은 그들의 이러한 삶을 유추한다.

2) 허생원의 직업

작품 내에서 허생원은 얼금뱅이에다가 왼손잡이며, 드팀전의 장돌뱅이
다. 허생원에 대한 이 간략한 정보는, 그러나 그리 간략하게 넘길 일이
아니다. 마마를 앓아 얼굴이 움푹움푹 패인 얼금뱅이(곰보)에다가 더욱이
왼손잡이다. 흉한 얼굴만 해도 그는 친근한 대상이 아닐 뿐더러, 오른손
잡이가 아니라 왼손잡이라는 사실은 세상의 통념적 질서에서 한참 일탈
되어 있다. 물론 이 작품에서는 유전적 정보이기도 하나, 그들이 떠돌이
라는 험한 삶의 행로와 직결되어 나타나는, 그래서 부정적일 수밖에 없
다. 또한 허생원의 직업은 드팀, 곧 온갖 피륙을 팔고 다니는 장돌뱅이
다. 장돌뱅이가 취급하는 것이 비단 피륙뿐이랴. 어물과 독, 양은그릇,
엿, 생강 등 온갖 생활필수품이 다 포함된다. 하고 많은 물건 중에 하필
피륙인가. 얼금뱅이에 피륙이라, 이 모순적 거리감을 어떻게 해명할 수
있을까. 긴장을 유발한다. 허생원이 피륙을 팔고 다니는 연유는 무엇일
까. 우선 그것이 주로 여자를 상대로 하는 물건이라는 점, 그리고 피륙은
다른 물건과는 달리 그것의 아름다움을 향수할 수 있을 감각, 곧 미적
감수성을 요구한다.

주술적인 언술이 되겠지만, 여인들의 심리란 물건도 물건이지만 그 물

건과 그 물건을 파는 사람을 동일시하는 성향이 있다. 얼금뱅이한테 옷
감을 사는 것보다는 잘 생기고 멋진 남자에게서 물건을 사고 싶어하지
않을까. 엉뚱한 이야기가 되겠지만, 1930년대의 독보적인 시인 이상의 아
버지 김연창은 이발사였는데, 크게 돈을 벌지 못 했다고 한다. 그 까닭은
김연창이 손가락이 몇 개 없는 탓에 그에게 머리를 깎으면 김연창처럼
손가락이 없어진다는 사람들의 주술적 생각에서였다고 한다. 과학적 근거
를 따지기 전에 이것이 인간의 일반적 심리라는 것이다. 이러한 심리적
측면을 이 작품에 연결시킬 경우, 피륙과 얼금뱅이가 서로 걸맞지 않은
관계임을 알 수 있게 된다. 도대체 얼금뱅이인 허생원으로 하여금 옷감
장사를 하게 하는 작품 내적 저의는 무엇일까. 필자의 판단은 허생원의
여인에 대한 열망 쪽으로 가닥이 잡힌다. 허생원은 성처녀 외에 어떤 여
인과도 인연을 맺은 일이 없다. 충줏집을 마음에 두고 있기는 하나 숫기
가 없어 말조차 건네지 못 한다. 그것이 허생원으로 하여금 여인에 대한
열망을 한층 강하게 만드는 동인으로 작용하지 않았을까. 그리고 꿈과도
같은 일이겠지만 -적어도 허생원에게는 그렇다-, 옛처녀와의 재회를 바라
는 마음이다. 기억 속의 사람 찾기와 잃어버린 사람 찾기는 다분히 신화
적 모티브이다. 장돌이라는 소설적 장치는 '성처녀'라는 잊지 못할 옛여
인과의 재회를 바라는 욕망과 꿈의 발현으로 보인다.

또한 피륙은 아름다움을 감식할 수 있는 미적 감각과 관련된다. 그것
은 밤길을 걸어 대화장으로 가는 산길의 흐뭇한 달빛과 어우러진 하얀
메밀꽃에서 드러난다. 피륙의 세계는 허생원이 지향하는 심미의 세계이
다. 그가 지향하는 피륙의 세계는 대화장으로 가는 길의 환상적이고 낭
만적인 세계와 통한다. 그 길은 장돌이의 현실적 삶을 표상하는 것이 아
니라, 허생원이 소망하는 지향의 세계이다. 이 길을 허생원이 좋아하는
것은 당연하다. 여인에게 별 호감을 주지 못 하는 자신과 자신이 지향하

는 세계만큼의 거리감이다. 따라서 피륙의 세계는 허생원의 내면 지향의
세계가 기호적 표현을 얻어 표면화된 세계이다.

3) 작품 내적 갈등

이 작품에는 인물간의 갈등이 보이지 않는다. 소설은 인간 세계의 담
론이다. 인간 세계에는 분명 갈등과 대립이 발생한다. 그것은 욕망으로
인한 것이다. 자아와 타자, 자아와 세계가 대립·상충하는 그 중요한 이유
는 바로 인간들의 욕망이 서로 어긋나 있기 때문이다. 그런데 인물간의
갈등이 보이지 않는다는 것은 인물들의 추구 욕망이 공통되어 있기 때문
일 것이다. 조만간 떠돌이 생활을 청산하고 가족들과 만나 한 가정을 이
루겠다는 조선달, 옛처녀를 만나면 역시 이 생활을 거두겠다는 허생원,
그리고 자리가 잡히면 어머니를 모시겠다는 동이의 욕망은 오직 한 가
지, 안정되고 정착된 삶에 대한 욕망이다. 작품 초반에 일어난 허생원과
동이의 갈등과, 각다귀와의 갈등은 인물간의 갈등, 곧 욕망의 충동이라고
볼 수 없다. 그것은 이내 해소되고, 뿐만 아니라, 두 인물을 더욱 하나로
결속하게 하는 기능을 지닌다.

또한 인물과 세계의 갈등도 드러나지 않는다. 세계는 인간을 둘러싸고
있는, 이를테면 사회, 문화, 역사, 자연 등의 환경 세계를 말한다. 그런데
그 환경 세계와 아무런 갈등이 없다는 것은 서로가 투쟁의 관계가 아니
라, 조화로운 혹은 상호 교감의 관계에 있기 때문이다. 실제로 이 작품에
서 구체적 현실 세계에 대한 묘사가 없는 점은 세계와의 갈등이 개입될
틈새를 처음부터 봉쇄해 버린 데 따른 귀결이다. 그렇지 않은가! 장과 장
사이에 놓인 산길을 밤을 새워 걸어야 하는 힘겨운 산길도 허생원에게
있어서는 "장에서 장으로 가는 길의 아름다운 강산이 그대로 그에게는
그리운 고향이었다."는 작중 언술대로 고향과도 같은 친숙한 길로 인식될

뿐, 고행의 의미가 되지 않는 데에서 세계와의 갈등은 개입될 틈이 없다. 여기서 인간과 자연(세계)은 원시적 교감을 이루며, 세계의 타자성으로부터 실존적 자유와 안식을 성취하게 된다. 특히 대화장으로 가는 밤길의 정경이 다분히 시적·서정적인 인식의 대상으로 그려지고 있는 것은 이렇게 자아와 세계가 서정적 일체화를 이루었기 때문이며, 이로 인해 허생원은 소외 의식을 지양하게 된다. 이 소설이 평자들로부터 서정 소설이라는 이름값을 얻게 된 것은 자아와 세계의 정서적 융합을 지향하는 서정시의 본질에 닿아 있기 때문이다.

4) 배경의 기호 체계

이 소설은 "길이 시작되자 여행이 끝났다."는 독일의 속담대로, 탐색 욕망의 대상이 이루어지는 것을 암시한 채 막을 내린다. 조만간 조선달과 마찬가지로 허생원도 길의 떠돎을 마감하리라는 것을 독자는 미리 읽어내게 된다. 따라서 장돌이의 운명적 삶을 상징하는 '길'은 일종의 탐색(Quest)의 도정이다. '길'과 더불어 이 소설의 주된 삶의 현장인 장터는 일관되게 순환 구조이다. 과거(봉평)—현재(봉평)—미래(봉평)로 이어지고 있는데, 과거는 허생원과 성처녀, 현재는 허생원과 동이, 그리고 미래는 허생원과 성처녀, 동이가 결합되는 완성된 결합 체계를 지향하고 있다. 따라서 '길'과 '장터'의 공간 배경은 완성을 향한 탐색의 도정이 된다.

신화학자인 노드롭 프라이에 따르면, 여름의 미토스는 로맨스이다. 주인공의 순진무구한 청춘을 암시하고, 로맨스의 성격은 시간적으로는 노스텔지어이고, 공간적으로는 상상의 황금지대를 지향한다. 성처녀와 첫 인연을 맺었던 메밀꽃이 피었던 강가(물레방아간)는 허생원에게 있어서는 상상의 황금지대에 해당한다. 그 행복했던 과거는 허생원으로 하여금 과거에 얽매여 살게 하고, 그 과거의 현재적 또는 미래적 재현을 갈구하게 한다.

5) 주제

　그렇다면 작가가 말하고 싶은 것, 곧 주제는 무엇일까. 그냥 떠돌이의 애환과 운명을 그리고자 한 것일까. 아니면, 친자 확인이나 친부 확인이라는 설화적 모티프, 곧 혈육에 대한 인간의 애정일까. 물론 이 두 가지를 담고 있음은 부인할 수 없는 사실이다. 그러나 이 두 가지 주제는 표면적으로 드러나 있는 것일 뿐, 작품의 속 깊이까지 꿰뚫은 것은 아니다. 말하자면 이면적 주제라고 볼 수는 없다. 표면에 드러난 것만을 읽어낸 것은 수박 겉핥기에 불과한 피상적 글읽기이다. 문학 작품에서 주제는 구심점이다. 작가는 이 구심점을 확산시켜 형상화하기 위해 인물과 사건, 배경 등을 적절한 구도 아래 유기적으로 주조하여 집을 짓는다. 지금까지 천착해 온 인물, 사건, 배경을 중심으로 해서 이 작품의 주제를 검토해 보면 인간의 실존적 지향, 곧 정착되고 안정된 삶을 희구하는 인간 본연의 욕망을 다룬 것으로 보인다.

3. 개연성에 대한 의문점 하나

　한 편의 소설은 하나 또는 하나 이상의 사건으로 이루어진다. 그 사건은 독자가 충분히 수긍할 수 있는 개연성을 보유해야 한다. 그런데 이 작품의 사건은 의아한 구석이 있다.

　가장 의아하게 생각되는 대목은 허생원과 성처녀가 정분을 맺게 되는 장면이다. 물레방아간에 들어간 허생원이 어떻게 해서 집안 문제로 나와 울고 있는 성처녀와 관계를 맺을 수 있었을까. 허생원이 성처녀를 위로하는 말을 했다고 하더라도 성관계까지 발전하리라는 것을 받아들이기는 여간 곤혹스러운 일이 아닐 수 없다. 만약 성처녀가 자기가 사랑하는 사

람에게 실연당한 처지라고 하면 홧김에 그런 일을 저지를 수도 있을 개
연성은 인간 심리의 자학적 충동에 비추어 보면 있을 수 있다. 또한 혼
자 외롭고 그리운 마음에 달밤의 교교한 분위기와 메밀꽃이 어우러져 자
아내는 낭만적 정경에 도취되어 이성이 마비되고 감정이 승한 채 처음
보는 남정네와 혹 그런 일을 저지를 수도 있을 것이다. 그러나 성처녀의
가출과 내면적 정황은 전혀 그렇지가 않다. 그녀의 가출과 울음의 동인
은 집안이 경제적 파탄에 직면해 있는 데에서 유발된 것이다. 그런데 이
런 골치 아픈 일을 겪고 있는 마당에 난데없이 나타난 생면부지의 사내
와 몸을 섞었다(?). 곤혹스러운 일이 아닐 수 없다. 이렇게 되면 사건의
개연성에 문제가 생긴다. 혹자는 허생원이 얼금뱅이로 낯이었다면 성처녀
와 관계를 맺지 못 했을 것인데, 그 외모를 알 수 없는 밤이었기에 가능
했으리라고 말한다. 과연 그럴까. 설득력을 확보하지 못한 가정이다. 외
모 판단 여부를 가늠하는 밤과 낮의 문제로 결합이 이루어지고 그렇지
않고의 결과가 나타난다면, 이 작품은 실로 심각한 파탄이 된다.

　소설은 물론 지어낸 이야기이다. 그렇기 때문에 반드시 현실의 논리를
따르지 않을 수도 있다. 황순원의 「학」에서 석방할 권한을 갖지 않은 성
삼이가 덕재를 풀어주듯이 현실 논리를 초월하기도 한다. 그러나 이 장
면에서 독자는 성삼이의 행동을 충분히 수긍하고 공감을 표하는 것이다.
내가 성삼이의 입장이 되었어도 어릴 적 절친한 친구였던 덕재의 결백함
을 알게 되었다면 그렇게 할 수밖에 없었을 것이라고 생각하게 만드는
것이다. 최인훈의 「광장」에서 이명준이 남과 북의 이데올로기에 모두 절
망하고 결국 중립국을 선택하여 가는 도중에 바다로 뛰어들어 자살하고
마는 그의 행동에 대해서도 우리는 동의하게 된다. 이 세상의 나라 어디
에 가서도 그 이데올로기는 존재할 것이라는 절망감, 그래서 우리는 그
의 자살행위를 수긍하게 된다. 그러나 이효석의 이 작품에서는 쉽게 수

궁하거나 동의하지 못 한다. 결국 작가는 이러이러한 사건으로 결구할 것을 구상했기 때문에 이런 억지 성교합을 만들어 낸 것으로 보인다. 남자는 아무 때나 성욕이 발동하여 성교할 수 있지만, 여자는 절대로 그렇게 되지 않는다는 일차적인 정보, 곧 생리적인 측면과 심리적 사실을 제쳐 두고서는 오히려 허구에 대한 불신으로 독자와의 거리감만을 낳을 뿐이다.

4. 마무리

문학 작품 읽기는 가을 수확과 같으며, 이삭 줍기의 일환이다. 일년의 농사를 끝내는 가을걷이를 하고 보면 여기저기 소중한 이삭이 흩어져 있기 마련이다. 그것을 주워 모으면 상당한 양의 곡식이 된다. 거둔 것만이 곡식이 아니다. 논고랑 사이에 떨어져 사람들의 눈에 잘 띄지 않는 알갱이도 역시 곡식이다. 그리고 거두어들인 곡식이라고 해서 다 곡식은 아니다. 그 가운데는 썩어 못 쓰게 된 것도 있기 마련이다. 농부도 그것도 골라내야 한다. 문학 작품도 마찬가지이다. 눈이 아주 밝은 독자가 읽어 내도 역시 글의, 혹은 글의 의미의 이삭은 떨어져 있기 마련이다. 빠뜨린 것은 줍고, 못 쓰게 된 것은 버릴 수 있을 때, 작품은 비로소 확정적 존재로 현현된다. 이렇게 되기 위해서는 무엇보다도 독자의 주체적 독서가 앞서야 함은 말할 나위가 없다.

김유정과의 가상 대담
- 김유정의 『봄·봄』론

　　민족역사의 칠흑 같은 골방 지대이자 치부 지대였던, 그래서 심각한 여진과 후유증을 남겨 민족간의 갈등을 점화시키고 있는 일제강점기에 병마와 빈곤과의 고투를 벌이면서 짧은 기간 동안에 독특한 소설미학을 구축해 놓고 별똥별처럼 홀연히, 그러나 눈부신 빛꼬리를 남기고 사라진 소설가 김유정 선생(1908-1937)을 지면에 초빙하여 그의 대표작의 하나인 「봄·봄」의 세계를 다채롭게 조명하기 위해 가상 대담을 마련했다.

　　강외석 : 안녕하십니까. 선생님의 문명은 익히 들어온 터이고, 선생님의 작품을 통해 상우(尙友)해 온지라 오늘 이렇게 대담을 나누는 기회를 갖게 되니 더욱 감개가 무량합니다. 사실 원고 청탁을 받고 어떤 분과, 어떤 작품과 대화를 해야 하나 하는 고민이 있었습니다만, 그 고민은 오래 가지 않았습니다. 궁핍한 시대, 총체적 모순의 시대를 고단하지만 열정적으로 살다 가신 선생님과의 만남을 통해 동시대적 경험을 공유하고 싶었기 때문입니다.

먼저 선생님께서 궁핍한 시대를 살아오면서도 문학을 하시게 된 특별한 이유가 무엇인지 알고 싶습니다. 지금도 그렇지만, 문학을 한다 해서 뚜렷한 경제적 수입이 보장되는 것도 아니고, 그렇다고 사회적 명예나 권력이 되는 것도 아닐 터인데 말입니다. 기껏해야 다방이나 술집을 전전하면서 시간이나 축내는 한량 정도로 폄하되었을 법도 한데 말입니다.

김유정 : 문인들의 가난이야 예나 이제나 호가 난 것 아닙니까. 나라 경제 규모가 세계 10위권이라는 지금조차도 문인들의 생계가 보장되지 못하는 터인데 하물며 민족 경제가 앙상한 형해를 드러낸 1930년대는 더 말할 나위가 없지 않겠습니까. 얼마 전 명계로 호적을 옮겨온 시인 천상병씨가 '가난이 내 직업'(「나의 가난은」)이라는 기막힌 말을 했어요. 그렇지요. 돈이라는 밥벌이가 아니라 자유라는 밥벌이를 하는 게 문인들이니, 가난은 문인들의 일상사요 직업이 될 밖에요. 문학은 포즈로 하는 게 아니지 않습니까. 문학은 운명이고 신명입니다. 되지도 않게 저는 문학적 신명을 주체하지 못했습니다. 한때 '허황된 금점'을 하면서 일확천금을 노리기도 했지만, 이내 문학으로 길을 바꾸게 된 연유도 따지고 보면 문학을 통해 제가 실현하고 싶었던 것이 있었던 까닭이었습니다. 눈에 보이고 귀에 들리는 이웃들의 아우성들을 쓰지 않고서는 신병이 나서 못 배길 정도였습니다. 문학은 그 이웃들에 대한 사랑을 실현하기 위한 것이어야 한다고 봅니다. 사랑은 연민, 아픔과 몸을 섞고 있는 것이어서, 그 연민과 아픔을 사랑할 때 사랑은 비로소 완성되는 게 아닌가 생각합니다. 조금만 관심을 가지고 주변을 둘러보면 불행과 비극에 몸을 푹 담그고 눅눅하게 살아가는 이웃들을 발견할 수 있습니다. 개인주의가 판치면 사랑은 맥을 못 추는 법이고, 따라서 이웃들의 불행이나 비극에 무심해지기 마련입니다. 한때 저는 니이체의 초인설과 더불어 '개인주의의 암

장(暗葬)'을 예견한 바가 있었습니다만, 빗나간 감이 있습니다. 지금은 더 악화일로를 가고 있다는 판단이 들거든요. 어쨌든 저는 작품을 통해 이 웃들의 연민들에 녹아들고 싶었습니다. 「만무방」을 비롯한 모든 작품들이 그런 제 의식의 표현들입니다. 제가 1933년에 창립된 『구인회』 회원이 되다보니, 일부에서 오해와 음해의 시선을 보낸 것도 사실입니다. 역사 현실에 눈 감으려는 처사가 아니냐는 그런 의혹의 눈초리를 피할 수 없었는데, 오히려 저는 '예술을 위한 예술'에 동의하지 않는 쪽입니다. 그래서 같은 회원이었던 이태준도, "구인회 작가들이여 용감하라. 민중도 생각하여라."는 세간의 비판에 대해 "우리도 그만한 민중 관념, 그만한 자기 반성에 게을리하지 않는다. 그냥 막연히 민중 운운한다고 지금은 수가 아니다."고 반박한 게 아닙니까. 공교롭게 구인회가 창립된 시점이 1931년 카프 1차 검거가 끝난 뒤가 되다 보니, 이런 저런 말들이 많았습니다. 이념적 지향성이 사라지다 보니 그 빈 자리에 구인회의 순수문학이 들어섰다는 식의 냉소적 시선이 있었던 것이죠. 악의에 찬 편견이라고밖에 볼 수 없습니다.

강외석 : 선생님의 창작 일단을 보여주는 글로는 『風林』誌(1936.2)에서 "새로운 문학은 무엇을 목표로 할 것인가"라는 설문에 대해 "이 시대의 풍상을 족히 그리되 혈맥이 통하야 제물로는 능히 기동할 수 있는 그런 성격을 천착하는 곳에 우리의 숙제가 놓여 있는 듯하오니 우선 무엇보다도 우리의 정조와 교배할지니⋯云云"라고 답한 바 있습니다. 선생님이 쓰신 마지막 글인 「病床의 생각」(조광, 1937.3)에는 새로운 방법으로 '사랑에서 출발한 그 무엇'이라는 언급을 한 바가 있는데, 상호교차되는 대목이 아닌가 그렇게 생각됩니다. '풍상, 혈맥, 정조' 등은 그냥 넘어갈 수 없는 중요한 언급이 되겠는데, 이에 대해 좀더 구체적으로 말씀해 주

십시오.

김유정 : 풍상(風霜)은 글자 그대로 바람과 서리이니, 세상의 모진 고난이나 고통을 비유하는 것이죠. 지금 정치권에서 과거사 문제를 태풍의 핵으로 만들어 평지풍파를 일으키고 있지만, 질곡의 역사를 살아온 우리 민족의 풍상이 즉흥적인 정치인들의 정치적 발상 정도로 톺아질 수 있을까요. 소박한 대로 저는 민족의 풍상을 가장 가까이에서 보고 그려내고 싶었던 것입니다. 부당한 권력에 억눌리고, 짓밟히고, 기만되고, 쫓기고, 빼앗기고, 그야말로 그로기 상태의 민족의 한을 풀어내고 싶었습니다. '혈맥'은 가령, 풍자, 아이러니, 해학, 토속적 서민언어 등의 적극적 활용을 통해 민족의 풍상을 생생하게 살아 움직이게끔 하자는 속셈이었습니다. 나아가 그것들이 민족의 '정조' 혹은 정서적 분위기에 맞도록 연출해내고 싶었습니다. 그것이 다른 지면에서는 '사랑'으로 변주된 것 같습니다.

강외석 : 그러면 이쯤해서 선생님의 문학일반론에 대한 얘기는 접고, 본격적으로 작품론으로 들어가 보도록 하겠습니다. 선생님의 작품 가운데서도 저는 특히 「봄봄」을 인상깊게 읽었습니다. 물론 작품의 본질은 아니겠습니다만, 일제강점기의 우울하고 칙칙한 현실 상황에서 싱싱한 웃음을 준 건강성은 피상적 독법으로라도 의의있는 일이 아니었나 그렇게 봅니다. 이 작품은 1935년 12월 『朝光』誌에 발표되었고, 이때 선생님은 당시 사회적으로 만연했던 폐결핵을 앓고 계셨는데, 어쩌면 이 결핵은 당대의 문화적 기호가 아니었을까 생각될 정도로 당대 문인이나 지식인들이 앓고 있던 질병이었습니다. 심지어 이상을 위시한 몇몇 작가는 이 개인적 질병을 사회적 메타포로 가져와서 문학적 테마를 형성하기도 했습

니다. 그들 작품에서 결핵은 문학적으로 미화되고 있지 않나 할 정도로 미학적인 측면을 가지고 있습니다. 그런데 선생님은 이 결핵을 문학적 담론으로 끌어오지 않았습니다. 병적 '근대'의 동의어이기도 한 결핵의 문학적 기호화에 대해 말씀을 듣고 싶습니다.

김유정 : 제가 결핵을 앓았던 것도 사실이고, 이 결핵으로 인해 제 생명이 끝장을 보게 된 것도 사실입니다. 지금은 의학적으로 규명되어 단순한 질병에 불과하지만, 당시의 의학에서는 거의 치명적 불치병으로 간주되었던 무서운 병이었죠. 비단 나뿐만이 아니라, 제 절친한 문우였던 이상 역시 이 폐결핵을 앓다가 유명을 달리했습니다. 저는 이 질병을 문학적 테마로 잡지는 않았지만, 이상은 질병의 모티브를 문학 공간에 끌여들였던 것인데, 말하자면 자신의 질병을 타자화하는 데 공력을 기울였지요. 실제로 그는 어느 정도 문학적 부가가치를 높일 정도로 성취를 이룩했습니다. 사실 일제식민공간을 경험해 보지 못한 이들은 체감지수가 떨어질 터이지만, 식민공간은 결핵이라는 질병보다도 무서운 체제였습니다. 이상은 그런 근대적 식민공간을 병적 징후로 본 것이죠. 김윤식 교수가 말한 대로 질병을 방법적으로 채용한 것이라 보면 됩니다. 그러나 저는 그러지 않았습니다. 가뜩이나 식민공간의 제도적 모순으로 피폐해져 있는 민족의 영혼이 사방천지에서 신음하고 있는데, 작가가 고통을 헤집어서 덧씌우는 일을 해서는 안 된다고 생각했죠. 그래서 저는 질병의 문학화는 전혀 고려하지 않았던 것이고, 그보다는 여성 주인공을 통해 삶의 질긴 생명력을 발견하고 일순이나마 건강한 웃음을 유포하고 싶었습니다. 그러나 그 웃음이 웃음만에 그치고 끝나는 것이 아님을 유념해 주셨으면 합니다.

강외석 : 그 말씀과 『봄·봄』의 압권인 해학은 어느 정도 접선이 되는데, 독서과정 내내 웃음이 터져 나올 정도로 유쾌했습니다. 그러나 뒤끝은 그리 개운하지 않았습니다. 현안은 여전히 미제(未濟)의 문제로 남아 비극적 사안이 되고 있기 때문입니다. 그런 면에서, 뒤에 언급이 되겠지만, '봄·봄'은 참으로 뜻 깊고 절묘한 제목이 아닐 수 없습니다. 그런데 선생님의 실제 생애(결핵)와 작품의 '혈맥'이 되고 있는 해학은 진정성의 층위에서 보면 잘 접선이 안 됩니다. 이에 대해 말씀해 주십시오.

김유정 : 그럴 것입니다. 결핵으로 죽어가는 마당에 해학이 가당키나 한 일이겠습니까. 그러나 작가라는 사사와 작품세계라는 공론은 엄격히 분변해야 합니다. 작가의 양심과 관련된 문제입니다만, 작가가 병들었다 하여 작품세계마저 병들게 할 수는 없는 일이지요. 해학은 사회가 경직되어 있을수록 그 효과는 극대화됩니다. 저와 동시대인의 삶의 공간이었던 1930년대는 단단하게 굳어있거나 죽은 공간이었습니다. 해학은 희극의 범주에 드는 데, 희극은 '보통 이하의 악인의 모방'(아리스토텔레스)으로 정의됩니다. 이때의 악인은 '모든 종류의 악과 관련된 것'이 아니라, 어떤 우스꽝스러운 것, 또는 추악한 것, 그러니까 인간적인 결함(하마르테마 Hamartema)을 가진 보통 이하의 인간이 벌이는 희극적 행동을 말하는 것입니다. 이 하마르테마는 인물의 행동이나 상황, 그리고 사고 방식이 정상에서 이탈하는 것에서 발원됩니다. 흔히 희극적 불일치라고 말하는 경우입니다.

작품에서 주인공인 '나'의 하마르테마는 도처에서 발산되고 있는데, 점순이의 키가 크지 않으니까 한다는 짓이 자를 가지고 키를 재어 보려고 한다든지, 물동이를 이니까 키가 안 큰다고 생각하고 물을 대신 길러준다든지, 서낭당에 돌을 올려 놓고 치성을 드린다든지 하는 행위 등입니

다. 그 외 장인(?)과의 티격태격하는 행동들도 역시 마찬가지입니다. 그런
데 일부 논자들은 단순한 해학으로만 간주하고 마는 약시적 독법을 드러
내고 있습니다. 제 해학은 두 개의 과녁을 겨냥하여 중층적으로 기능하
고 있습니다. 하나는 경직된 인간관계를 포함한 인간사회 전체를 풍자하
는 것이고, 다른 하나는 웃음을 박탈당한 채 살아가는 민족의 암울한 영
혼에 웃음을 유포하여 일시나마 사회적 정화를 꾀하고자 했습니다. 달리
말하면 인간의 선의를 드러내는 것 하나와, 어떤 민감한 사안을 감추기
위한 수법으로 차용했다는 얘기가 됩니다. 따라서 해학은 풍자가 되고
은폐가 되는 것이죠.

이 작품은 '나'(순박함)와 '장인'(교활함)의 대립에서 갈등과 긴장이 형
성되고 있습니다. 애시당초 성례에 대한 계약은 내가 일방적으로 당하도
록 그렇게 잘못돼 있었습니다. 만약 근대문서로 칼같이 계약을 했더라면
탈이 없었겠지만, 숙맥인 '나'는 인간에 대한 순진한 믿음만으로 구두계
약을 한 데서 사단이 일어날 밖에요. 그래, 점순이 키가 크면 성례를 시
켜준다니, 이 얼마나 맹랑한 계약입니까. 동상이몽 아닙니까. 처음부터
장인은 내 순박한 어리석음을 꿰뚫고 앉아 '네 노동력을 얻자' 하는 흉
계가 있었던 것이고, '나'는 아무것도 모르는 채 노동력을 제공하는 대신
성례를 얻어낼 것으로 생각하고 있었단 말이죠. 인간세계는 이렇듯이 험
악하고 상당 부분 더럽혀져 있습니다. 더욱이 성례 사단이 터졌을 때, 정
작 장인과 그 부역자인 구장 같은 이가 동원하는 근대적 지식과 법률에
대해 '나'의 몽매는 요령부득으로 단번에 KO패가 될 수밖에 없습니다.
처음부터 싸움이 되지 않는 싸움입니다. 따라서 복잡하고 음흉한 수계산
이 오고가는 그런 세계를 이해하는 데 요구되는 이성적이고 합리적인 판
단이 정지되어 버린 듯한 인물 설정을 통해 세계의 험악함은 풍자되는
것이죠. 저는 그런 반사적 효과를 노렸습니다. 순박(淳朴)이 우롱당하는

꼴이 되면 결국 그 세계는 위악과 폭력의 세계임이 들통나는 꼴이 되니까요.

그러나 제가 무조건 '나'의 순박성만 옹호하는 것은 아닙니다. '나' 역시 해학을 통해 풍자됩니다. 보다시피 '나'의 하마르테마는 답답하기 짝이 없습니다. 이런 인간을 보면 처음엔 동정과 연민의 감정이 앞서지만 나중에는 분통이 터지기 마련입니다. 순박과 바보스러움은 분명 다릅니다. 지혜를 겸한 순박이면 몰라도 그것이 결핍된 순박은 함량미달이 되고 맙니다. 이런 인간 유형은 언제든지 이와 유사한 상황이면 또 속고 바보짓을 하게 마련입니다. 구장에게 판단 갔을 때 근대 법률을 동원한 구장의 회유와 설득에 대해서는 끽소리 못하고 설복되는데 반해, 내 처지를 알고 조리 있게 선후 사실을 들어 충고하는 뭉태에 대해서는 '겉으로 엉, 엉, 하며 귓등으로' 듣고 '전수히 곧이 듣지 않'습니다. 이는 진실과 허위(거짓)를 분변하지 못하는 우둔함의 단적 증거입니다. 이 '나'에게서 제 자신의 못난 모습을 비추어 보기도 합니다. 부끄러운 얘기입니다만, 저는 생활뿐만 아니라 사랑에도 실패했습니다. 당대의 명창 박록주나 박용철의 누이이자 후일 김환태의 아내가 된 박봉자으로부터 끝내 사랑을 얻어내지 못했습니다. 실생활에서도 참담하게 좌절하고 말았으며, 제 자신의 건강마저도 지키지 못한 채 허망하게 무너지고 말았습니다. 그래서 '봄봄'의 '나'는 제 자신의 서글픈 자화상이기도 합니다.

강외석 : 갑자기 대담 분위기가 무거워지는 쪽으로 가는 듯해서 화제를 돌리겠습니다. 작품을 자세히 읽다보면 사건이 치밀하게 엮어져 있음을 발견하게 되지만, 처음 읽을 때에는 시간에 따른 이야기의 구조가 뒤죽박죽이고 무질서해서 좀 당혹감을 느낍니다. 좋은 작품이란 거의 예외 없이 내용과 형식이 단순히 속(안)과 거죽(밖)이 되는 관계가 아니라, 속

(안)을 드러내는 거죽 혹은 거죽(밖)을 만드는 속이 되어 한 덩어리로 움직이는 유기적 존재라고 봅니다. 제가 생각할 때는 이 뒤죽박죽의 이야기 전개가 형식과 내용의 그런 관계를 잘 보여주는 게 아닌가 하는 데요. 이에 대해 한 말씀해 주십시오.

김유정 : 과분한 평가입니다. 사실 말씀하신 그런 부분을 염두에 두긴 두었습니다. 첫째, 주인공 '나'는 사안을 조리 있고 논리적으로 분석·판단하고 대처하는 인물이 아니라는 점, 둘째, 사건 자체가 일반 상식과 논리를 떠나 있다는 점 등의 변인을 고려했던 것이죠. '나'처럼 어리버리한 인물이 논리정연한 형식으로 이야기를 풀어서 끌고 나간다는 것은 황당하기 짝이 없는, 이른바 소설의 파행이 되겠죠. 억울하지만 뾰족한 대책이 없는 상태에서 지난날을 두서없이 회상하고 지껄이는 산만한 독백 형식이 될 수밖에 없는 일입니다. 그리고 일반적으로 인간은 얼토당토 않은 일을 당하게 되면 일단 혼란에 빠져 당황하기 마련이고, 심리 자체도 뒤죽박죽이 되어 생각은 꼬리에 꼬리를 물고 불쾌한 기억들을 연상적으로 이끌고 나오게 되어 있습니다. 오늘 싸움에서 일방적으로 난타 당하게 되자, 어제일, 그저께일, 그리고 심지어는 작년 이맘때의 일 같은 기억의 악몽이 꼬리를 물고 튀어 나오고, 3년 7개월의 데릴사위 노릇에 대해 주판을 두드려 보니 기도 안찹니다. 그 힘든 농사일을 삶아주면서 오로지 성례만을 겨냥하고 견뎌왔지만, 남은 것은 무엇입니까. '숙맥'이고 '바보'인 '나'뿐입니다. 이런 나의 복잡한 심리와 상식을 짓뭉갠 사안이 그런 형식을 필연적으로 요구할 수밖에 없었던 것이죠..

강외석 : 그 말씀에 전적으로 동의합니다. 이제 등장 인물에 대해 살펴보는 대담으로 들어가도록 하겠습니다. 등장 인물은 모두 합쳐 6명이

지만, 장모는 거의 역할이 없다시피하니 거론의 여지가 별로 없고, 나머지 인물의 캐릭터에 대해 알아보도록 하겠습니다. 제일 중요한 인물은 점순인데, 그녀를 미미한 인물로 흐릿하게 처리해서는 안 될 것 같습니다. 태풍의 눈이랄까, 그녀는 그러니까 사건을 틀어쥐고 풀고 죄는 생동적 역할을 하고 있기 때문입니다. 따라서 사건은 점순이로부터 시작되어 점순이에게서 끝납니다. 말하자면 이 소설은 점순이 때문에 살아 움직이는 것이죠. 이 작품은 내가 지난날의 사건을 회상하는 식으로 전개됩니다. 사건 회상의 축은 점순이의 언행에 대한 의문인데, 점순이가 분명 자기 편이라는 확신을 심어주었던 것, 가령, 성례를 시켜달라고 몽니를 부리든지, 안 되면 수염을 낚아채는 극단적인 방법을 쓰라고 은밀히 배후 조종했습니다. 정작 그녀 아버지와의 일대 격전이 벌어지자, 전혀 예상치 못했던 행동을 맞게 되고, 그래서 '지금까지도 난 영문을 모른다'고 토로하고 있습니다. 당연한 일이 아닙니까. 내가 모든 것을 알아차렸다면 이 소설은 더 끌고나갈 힘이 빠지게 될 것이며, 싱거워지고 말 것입니다. 사건은 끝없는 악순환을 거듭하도록 짜여져 있습니다. 제목 '봄·봄'이 환기하는 바이지만, 봄만 되면 장인과의 투쟁은 반복될 것이고, 그리고 결론은 대충 미봉에 그칠 것이고, 이른바 봄의 악순환은 거듭되는 것으로 말입니다. 작품 내에서 점순의 행동에 대한 알리바이는 극히 제한되어 있습니다. 선생님이 제공한 정보는 기껏 나이나 신장 정도의 외형적 1차 정보에 불과합니다. 이것만 가지고는 비약적 오류를 낳거나 자의적 해석이 난무할 수밖에 없습니다. 이런 위험을 감수하고 제가 보는 점순은 그래도 장인, 곧 김봉필의 가장 강력한 협조자라는 사실입니다. 게다가 점순이가 나와의 결혼에 목매달아야 할 정도로 혼기가 찼거나, 내가 그렇게 매력적인 인물이 못 된다는 사실(사실 나이도 10살이나 많습니다.), 그리고 내 우유부단한 성격에 '바보'라는 자존심을 건드리는 표현을 썼을 정도이면 점순이의 부추김을 액면 그대로 받아들이기 어렵습니다. (점순이의 이러한 적극성으로 인해 한 저명한 연구자는 '성적 에너지의 발산' 운운하면서 "성례가 급한 쪽은 다름 아닌 '나'보다도 점순이 쪽"이라는 성급한 결론을 내리고 있습니다만, 아무리 양보해도 동의하기 어려운 견해입니다.) 결론적으로 보면 점순은 김봉필의 혈육이라는 점, 그렇기 때문에 점순의 행동은 결국 자기 아버지를 도우려는 행동인 것으로 짐작됩니다. 지금까지 내가 데릴사위 노릇을 한 기간은 3년 반 남짓 되고, 남아 있는 막내 동생의 나이가 이제 겨우 여섯 살인 관계로 앞으로 4년은 더 붙들어야만 되는 것입니다. 내가 그만두고 나가 버리면 곤란한 문제가 되는 것이죠. 물론 데릴사위를 또 데리면 되지만, 그러나 나처럼 어리숙하고 일 잘 하는 일꾼을 나가게 한다면 이만저만한 큰 손실이 아닐 수 없다는 생각을 했을 터, 그러니 점순이는 자신을 미끼로 나를 붙들어 두어야 한다는 생각을 했을 것, 그러자면 내 마음을 일순간 잡아매어 둘 희망적인 제스추어가 필요했을 것, 그래서 나의 어리숙함을 이용하여 자신이 내 편이라는 확고한 인식을 갖도록 만듦으로써 데릴사위 노릇을 계속하도록 하기 위해서였다고 보입니다. 그런 희망이 없었다면 내가 이 집에서 머슴을 살 이유가 없는 것이지요. 점순이의 강단과 영악함을 보여주는 일면이 아닐 수 없습니다. 그렇다고 성례 자체를 아예 없는 것으로 생각한 것은 아니었을 겁니다. 그래서 막판 격전 시에 자기 아버지 편을 들 수밖에 없는 일이지 않았겠습니까. 그건 혈육지간에 당연한 거죠. 그리고 나는 지금도 그녀의 행동을 이해하기 어렵다고 해야 작품이 긴장과 갈등의 지속으로 팽팽하게 사는 것이고, 나의 성격 또한 제대로 창조되는 것이라 봅니다.

김유정 : 흥미로운 접근이긴 한데, 제가 이러쿵저러쿵 개입하여 판단

할 성질은 아닌 듯합니다. 작품을 어떻게 보느냐는 문제는 일단 제 손을 떠난 것이기 때문에 독자들이 판단하고 해석할 문제입니다. 사실 독자는 작가를 많이 의식하고 글을 읽습니다. 물론 그것이 잘못된 태도는 아닙니다. 그러나 작품은 독자의 해석을 기다리는 존재이고, 그것이 다원적인 방향으로 간다는 그것 또한 작품을 풍성하게 하지 않겠나 그렇게 봅니다. 다만 어떤 편견을 가지고 접근하는 독법은 마땅히 지양되어야 할 것입니다. 그들 외 다른 인물들은 어떤 모습으로 분석되었는지 자못 궁금해지는데요.

강외석 : 갑자기 대담 방향이 역전된 감이 있습니다.(웃음) 장인과 구장, 그리고 뭉태에 대해 이렇게 봅니다. 먼저 장인의 경우, 그는 읍의 배참봉댁 마름이며, '욕 잘하고, 사람 잘 치고, 생김 생기길 호박개같'은 인물입니다. 마름은 지주와 소작인 사이에 있는 중간 계층인데, 원래 이 중간 계층의 횡포와 농간은 이루 말할 수 없을 정도입니다. 장인의 행태를 보면 마름의 실상이 백일하에 드러나는데, 가령, 닭 마리나 보내지 않는다거나 애벌논 때 품을 안 준다든가 하면 그해 가을에는 영락없이 땅이 뚝뚝 떨어지게 하니, 소작인들은 울며 겨자 먹기로 돈에다 술대접에다가 심지어는 황소를 뇌물로 바치기도 합니다. 장인은 이만큼 교활하고 소작인에 대한 횡포가 심합니다. 아주 악덕 마름의 전형이 아닐 수 없습니다. 그는 풍자 대상 0순위가 되는 인물입니다.

그리고 구장은 장인의 땅 두 마지기 얻어 부치는 소작인으로, 근대적인 표를 내는 인물입니다. '서울엘 좀 갔다오더니 사람은 점잖아야 한다구 웃쉄(얼른 보면 지붕 위에 앉은 제비 꼬랑지 같다)'을 기른 것을 보면 좀 허황된 인물로 보이는데, 시세 변화에 빠르게 반응하는 인물입니다. 그러나 구장은 줏대가 없는 인물로 보이는데, 나와 장인과의 갈등도 처음 내 의견에 동의했으나, 장인의 귓속말 몇 마디로 인해 이내 장인 쪽으로 바꿔 쏠리고 마는 것으로 보아, 말하자면 기회주의적 속물로 볼 수 있습니다. 이에 반해 뭉태는 의분형의 인물이며, 전통의식과 나름대로 줏대가 있어 보이는 인물입니다. 장인이 자기 달라고 했던 '감투(예전에 원님이 쓰던 것이라나, 옆구리에 뽕뽕 좀먹은 걸레)'를 주지 않았다는 대목을 보면 그 점이 여실히 드러납니다. 그러나 선생님은 이 두 인물 중 어느 한 쪽도 편들지는 않은 것으로 보입니다. 구장의 (서울 갔다온 뒤 기른) 수염을 '제비꼬랑지'에 비유한 것이라든지, 뭉태가 지킨 감투를 '뽕뽕 좀먹은 걸레'로 야유하는 것으로 보아, 근대와 전통 양쪽에 다 냉소적입니다. (이에 대해서는 다른 지면을 빌려 심도 있는 논의가 있어야 할 것으로 보고 더 이상의 언급은 하지 않겠습니다.)

이들은 장인과 현실적인 이해 관계로 얽혀 있어 타협하거나 충돌하고 있습니다. 이런 다양하고 굴종된 인간 유형은 비단 식민 상황에만 국한되지는 않을 듯합니다. 지금 현재도 이런 현상은 다반사로 나타나고 있습니다. 나쁜 독서 습관일지 모르나, 혹 일제식민 상황을 표나게 드러내지는 않으면서 은밀하게 낮은 포복으로 그것을 드러내고자 한 의도는 없었는지요?

김유정 : 아무래도 제가 일제식민공간을 살다간 원죄가 있다보니, 사실 그런 문제 제기로부터 자유로울 수는 없습니다. 혹자는 김유정은 역사가 없다, 현실이 없다, 사상이 없다는 식으로 빈정거리는 이가 있다는 것을 모르지는 않습니다. 1931년 카프 1차 검거가 벌어지면서 이념적 경향이 물밑으로 잠복하면서 결성된 구인회가 30년 후반의 시대적 인식이며, 문단적 반응이었음을 볼 때, 사실 일제강점하의 현실 인식을 전면에 내세우기가 곤란했습니다. 따라서 민감한 현실 문제는 카메오로 잠깐 등

장시키는 연출 형태로 처리했습니다. 그러니까 문제의 일단만 제시하고 나머지 그 문제의 심각성은 독자들이 알아서 짐작하도록 한 것이죠.

강외석 : 백철씨도 그와 비슷한 언급을 했는데, "'나'의 바보짓의 희극이 발생하는 이유로 '지교한 주변의 현실'인 것이고, 따라서 그 책임은 현실에 있다, 그래서 유정의 소설은 현실 비판이나 풍자의 뜻이 숨어있다"는 그런 논지였던 것으로 기억합니다. 실제로 당시에 소작인에 대한 마름의 횡포가 극심했습니까? 사실 이 작품에서도 노동력 착취라는 수상한 낌새가 느껴졌습니다만, 지나치게 과민하게 반응한 것입니까? 그리고 먼 배경으로는 일제의 수탈이 배후 그림으로 윤곽을 드러내고 있고요.

김유정 : 인용된 백철씨의 말씀도 일리가 있고, 그러나 그렇게 말해 놓고도 그분은 저를 엉뚱하게 평가하고 있는 대목이 있습니다. 마지막 부분에서 '유우머 작가'로 몰고간 대목이 있는데, 좀 불쾌하기도 하지만 엄연히 논리의 파행입니다. 어느 시대, 어느 나라이든 간에 지배층이 있으면 피지배층이 있기 마련이고, 반드시 그 중간을 매개하는 층이 있기 마련입니다. 우리 조선 역사가 결국 무너지고 말았는데, 물론 지배층의 잘못이 큽니다. 그러나 지배 계급의 하수인인 중간 계층의 부패로 인해 그 양상이 악화된 감이 없지 않습니다. 조선조 민란을 보더라도 아전들의 부패에 상당 부분 원인이 있습니다. 그들의 배를 불리기 위해 민중들을 착취하다보니 결국 오래 안으로 곪은 것이 터져 나온 것 아닙니까. 저는 이들의 수탈과 부패를 먼 그림으로 그려놓고, 그들의 몸통인 지배 계급, 당시는 근대로 표상되는 식민제국주의를 겹쳐서 볼 수 있도록 그런 장치를 한 셈입니다. 사실 그 모순들은 전래적인 악습이기도 했지만, 일제식민공간의 모순에서 나온 것이기도 하니까요.

강외석 : 이 작품은 분명히 비극적 결말입니다. 그런데 그것의 제시가 일반 구성의 원리에서 이탈되어 있으면서도 오히려 그 효과는 더욱 배가 되고 있는 점을 발견할 수 있습니다. 참고로 그 대목을 잠시 인용하고 마무리를 하도록 하겠습니다.

> 내가 머리가 터지도록 매를 얻어맞은 것이 이 때문이다. 그러나 여기가 또한 우리 장인님이 유달리 착한 곳이다.
>
> **여느 사람이면 사경을 주어서라도 당장 내어쫓았지, 터진 머리를 볼솜으로 손수 지져 주고, 호주머니에 희연 한 봉을 넣어 주고 그리고, "올갈엔 꼭 성례를 시켜 주마. 암만 말구 가서 뒷골의 콩밭이나 얼른 갈아라." 하고 등을 뚜덕여 줄 사람이 누구냐. 나는 장인님이 너무나 고마워서 어느덧 눈물까지 났다. 점순이를 남기고 인젠 내쫓기려니 하다 뜻밖의 말을 듣고, "빙장님! 인제 다시는 안그러겠어유!"**
>
> **이렇게 맹세를 하며 부랴부랴 지게를 지고 일터로 갔다.** 그러나 이때는 그걸 모르고 장인님을 원수로만 여겨서 잔뜩 잡아당겼다. (고딕체 필자)

고딕체로 된 이 부분이 결말로 제시된 것인지, 아니면 과거의 어느 시점에 일어난 기억이 느닷없이 끼어든 것인지 확실치가 않습니다. 전문 연구자들도 각기 다른 방향으로 해독을 하고 있거든요. (심지어 어떤 연구자는 지금 현재의 회상 시점을 내가 장인으로부터 쫓겨난 상황인 것으로 오독하기도 합니다.) 사실 어느 쪽으로 보든 사건의 비극적 결말을 이해하는 데에는 별 문제는 없지 않나 그렇게 생각합니다. 왜냐 하면, 이런 일이 거의 해마다 봄이면 정례적으로 일어났던 일종의 춘투(春鬪)였던 것으로 보이거든요. 소설의 앞부분에 보면 작년 이맘때를 회상하는 대목이 나옵니다. 싸움의 양상은 달랐지만, 그때도 역시 내가 성례 건을 들어 트

집을 부리다가 장인과 갈등이 빚어졌는데, 장인의 올 가을에는 장가를 보내준다는 교활한 감언이설에 녹아들고 올 가을이라던 그 약속은 어디론가 증발되고 말았지요. 그러니 싸움의 결론은 늘 이런 식으로 무마되고, 이듬해 봄이면 또 이런 유의 춘투가 벌어질 것임이 예상되는 것이죠. 선생님의 작품 구성은 말하자면 절정-결말의 차례를 따르는 것이 아니라, 절정 속에 결말이 안겨있는 그런 구성 형식입니다. 이렇게 되면 위 고딕체 부분이 기억이 되기도 하고, 동시에 결말로 처리되면서 대신 절정을 결말에 위치시켜 막을 내리게 되면 춘투는 계속 해마다 반복되는 것이고, 따라서 사건의 비극은 계속 남게 된다는 그런 치밀한 계산이 잠복되어 있는 것으로 보입니다. 말하자면 비극의 비극적 지속인 셈인데, 이런 점을 투시하지 못하고 피상적으로 해학적 갈등과 해결이니 궁극적 화해 운운은 심각한 오독 현상이 아닌가 그렇게 생각합니다. 이런 생각은 '봄'을 두 번 중복함으로써 '봄'은 희화화시키고, 봄의 희극성이 환기하는 독자의 기대 지평을 무산시키고 마는 데에서 입증되고 있습니다.

김유정 : 이야기의 구성에 그런 의도가 개입되어 있었는지는 이미 70년 전의 일이라 확인해 줄 수는 없지만, 아무튼 생산적인 방향으로의 해석으로 보입니다. 비극적 결말 처리는 분명히 그런 의도가 있었습니다. 봄의 신화적 의미는 굳이 신화비평가의 말을 끌어오지 않더라도 낭만적 희극성이고, 화해, 소생, 희망 등의 희극적 의미소를 동반하는 것인데, 그러나 이 작품에서의 봄은 투쟁과 불화로 시작해서 해소되지 않은 채로 막을 내립니다. 화해로운 결말은 당치도 않습니다. 멜로적 사안도 아닌데, 화해로운 결말이라니 안이하기 짝이 없는 세계 이해법입니다. 인간과 세계의 존재 양상은 근원적으로는 비극의 반석 위에 얹혀 있는 것이니까요. 비극은 비극 그대로, 모순은 또 모순 그대로 이해하고, 그 실상을 독

식하고 쓴 작품입니다.

주지하는 바대로 『소나기』는 광기 어린 전와(戰渦)의 한복판에서 태어났습니다. 광기 말고는 민족상잔을 설명할 길이 없습니다. 그 광기는 인적, 물적 파산을 넘어 종내는 휴머니티의 종언을 고하는 광포하기 짝이 없는 하데스적 횡포입니다. 인간에 대한 이해와 신뢰가 빠져나간 자리엔 불신과 증오만이 징그러운 혀를 날름대고 있습니다. 이른바 사랑의 완벽한 실종 사태가 발생한 것이죠. 사랑은 교감(交感)이고, 교감은 동화가 아닙니까. 서로 하나가 되려고 하는 마음의 지향성이 흔적 없이 사라지고 말았습니다. 그래서 『소나기』의 탄생 배경은 더없이 불온하고 불운합니다. 이른바 서정도 이미지도 황량한 전쟁의 잿더미 속에서 피어난 실존적 결과물이라 할 수 있습니다. 그런 면에서 이 소설은 심각한 아이러니를 안고 있는 것이기도 하고, 저는 이 아이러니를 적극 활용하여 현실에 대한 인식을 드러내고자 했습니다. 소박한 소설론을 가지고 접근해 본다면, 소설은 시에 비해 세계의 악의를 드러내는 방향으로 가는 것이 아닌가 하는 생각인데, 선의는 현상적으로는 악의를 당해내지 못 하기 때문에 늘 악의에 짓눌립니다. 그러나 선의는 김수영 시인의 '풀'(「풀」)처럼 약한 듯하지만 아주 강한 생명을 지녔습니다. 악의에 시달리긴 하나 무릎을 꿇고 죽어나가는 일은 없습니다. 바로 이 인간과 세계의 선의야말로 제가 찾고자 하는 핵심입니다.

이 작품을 쓰면서 저는 이런 포악한 악의의 전쟁에 심각한 정서적 균열을 입은 민족의 영혼을 따뜻하고 투명하게 정화시키고 싶은 마음, 그러니까 전쟁으로 입은 한과 내상을 치유하기 위한 일종의 바리데기의 정신으로 임했다고나 할까, 그러니까 그 바리데기의 정신인 사랑을 주된 코드로 하여 세계와 인간에 대해 렌즈를 들이대고 싶었습니다. 사랑 외에는 그 심각한 상처를 치유할 만한 뾰족한 수가 없잖습니까. 따라서 이 소설은 사랑의 무늬를 각인시켜보자는 데 뜻이 있었다고 하겠습니다.

강외석 : 대충 정리해 보면, 선생님께서는 당대의 어두운 현실을 염두에 두고 창작에 임하셨다는 그런 요지의 말씀이신데, 작가는 현실의 모순을 규명하고 그 해법을 제시하기도 하지만, 선생님께서는 전쟁으로 흉흉해진 정서와 감성을 복원시키는데 주력하시는 작가 스타일이기 때문에 이런 소설이 나오게 되었다는 필연성을 말씀하셨습니다. 누가 생각해도, 당시의 상황에서 딱히 어떤 확실한 해법이 있을 리 없는 것이고, 특히 전쟁은 완료형이 아니라, 계속 진행형으로 가고 있었기 때문에 더더욱 미래의 전망이나 해법 자체는 난망하고 불투명한 일이 아니었나 그렇게 봅니다. 토피아(topia)가 부재하는 상황에서 전쟁의 뒷수습을 작가가 감당할 수는 없었으니, 현실은 있는 그대로 수락하는 자세, 물론 이것은 작가의 한계를 말하기도 하지만, 오히려 당대 현실이 도달했던 한계가 아니었나 그렇게 생각됩니다.

선생님의 창작 의도가 그렇다 보니, 이 소설은 전쟁의 그림자는 전혀 드리우지 않습니다. 아름다운 풍경 그 자체인데, 소년과 소녀의 아름다운 관계가 우선 그렇고, 눈부신 이미지와 산뜻한 문체, 수채화 같은 농촌의 가을 풍경들이 참 아름답게 어우러져 교감과 동화의 소설 세계를 만들어 내고 있습니다. 이에 대해 말씀해 주십시오.

황순원 : 삶의 복원입니다. 정서와 감성이 살아있는 그런 따뜻하고 정감 있는 세계 말입니다. 이미 삶은 전쟁으로 엄청난 균열과 내상을 입었고, 인간 세상은 온통 음산한 풍경이 되고 말았습니다. 이 풍경을 지우는 길은 성성한 기억의 단층에 내장되어 있는 풍경을 소환하여 그 풍경 속으로 민족의 영혼을 틈입시켜 흉측한 경험을 상쇄하는 것입니다. 그래서

산문적 대화는 과감하게 줄여서 괄호로 치고, 대신 상쾌한 이미지와 간결한 문체를 한층 강화시켜 이미지와 문체에 상응하는 당대의 바람직한 세계상을 만들고 싶었습니다.

강외석 : 선생님의 소설에 어린이가 주인공으로 빈번히 등장하고 있는 점도 어쩌면 그 말씀에 대한 충분한 알리바이를 제공한다고 보입니다만, 반드시 어린이라고 해서 바람직한 세계상을 드러낸다고 할 수 있을런지요. 같은 시기에 발표한 『학』(「신천지」, 1953.5)도 이념으로 인해 갈라선 성삼과 덕재가 어린 시절의 복원을 통해 갈등이 봉합되는 것을 볼 수 있는데, 어린이에 대한 작가의 믿음이 이미 정도를 넘어서 있다고 봅니다. 그리고 이 소설의 교과서적 독법은 소년과 소녀의 순수한 사랑 일변도로 몰아가고 있는데, 안이하고 편의적인 주제 매김이 아닌가 합니다. 이를 그대로 받아들일 경우 이 작품은 예상 밖의 엉뚱한 방향으로 흘러가고 말 것이라는 예감이 듭니다. 왜냐 하면, 소년과 소녀의 사랑이 심하게 오염되어 있어 교육적 계도가 필요하다는 계몽적 전제가 튀어나오게 됩니다. 분명 계몽적 의도가 내재하는 것은 아니죠. 소년과 소녀가 수행하는 소설 기능의 층위는 따로 존재한다고 볼 수 있겠습니다. 가령, '정신적 관점에서 선택된 사람들'이라고 한 오생근의 말에 전적으로 동의하게 됩니다. 이에 대해 말씀해 주십시오.

황순원 : 모르긴 해도 저만큼 어린이를 주인공으로 많이 등장시킨 소설가도 드물 것입니다. 물론 어린이라고 해서 절대적 선이라고 보기는 어렵지만 분명 악의가 가장 적은 존재, 오히려 악의를 무장해제시킬 수 있는 가장 적의의 전략적 존재일 수 있지 않겠습니까. 또한 인간의 모습에서 어린이만큼 순수한 인간상을 찾기란 쉽지 않죠. 우리의 과거상이기

도 하고, 미래상이기도 합니다. 인간이 만든 제도가 종내는 인간을 억압
하는 도구가 되고 있는데, 어린이는 이 제도의 허위와 폭력성을 뛰어넘
을 수 있는 마지막 카드가 아니겠습니까. 이 소설의 소년, 소녀도 우리의
무의식층에 남아있는 순수 본능이고 의지의 원형입니다. 소년, 소녀는 개
별 존재이면서 집단 존재이기도 합니다. 보르헤스의 말을 빌리자면, 결국
"모든 사람은 단 한 사람"인 것이죠. 따라서 모두는 모두인 동시에 하나
로 귀속되는 것이므로, 소년, 소녀라고 하면 그 개인이면서 우리 모두가
되는 것입니다. 굳이 순이, 돌이니 하는 특정 이름을 명명하지 않은 것도
바로 이 점 때문이기도 합니다. 우리 모두의 집단 자아이자 개별 자아를
투영한 존재로 소녀와 소년이 아름다운 관계를 형성해 가듯, 우리 갈라
진 마음들을 그렇게 관계지우고 싶은 그런 욕망의 매개물인 셈이죠. 증
오, 혐오, 살의 등의 온통 불건전하고 병적인 정서들을 상큼하게 헹구어
내고 싶었던 것입니다. 따라서 소년과 소녀는 사랑의 키워드이자 코드라
고 보면 됩니다.

강외석 : 유년의 기억이 행복한 삶의 기억이라는 등식이 성립될 법도
한데, 한 가지 의문이 듭니다. 그렇다면 작품 말미에서 소녀의 죽음이라
는 허무적, 비극적 현상이 돌출된 듯한 까닭은 무엇인지요. 사족입니다
만, 소녀의 죽음이 석연치 않은 감이 있기도 합니다. 가을 소나기를 맞고
약을 쓰지 못해서 죽게 되었다는 설정은 작가의 의도가 너무 앞서 가지
않았나, 그 결과로 사건 장력(張力)이 힘을 잃지 않았나 하는 생각이 듭
니다.

황순원 : 죽음은 사랑의 완성입니다. 영원히 훼손되지 않을 확실한 징
표가 아닙니까. 소녀가 던진 조약돌과, 소년의 몸으로부터 옮은 지워지지

않는 얼룩이 그것을 표상합니다. 그 죽음을 굳이 인간의 죽음으로만 가두지 말고 하나의 메타포로 수용할 수 있었으면 합니다. 아름다운 관계의 영원한 지속으로 말입니다. 또한 현실을 현실로 수락하는 삶의 자세도 현실을 이겨내는 하나의 방법일 수 있는 일, 당대 상황은 극히 허무적 상황이었지 않습니까. 제가 현실을 작품 속에 수용한 것이 있다면 그것은 바로 이 죽음이라는 허무 상황입니다. 그렇다고 이상(李箱)처럼 죽음을 미학적 방법으로 처리하고 싶은 그런 미학주의자는 아닙니다. 삶이 가볍게 죽음으로 떨어지고 마는 전황 속에서 삶과 죽음의 대위를 통해 삶의 고귀함과 죽음의 운명에 대한 인식을 수락하는 삶의 자세를 정위할 필요가 있다고 본 것입니다.

지적하신 대로, 소녀의 죽음은 다소 당혹스런 사건일 수도 있는데, 물론 제 의도가 과잉되다보니 그런 결과가 나왔을 수도 있다고 봅니다만, 그러나 실제로 가난으로 인해 영양 결핍이 있게 되면 아주 사소한 외부 변인으로 인해 그런 사태를 맞을 수도 있습니다. 지금의 풍족한 현실 속의 관점으로 접근할 수 없는 점이죠. 그런 실제적 측면을 작품의 틀 속으로 끌어들여 구조화시킨 것입니다.

3.

강외석 : 잘 알겠습니다. 대략 이 정도로 해서 작품의 큰 틀은 '사랑'이라는 것으로 확인되었고, 그 사랑이 구체적으로 형상화되는 방향, 그러니까 사랑을 구체적으로 뒷받침하는 영역인 작품의 미세한 영역으로 들어가 보도록 하겠습니다. 저는 이 작품을 읽으면서 물의 무의식에 독서 과정의 상당 부분을 할애했습니다. 특히 개울물이 갖는 감성지표는 이

소설의 주목할 만한 지형도가 아닌가 그렇게 생각되었는데, 징검다리가 있는 개울의 풍경은 한국인의 감성을 자극하기에 충분했습니다. 가장 한국적인 풍경 구도라고 봅니다. 이 소설의 서정적 아름다움은 이 개울물에서 시작되는 것으로 보이는데, 그렇다고 딱히 개울의 서정적 풍경이 구체화되어 있는 것도 아닙니다. 표면적 공간 의미로는 소년과 소녀의 서정적 만남을 제공하는 곳 정도이지만(만남의 공간을 개울물로 설정한 것도 의미심장한 구도로 보입니다. 그러니까 우리의 경험에 낯익은 방식인 것이고, 낯익은 기억의 방식을 그대로 재현해 냄으로써 한국인의 감성을 자극하겠다는 것), 이면적으로는 심층적 복선이 깔려 있는 것을 보이는데, 이를테면 개울물의 복화술이라고 할까요, 무생명의 건조한 현실을 배면에 둔 것이 아닐까 하는 조심스런 추측을 해 보게 됩니다. 선생님 의견은 어떠신지요.

황순원 : 물질적 상상력으로서의 물은 정화와 경신(更新)입니다. 개울물은 한국인의 가슴 밑바닥에는 공통적으로 깔려있는 감성 공간이죠. 특히 개울물은 난폭한 바다와 큰 강과는 달리 부드럽고 온순하다는, 혹은 평화롭다는 개별 특성이 있습니다. 저는 이 점을 노렸는데, 그러니까 부드러움, 온순함, 평화로움 등의 모성적 세계의 속성 말입니다. 더 크게 말한다면 둥근 사랑의 물질적 형태라고 보아도 되겠군요. 물이라는 물질 자체가 더럽고 추악한 것을 맑게 정화시키는 효력을 가지고 있는 것이고, 나아가 모든 것을 포용하는 둥근 원의 형상이라고 보면 될 겁니다. 전쟁으로 피폐해진 민족의 영혼을 모성의 세계 속으로 포용하여 다시 일어설 수 있는, 말하자면 경신할 수 있는 힘을 제공하자는 뜻도 고려했습니다. 그리고 일차적으로 개울물의 서정은 파괴된 삶의 균열로부터 그것을 복원시키기도 하죠. 우리의 기억 속에 내장되어 있는 삶의 원형을 고

스란히 끄집어내어 파손된 현재를 복구하자는 것, 인접성의 논리에 따르면, 개울물은 삶의 일상적 행복을 고스란히 담지하고 있습니다. 개울물을 지나면 마을이 있고, 이웃과 가족, 그리고 유년과 공동체 삶의 평화로운 일상이 담지되어 있습니다. 다름 아닌 모성의 세계가 아니겠습니까. 생명이 묵살되는 세상의 냉혹한 논리에 대한 울림이며, 도덕경의 '上善若水'처럼 그 자체로서 평화와 안락입니다. 위기에 처한 실존을 되살리며, 그 속에서 원초적 낙원인 모성의 나라가 구축되는 것입니다. 모성의 나라에서 소년과 소녀와 같은 어린 아이가 살아가는 것은 아주 자연스럽고 또 타당하죠.

강외석 : 그러면 개울물과는 분명 형태가 다른 소나기는 무엇인지요. 결국 소녀는 소나기를 맞고 그 후유증으로 죽지 않습니까. 죽음을 초래한 난폭한 물의 속성인데요.

황순원 : 개울물이 수평적 흐름이라면, 소나기는 수직적, 하강적 물길이죠. 따라서 소년 소녀에게는 위기의 물길일 수가 있습니다. 소멸을 재촉하는 가을날의 소나기는 생명을 거두어가는 변인으로 작용하는데, 반면 소년과 소녀가 완벽한 하나가 되게 하기도 하고, 그 하나됨이 영속적이 되게 하기도 합니다. 소나기를 맞은 소녀에게 소년이 배려하고 베푸는 행동은 지극합니다. 원두막으로 가서 비가 덜 새는 곳을 가려 소녀를 들어서게 하고, 입술이 파랗게 질린 소녀에게 자신의 무명 겹저고리를 벗어 덮어주고, 또 그곳마저 비가 새자 수수밭의 수숫단 속으로 옮겨 소녀를 배려하는 행동은 아주 희생적입니다. 살의에 가득 찬, 남을 배려하지 못하는 당시 사회의 건조한 현실을 반성하게 하죠.

강외석 : 소년과 소녀가 친밀 관계를 형성해 나가는 과정에서부터 그런 일면이 시사되고 있는 듯합니다. 도회지에서 온 소녀와 시골 소년이 서로에게 다가서는 부분은 처음에는 서먹서먹하고 낯선 거리감이 발생합니다. 그러나 이내 서로에게 자신을 여는 행동들은 결코 가벼이 지나칠 대목이 아닙니다. 그리고 소년의 희생적인 행동과 소녀의 심기를 배려하는 마음들은 그 이전에도 여러 곳에서 나타납니다. 심심해 못 견디겠다며 산으로 놀러가자는 소녀의 제의에 대해 소년은 일찍 집으로 돌아가 텃논의 참새를 보아야 하는 일이 있음에도 동행하는 데에서나, 무우밭의 무우를 뽑아 먹다가도 소녀가 맵고 지려 못 먹겠다고 하자 자신의 생각과는 무관하게 적극 동의하는 행동이라든지, 등꽃을 꺾다가 미끄러져 생채기가 난 소녀의 무릎에 입술을 대고 빠는 행동들은 소년의 소녀에 대한 마음을 잘 드러내고 있습니다. 인물들의 이러한 행동들이 선생님이 말씀하신 대로 메마른 현실을 반성하게 하는 그런 대목들이라 봅니다.

황순원 : 결국 나와 타자가 하나로 동화된다는 것이란 나를 희생하고 남을 챙기는 마음에서 시작됩니다. 제가 소년, 소녀와 같은 익명성을 내세운 것도 따지고 보면 이런 점들을 염두에 둔 것입니다. 어른의 원시적 시절을 일깨워주고 싶은 것이죠. 아귀다툼, 반목, 분쟁, 질시, 증오 등으로 시퍼렇게 날을 세워 서로 적대시하는 어른들의 악의로 인해 이 세계의 불행과 비극은 시작되었지 않습니까.

강외석 : 좀 때를 놓친 질문입니다만, 소녀와 소년이 산으로 놀러가는 설정에 어떤 의도가 있습니까. 그리고 이 소설에는 식물성의 것이라고 볼 정도로 꽃이 많이 등장하고 있습니다. 갈꽃, 메밀꽃, 들국화, 싸리꽃, 도라지꽃, 마타리꽃, 등꽃 등 아주 다양한 꽃들이 분위기를 장식하고 있

습니다. 차가운 금속성과는 대비가 되는 느낌이 드는데, 토속적 농촌 풍경과 어우러져 아주 평화로운 세계를 형성하고 있습니다.

황순원 : 산은 통상 넓이 개념이 아니라, 높이 개념임을 염두에 두었으면 합니다. 구성상의 절정과도 연관이 있고요. 그러니까 산의 꼭지점에서 소년과 소녀의 하나됨이 이룩된다는 점에서 그렇습니다. 산은 더러운 세상 현실과는 거리를 두고 있는 공간입니다. 일종의 낙원 공간일 수 있는 것이죠. 전통적인 이상 공간은 대체로 산이었지 않습니까. 그렇다고 이 세상에 실재하지 않는 공간은 아니죠. 원두막, 무우밭, 그리고 아직 고삐를 매지 않은 송아지가 있는, 그런 실재의 공간입니다. 순수하고 때 묻지 않은 공간이 실재한다는 사실, 그 점은 피폐해진 한국인의 영혼을 위로하기에 안성맞춤입니다.

그리고 꽃은 세계의 화해로운 모습을 상징하죠. 소년과 소녀의 순수한 이미지이기도 하고요. 문체와 더불어 이 소설의 세계를 시적 세계로 이끄는 매개입니다. 소녀의 청순한 아름다움을 덧나게 하는 것이면서 그들의 아름다운 인간 관계를, 나아가 세계의 화해롭고 평화로운 정조를 말하고 있습니다. 가스통 바슐라르도 「물과 꿈」에서 "인생은 자라나고, 존재를 변형시키고 순결함을 취하여 꽃을 피게 하며 상상력은 가장 먼 은유로 열려져 갖가지 꽃의 삶에 참가하는 것이다. 이러한 꽃의 역학과 함께 현실의 삶은 새롭게 비약한다. 만일 비현실성의 적당한 휴가가 주어지면, 현실의 삶은 더 건강하게 되리라."라는 아름다운 진술을 표백한 바 있지 않습니까. 전쟁은 금속성으로 볼 수 있죠. 그 금속성은 세계를 관통해서 삶의 균열을 일으키고 인간의 영혼을 철저히 파괴하고 맙니다. 몸과 마음에 박힌 중금속을 제거하는 데에는 식물 이상이 없습니다. 금속성의 관통으로 상처투성이가 된 가슴을 꽃으로 문질러 살균시키는 상징적 행위를 생각해 볼 수 있겠죠.

4.

강외석 : 조금 전에 시적 세계라는 말씀을 하셨습니다만, 사실 이 소설은 시와의 구분 자체가 무의미할 정도로 서정적인 문체와 언어뿐만이 아니라, 소설 전체를 통해 서정시적 세계의 분위기를 나타내고 있습니다. 이 점은 선생님이 소설 창작 이전에 『방가』(1934년), 『골동품』(1936년)과 같은 시집을 발간함으로써 시인의 면모를 지니고 있다는 점에서 확인되는 바인데, 특별한 의도가 있었는지요?

황순원 : 시 특히 서정시는 '회감'(슈타이거), 혹은 자아와 세계의 동일성(조동일) 등으로 정의되지 않습니까? 서정시적 세계가 구축된다면, 이 세상은 고통과 억압, 갈등이 존재하지 않는 이상적인 세계가 되고도 남음이 있을 것입니다. 시(詩)가 존재하는 이유는 바로 이러한 경지를 지향하는 인간의 꿈 때문이겠죠. 역설적으로 시가 존재하는 바탕은 그것의 결핍에 있는 것이라고 볼 것입니다. 앞에서도 언급한 바 있습니다만, 소설이 인간과 세계의 악의를 드러내는 쪽이라면, 시는 선의를 드러내는 방향으로 가는 것입니다. 선의야말로 자아와 세계가 분리되지 않는 본질이며 바탕이 아니겠습니까. 설사 악의가 드러났다고 해도 그것은 오히려 선의를 강하게 결속시키는 그런 역학을 발휘합니다. 이 작품에서의 '소나기'도 그런 층위에서 문학적 역할을 이행하고 있습니다. 사실 '소나기'로 인해 소년과 소녀는 이별의 결정적 계기를 제공받게 되죠. 하지만 그 결과는 어떻게 됩니까. 오히려 소년과 소녀가 서로를 위하는 그런 에로스

적 관계를 형성하지 않았습니까. 그래서 저는 소설도 그런 시적 지향을 겨냥해야 한다고 봅니다. 저보고 역사가 없다, 현실 인식이 부재한다니 하는 그런 비판도 이런 점을 간과한 데서 촉발된 것으로 봅니다. 사실 인간 세계를 복개하면 추악한 일면이 줄줄이 꿰어져 나옵니다. 이것의 분석에 차가운 메스를 들이대는 데 흥분과 쾌감을 느낌을 사람도 있기는 할 겁니다. 리얼리즘 쪽이면 대개 그럴 겁니다. 그러나 그것만이 인간 세계를 개선하는 만능이 되지는 않습니다. 세계의 어두운 구석은 좀 묻고, 그리고 '세계는 그래도 선의다' 하는 그런 긍정적 주술을 주입하는 것도 인간 세계를 위해 좋은 일입니다. 이 세상이 '싫다, 무섭다' 하는 비관보다는 따뜻한 긍정의 시선이 세상의 어두움을 걷어내는 데 도움이 되리라 봅니다.

그런데 다 아시는 것처럼, 당대는 자아와 세계가 완전히 무너져 허방이 나 있었던 상황이 아니었습니까. 산문적 현실 상황의 시대, "신을 떠난 세계의 서사시"(루카치)인 소설적 상황인 것이죠. 소설적 상황은 시적 세계 상황과는 등지는 말인데, 곧 자연-인간, 개인-공동체, 내면-외면 세계가 분열·해체된 세계를 말하는 것입니다. 그러다보니 남은 완강하게 배타적인 타자로서 의심과 경계의 대상, 투쟁의 대상으로 전락하였고, 따라서 서로의 신뢰 관계가 철저히 붕괴되고 만 것이죠. 이렇게 허약해진 관계가 된 나와 남, 나아가 인간과 자연이 서로에게 다가서면 자연히 세계는 회복되지 않겠습니까.

강외석 : 산문적 세계가 파탄이 나면 결국 시적 세계로 바톤을 넘길 수밖에 없다는 논리가 되겠습니다. 제가 볼 때는 지금도 이 소설은 여전히 유효하다는 판단이 듭니다. 우리 대한민국의 현재는 총성 없는 내전 중이기 때문입니다. 해방 이후 좌우로 갈라져 혼미를 거듭했던 사회적

악령이 21c 지금에 낮도깨비처럼 출현하여 재현되고 있는 까닭에서입니다. 헤게모니 장악을 위해 시퍼렇게 모와 각을 세워 대립하고 있습니다. 국력의 칼로리를 엄청나게 소모하고 있는 셈입니다. 이 와중에 국민들은 몹시 지쳐 있습니다. 상쟁이 아니라 상생을, 분리가 아니라 공존을, 반목이 아니라 화해가 필요한 시점입니다. 상생과 공존, 그리고 화해를 위해 선생님의 『소나기』와 같은 소설이 필요하다는 뜻입니다.

황순원 : 사람살이를 배후에서 움직이고 있는 주동 인자가 실상 이념이라는 사실을 부인하기 어렵습니다. 그래서 이념은 인간 사회 제도에서 떼어낼 수 없을 정도로 혈액화되어 있다고나 할까, 다른 표현을 쓴다면 모든 사유의 종합 비타민 같은 것이지요. 좋은 의미에서 그렇다는 이야기입니다. 그러나 오늘날의 한국 현실에서 벌어지는 이념의 대치는 자못 심각함을 넘어 위험합니다. 벼랑 끝에서 싸우는 듯한 좌와 우는 아주 오래 전에 폐기처분되어야 할 낡은 이념인데, 그것이 재판되고 있다는 사실은 참으로 안타까운 일이 아닐 수 없습니다. 진보와 보수는 싸우는 개념이 아닙니다. 진보는 보수를 바탕으로 일어서는 것이고, 보수는 진보를 통해 변증적 가치를 획득한 토양입니다. 이 둘은 상보 개념으로 접근하여 풀어야 하는 데 모순 개념으로 가져가고 있는 데에서 분쟁이 터지는 것이죠. 좀 건강한 개념을 가져 진보와 보수가 서로 떠받쳐 주는, 기둥과 대들보의 관계가 되었으면 합니다. 그런데 작금의 상황을 전제로 이 소설의 필요성이 요청되는 것이라면 사양하겠습니다. 50여 년 전의 악화된 상황이 재판되는 끔찍한 현실을 저로서는 받아들일 수 없는 일이기 때문입니다. 부디 상대에게 마음을 활짝 열어놓고 상호간의 교감과 사랑이 이루어지는 건강하고 아름다운 사회가 되기를 바랄 뿐입니다.

강외석 : 선생님의 말씀은 인간은 이념을 넘어서 있다는 세계 이해
법으로 받아들일 수 있을 것 같습니다. 한국소설사는 황순원 소설을 빼
고서는 비틀걸음을 걷는다고 해도 과언이 아닐 정도로 선생님의 소설적
성취와 위상은 공론화되어 있습니다. 물론 『소나기』가 선생님의 소설
세계 전반을 대표하는 것은 아니지만, 선생님의 세계관이나 소설미학을
줄기차게 견지하는 작품이라고 보겠습니다. 인간에 대한 굳건한 신뢰와
이해를 반석으로 인격적인 교감을 이루는 주제야말로 소설이 갖는 영원
한 화두이자 담론이라고 판단되기 때문입니다. 역사에 대한 인식은 비
단 역사 현실을 전면에 내세울 때에만 형성되는 것이 아니라, 역설에
의해서 역사를 치열하게 움직이게 하는 것도 훌륭한 전략이라는 생각이
듭니다. 김병익 선생의 글을 잠시 인용하고 대담을 마치도록 하겠습니
다. 장시간 동안 대담에 응해 주시고 진지한 말씀 해 주신 데 대해 감
사를 드립니다.

> 흔히 말하는 인도주의적 차원을 넘어선 것으로까지 보이는 황순원
> 의 이 같은 근원적인 인간애 혹은 생명 외경 사상은 거의 절대적이
> 며 신앙적이다. 여기에는 사회제도라든가 어떤 집단 운동 이전의 원
> 초적인 사랑의 힘만이 있을 뿐이다. 이 사랑의 힘은 어떤 논리나
> 구호로 이루어질 수 있는 것이 아니며 생명과 생명, 인간과 인간이
> 서로의 존귀함을 깨달을 수 있을 때에야 가능한, 내밀화 통정(通情)
> 으로 발현된다.

피그말리온의 풍경

인쇄일 초판 1쇄 2006년 10월 25일
          2쇄 2013년 01월 14일
발행일 초판 1쇄 2006년 10월 30일
          2쇄 2013년 01월 24일

지은이 강 외 석
발행인 정 진 이
발행처 새미
등록일 1994.03.10, 제17-271호

서울시 강동구 성내동 447-11 현영빌딩 2층
Tel : 442-4623~4 Fax : 442-4625
www. kookhak.co.kr
E- mail : kookhak2001@hanmail.net
ISBN 89-5628-248-X *93800
가 격 11,000원

* 새미는 국학자료원 의 자매회사입니다.
*저자와의 협의 하에 인지는 생략합니다.